Saga
o Ludziach Lodu 1

Margit Sandemo

Zauroczenie

Z norweskiego przełożyła
Iwona Zimnicka

Tytuł oryginału szwedzkiego:
„Trollbunden”

Redakcja: Jolanta Kowalczyk

Projekt okładki: Wiesław Galach
Ilustracja na okładce: Wiesław Galach

Wydawca:
Axel Springer Polska Sp. z o.o.
02-672 Warszawa
ul. Domaniewska 52
www.axelspringer.pl

oraz

BAP-PRESS
05-420 Józefów
ul. Godebskiego 33
www.bappress.com.pl

ISBN 978-83-60717-44-8
ISBN 978-83-60936-00-9

Informacje o książkach z serii „Saga o Ludziach Lodu”:
Infolinia: 0 801 800 085

Skład: Comptext, Polska
Druk: Nørhaven Paperback, Dania

ROZDZIAŁ I

Była późna jesień 1581 roku. Unosząca się w powietrzu mgła nie zdołała przesłonić widocznej na niebie krwistoczerwonej łuny ognia. W taki wieczór dwie kobiety, nie wiedząc nic o sobie, przemierzały ulice Trondheim.

Jedną z nich była Silje, niespełna siedemnastoletnia dziewczyna, o oczach patrzących teraz obojętnie, przepełnionych wyrazem samotności i głodu. Szła skulona, chroniąc się przed mrozem, sine z zimna dłonie wsunęła pod ubranie, przypominające raczej pozszywane worki. Schodzone buty obwiązała skrawkami skóry, a na piękne, orzechowobrązowe włosy naciągnęła wełniany szal, który służył jej też za przykrycie, gdy już zdołała znaleźć jakieś miejsce do spania. Wyminęła zwłoki leżące na wąskiej ulicy. Jeszcze jedna ofiara moru, pomyślała. Dwa, trzy tygodnie temu ta zaraza – nie wiedziała już, którą z kolei w tym stuleciu – zabrała jej całą rodzinę, a ją zmusiła do wyruszenia i poszukiwania jedzenia.

Ojciec Silje był kowalem w wielkim dworze położonym na południe od Trondheim. Kiedy on, matka i rodzeństwo pomarli, wygnano ją z maleńkiej chaty, w której mieszkali. Jakiż bowiem pożytek mogła przynieść dziewczyna w kuźni?

Właściwie Silje opuściła dwór z ulgą. Miała swoją głęboko skrywaną w sercu tajemnicę, z której nigdy nikomu się nie zwierzała. Na południowym zachodzie widoczne były góry, które nazywała „Krainą Cieni" lub „Krainą Mroku". Przez całe dzieciństwo góry przerażały ją swym ogromem, a zarazem rzucały na nią jakiś osobliwy urok. Znajdowały się tak daleko, że z trudem można je było dostrzec, lecz kiedy promienie wieczornego słońca kładły się na wierzchołki, nabierały nagle dziwnej ostrości i wyrazistości, pobudzając żywą wyobraźnię dziewczyny. Mogła wpatrywać się w nie długo, zalękniona i jednocześnie zafascynowana. Wtedy też zdarzało się, że widywała jakieś bezimienne sylwetki, które zamieszkiwały ową daleką krainę. Wyłaniały się z dolin między szczytami, unosiły powoli w powietrzu, kołowały, jakby szukając jej domu, zbliżały się coraz bardziej, aż napotykała wzrokiem ich złe ślepia. W takich chwilach Silje zwykle gdzieś się chowała.

Właściwie nie były bezimienne. Ludzie z dworu zawsze o dalekich górach mówili szeptem i chyba to ich słowa wywoływały jej lęk i pobudzały wyobraźnię.

– Nie chodź tam nigdy – przestrzegali zazwyczaj. – Tam są tylko czary i zło. Ludzie Lodu to nie są prawdziwi ludzie, spłodzeni zostali z zimna i ciemności. Biada temu, kto zbliży się do ich siedzib!

Ludzie Lodu... Tak, imię było znane, ale tylko Silje widywała ich sylwetki... Nigdy nie była pewna, jak ma je nazwać. Nie trolle, o nie, to nie były trolle ani upiory. Diabły – to też niedobre określenie. Jakieś niesamowite stwory, może duchy przepaści? Pewnego razu słyszała, jak gospodarz nazwał konia demonem. To było dla niej nowe słowo, ale uznała, że do nich by pasowało.

Jej fantazje wokół „Krainy Cieni" były tak silne, że potrafiła śnić o nich podczas niespokojnych nocy.

Było więc całkiem naturalne, że gdy opuszczała dwór, odwróciła się do gór plecami. Wiedziona jakimś pierwotnym instynktem, skierowała się do Trondheim w nadziei, że znajdzie tam pomoc i nie będzie tak boleśnie odczuwała swej samotności.

Szybko jednak przekonała się, że kiedy ludziom w wędrówkach po kraju towarzyszy zaraza, nikt nie chce przyjąć obcych do domu. A gdzież bardziej mogła panoszyć się choroba, jeśli nie wśród wąskich, brudnych ulic, w domach stojących tak blisko siebie? Musiała ukradkiem przemknąć się przez bramę i to zajęło jej cały dzień. W końcu się udało. Dołączyła do rodzin powracających do domów, ukryła się po drugiej stronie wozu i prześlizgnęła obok strażnika, ale kiedy była już w mieście, i tak nie znajdowała znikąd pomocy. Czasem tylko ktoś rzucił jej przez okno parę kawałków suchego chleba. Akurat tyle, by utrzymać ją na granicy życia.

Od strony rynku i katedry często dochodziły pijackie wrzaski i hałas. W swej naiwności skierowała się tam kiedyś, szukając towarzystwa innych nocnych wędrowców. Prędko jednak spostrzegła, że nie jest to miejsce dla młodej, ładnej dziewczyny. Spotkanie z motłochem było wstrząsem, którego nie zdołała całkiem wymazać z pamięci.

Po całym dniu wędrówki bolały ją nogi. Długa, daleka droga do Trondheim mocno nadwerężyła jej siły, a kiedy jeszcze nie znalazła schronienia w mieście, ogarnęło ją uczucie bezradności. Z bramy, ku której skierowała się w nadziei, że znajdzie tam miejsce, by przespać choć parę godzin, dobiegły ją piski szczurów. Zawróciła, nawet się nie zatrzymując.

Podświadomie ruszyła w stronę blasku ognia, widniejącego nad wzgórzem poza miastem. Ogień oznacza ciepło. Nawet jeśli pali się zwłoki. Wielkie ognisko płonęło już trzy dni i trzy noce. A obok – plac egzekucji... Szybko wymamrotała modlitwę: – Panie Jezu, uchowaj mnie przed wszystkimi zbłąkanymi duchami, które krążą wokół. Daj mi odwagę i siłę Twej wiary, abym odważyła się pójść tam choć na chwilę! Tak bardzo potrzebuję ciepła tego ogniska!

Zalękniona, ze wzrokiem utkwionym w kuszące płomienie, ciężko powlokła się ku zachodniej bramie.

W tym samym czasie młoda szlachcianka, Charlotta Meiden, wymknęła się potajemnie na ulicę. Przerażona, uważnie stąpała w swych jedwabnych trzewiczkach. Mróz zatkał odpływy rynsztoków i ulice pełne były różnych odchodów i brudu. W ramionach ściskała starannie zawinięty tobołek. Ostrożnie przekradała się z ojcowskiego pałacu do bram miasta i zdesperowana nuciła melodię pawany, by za wszelką cenę odwrócić myśli od tego, co właśnie robiła.

Szła z trudem. Wargi jej zbielały, pot perlił się na czole i nad górną wargą, a włosy lepiły się do skroni. Nadal nie rozumiała, jak udało się jej ukryć swój odmienny stan podczas tych długich, wypełnionych nieznośnym strachem miesięcy. Zawsze była drobna i szczupła, pewnie dlatego nie było po niej nic widać. Panująca moda też jej w tym pomogła – obcisły stanik, stercząca na halkach suto marszczona spódnica, zarzutka narzucona na ramiona i luźno spływająca na biodra – ukrywały wszystko. Poza tym zawsze dbała, by sznurować się samodzielnie – mocno i boleśnie. Nikt niczego nie podejrzewał, nawet jej własna pokojówka.

Głęboko znienawidziła życie, które się w niej rozwijało, życie będące wynikiem przypadkowego związku z przystojnym duńskim dworzaninem króla Fryderyka, na dodatek żonatym, o czym dowiedziała się później. Jeden jedyny wieczór zapomnienia – i za karę całe to straszne poniżenie. A on dalej hulał bezkarnie!

Próbowała wszystkiego, by pozbyć się tej istoty, która nieproszona wdarła się w jej życie. Łykała silne mikstury, skakała z wysokich mebli, brała gorące kąpiele, a nawet poszła na cmentarz w pewną letnią, czwartkową noc i czyniła tam rzeczy tak okropne, że zaraz potem wymazała je ze swej pamięci. Nic jednak nie pomogło. Mała istota w jej ciele uczepiła się życia z diabelską zaciekłością.

Najgorsze były ostatnie trzy miesiące. Teraz, choć bała się nadal, o dziwo, nie czuła już takiej nienawiści do tego nowego, nie chcianego życia. Pojawiło się natomiast w jej sercu coś innego: ciepło, przejmujący żal i jakby uczucie tęsknoty... Nie, nie wolno tak się rozczulać. Musi iść szybko i unikać nielicznych przechodniów. Och, jak bardzo zimno. Biedne małe... Nie, nie!

W jednej z bocznych ulic spostrzegła młodą dziewczynę, prawie dziecko jeszcze. Szybko skryła się w bramie. Dziewczyna przeszła obok, nie zauważywszy jej. Wydawała się taka samotna! Serce Charlotty wypełniło gorące współczucie. Wyprostowała się. Takich uczuć powinna teraz unikać za wszelką cenę. Nie może być słaba! Musi się pospieszyć, by wrócić przed dziewiątą, zanim zamkną bramę. Nie bała się strażnika. Gdyby zapytał – miała gotową odpowiedź. A płaszcz, który zarzuciła na siebie, należał do jednej ze służących. Nikt by nie rozpoznał panny z zacnego domu.

Nareszcie, jest brama. No tak, strażnik zatrzymał ją. Wyciągnęła przed siebie tobołek i wymamrotała:

– Jeszcze jeden zmarły. Chcę go tylko...

Strażnik cofnął się, więcej na nią nie patrząc.

Teraz widziała przed sobą las. Wierzchołki świerków rysowały się ostro na tle rozjaśnionego ogniem nieba. Księżyc oświetlał drogę, tak że nietrudno było ją znaleźć. Gdyby tylko nie była tak zmęczona! Chwilami czuła, że lepka wilgoć moczy ręcznik, który sobie podłożyła, by zatamować krwawienie.

Urodziła na strychu nad stajnią. Mocno zaciskała zęby na drewnianym klocku, aby powstrzymać krzyk. Potem, przez długie, straszne minuty leżała wycieńczona, aż w końcu stanęła na drżących nogach i nie patrząc na maleństwo, zawinęła je. Nie podwiązała pępowiny, nie zatroszczyła się o dziecko, nie chciała mieć z nim nic wspólnego. Ciche, żałosne kwilenie noworodka przytłumiła skrawkiem płótna.

Żyło jeszcze. Od czasu do czasu czuła jego słabiutkie ruchy. Dobrze, że nie zapłakało przy miejskiej bramie! Była przekonana, że na strychu usunęła wszystkie ślady. Gdyby jeszcze tylko udało się jej pozbyć tego wstydliwego ciężaru i niepostrzeżenie wrócić do pałacu. Byłaby wolna, wolna! Nareszcie!

Weszła już dostatecznie głęboko w las. Tam, pod tym dużym świerkiem, daleko od ścieżki... Drżały jej ręce, gdy kładła tłumoczek na zamarzniętej, gołej ziemi. Powstrzymując gwałtowny płacz, owinęła ostrożnie maleńką istotkę w skrawek wełnianej materii i szal, a przy buzi postawiła kubek z mlekiem. Tak naprawdę zdawała sobie sprawę, że dziecko nigdy nie dosięgnie pokarmu, ale odpędziła od siebie tę myśl. Zatrzymała się na chwilę z nieoczekiwanym uczuciem bezgranicznej tęsknoty i zwątpienia. Potem na sztywnych nogach powlokła się znów w kierunku miasta.

Silje błąkała się dalej, wdzięczna księżycowi za delikatne światło, które rzucał na ulicę. Dzięki niemu widziała, gdzie idzie, unikała wystających wykuszy i innych dziwnych dobudówek. Szła jakby we śnie, mechanicznie posuwając się krok za krokiem. Gdyby nie była taka otępiała, poczułaby zimno, głód i zmęczenie, uświadomiłaby sobie całą beznadziejność sytuacji.

Gdzieś w pobliżu rozległ się płacz. Silje stanęła. Znajdowała się w ciasnym przejściu prowadzącym do zachodniej bramy. Wokół było ciemno, nie docierało tu światło księżyca. Szloch dobiegał z tylnego podwórza. Zauważyła uchylone drzwi. To płakało dziecko. Tak żałośnie, że serce się krajało. Dziewczyna z wahaniem weszła na podwórze. Tu było widniej. Na małej, odkrytej przestrzeni, otoczonej niskimi domami, światło księżyca wydawało się jaśniejsze. Nieduża, może dwuletnia dziewczynka klęczała obok zmarłej kobiety i szarpała nią, potrząsała, jakby ją chciała zbudzić.

Silje sama była jeszcze dzieckiem, choć stawała się już także kobietą. Ujrzawszy dziewczynkę, uczuła skurcz w sercu, a jednocześnie cofnęła się na widok zwłok. Twarz, piana na ustach, wszystko wyraźnie wskazywało, że zaraza znów zaatakowała.

Zaraza ciężko doświadczała Trøndelag*. Właściwie były to dwa rodzaje morowego powietrza, tylko że tutaj wszystko nazywano zarazą. Tym razem jedna z nich przyszła z Danii, choć niekiedy nazywano ją także „hiszpańskim piskiem". Objawiała się katarem, gorączką, bólem głowy i bólami w piersiach. Jednocześnie ze Szwecji przywleczono inną chorobę, odmianę dżumy, wywołującej ropne guzy, ostre bóle

* Trøndelag – jedna z krain geograficznych w Norwegii

w bokach i tak silne bóle głowy, że doprowadzały ludzi do szaleństwa. Silje znała dobrze objawy; widziała je tyle razy.

Dziewczynka nie zauważyła jej. Wyczerpana Silje myślała powoli, ale jedno wiedziała na pewno. Jako jedyna w domu przeżyła zarazę. Nie zachorowała też mimo długiego przebywania w mieście pośród umarłych. Nie bała się o siebie. Ale dziecko? Nie miała wielkiej nadziei, że przeżyje. Jeśli jednak zostanie tu samo z matką, z pewnością nie będzie mieć żadnych szans.

Silje przyklękła obok. Dziecko odwróciło zapłakaną twarzyczkę w jej stronę. Była to śliczna, dobrze zbudowana dziewczynka o ciemnych lokach, ciemnych oczach i silnych dłoniach.

– Twoja matka nie żyje – powiedziała Silje łagodnie. – Nie może już z tobą rozmawiać. Teraz musisz iść ze mną.

Usta dziewczynki drżały, ale przerażenie sprawiło, że przestała płakać. Silje wstała i spróbowała otworzyć drzwi wychodzące na podwórko. Wszystkie były zamknięte. Kobieta z pewnością tu nie mieszkała. Być może schroniła się tu tylko po to, by umrzeć. Silje wiedziała też z doświadczenia, że gdyby zapukała, i tak nikt by jej nie otworzył.

Szybkimi ruchami oderwała skrawek materiału ze swego ubrania, związała go w coś, co mogło przypominać kukiełkę, włożyła ją w dłonie zmarłej, by jej dusza nie mogła niepokoić dziecka i pomodliła się za nią chwilę.

– Chodź – powiedziała do małej. – Musimy iść.

Dziewczynka nie posłuchała. Kurczowo trzymała się matczynego płaszcza, pięknego i niezbyt zniszczonego. Sama też była dobrze ubrana; bez zbytku, ale ładnie. Matka musiała być kiedyś olśniewająco piękna. Teraz w jej czarnych, martwych oczach odbijał się blask księżyca. Silje nie przyszło nawet do głowy, by wziąć płaszcz zmarłej i w ten sposób ochronić się przed dokuczliwym zimnem. Byłoby to dla niej nie do przyjęcia, taki czyn uznałaby za ohydny.

– Chodź – powtórzyła, bezradna wobec płaczu dziecka. Ostrożnie rozluźniła rączki małej i podniosła ją. – Spróbujemy znaleźć dla ciebie trochę jedzenia.

Nie miała nawet pojęcia, gdzie go szukać, ale już samo słowo „jedzenie" podziałało magicznie. Dziewczynka poddała się z westchnieniem i pozwoliła wynieść z podwórza. Rzuciła tylko matce spojrzenie tak pełne żalu i rozpaczy, że Silje wiedziała, iż nigdy tego nie zapomni.

Przez całą drogę, kiedy niosła ją ulicami aż do bramy, mała cicho płakała. Prawdopodobnie była zbyt wycieńczona, by sprzeciwiać się w jakikolwiek inny sposób. Silje miała teraz dodatkowy problem. Była odpowiedzialna za drugą istotę, za dziecko, które wedle wszelkiego prawdopodobieństwa umrze za kilka dni. Do tego czasu ona musi zadbać, by nie głodowało.

Zbliżała się teraz do bram miasta, między domami widziała już blask ogniska, gdzie palono zwłoki. Ostatnio było tak zimno, że ludzie nie mogli grzebać swoich zmarłych, musieli palić ciała. I była jeszcze zbiorowa mogiła... Nie, Silje nie chciała teraz myśleć o tak tragicznych sprawach.

Zobaczyła kobietę, która ledwo stała oparta o ścianę domu. Wyglądała, jakby miała zaraz upaść. Silje z wahaniem podeszła do niej.

– Czy mogę w czymś pomóc? – zapytała ostrożnie.

Kobieta zwróciła w jej kierunku matowe oczy. Była to młoda dama, z wyglądu bardzo wytworna, teraz trupio blada. Pot spływał jej po twarzy. Na widok Silje zebrała wszystkie siły i ruszyła przed siebie.

– Mnie już nikt nie pomoże – wymamrotała, znikając za rogiem.

Silje spojrzała w ślad za nią. To chyba znów zaraza, pomyślała, a jeśli tak, to cóż ja mogę zrobić.

Zatrzymała się przy bramie. Zaczekała jeszcze chwilę do czasu, gdy mieli ją zamknąć. Nie chciała zostać w mieście. Wiedziała, że nie znajdzie tu pomocy ani dla siebie, ani dla dziecka. Musi poszukać jakiejś stodoły. Oby tylko nie spotkać dzikich zwierząt! Choć nie były one gorsze od bezdomnej tłuszczy krążącej po mieście. Tych pijanych mężczyzn i innych pozbawionych sumienia typów, które usiłowały ją zaczepić. Tych, którzy przeczuwali, że ich czas się kończy i było im wszystko jedno czy się zarażą, czy nie. Pragnęli tylko uciech życia, zanim nie będzie za późno.

Strażnik zapytał, dokąd się wybiera o tej porze. Naprawdę jednak mniej interesowali go wychodzący, bardziej ci, którzy przybywali do miasta. Wyjaśniła, że wyrzucono ją ze względu na oznaki choroby, a on przyjął to wytłumaczenie. Wskazał ręką, że mogą iść. Nawet nie pomyślał, że przecież roznoszą w ten sposób zarazę. Dla niego najważniejsze było, że nie pozostaną w tym mieście.

Ciepło ogniska wabiło z oddali. Silje przyspieszyła, by zdążyć, nim ogień zgaśnie. Najpierw jednak musiała przejść przez las oddzielający miasto od placu egzekucji. Już kiedyś zabrnęła w to okropne miejsce, na wzgórze szubienic. Było to wkrótce po jej przybyciu do Trondheim. Szybko jednak wtedy uciekła, przerażona smrodem i wszystkim, co ujrzała. Tym razem potrzeba ciepła była zbyt silna, by ją powstrzymać. Wyciągnąć do ognia przemarznięte dłonie, odwrócić się do niego plecami i poczuć, jak całe ciało przenika rozkoszne ciepło – o tym marzyła, kiedy zziębnięta i głodna snuła się bez celu. Las... Zatrzymała się na skraju. Podobnie jak wszyscy ludzie z wiosek położonych na otwartej przestrzeni, Silje zawsze bała się lasu. Kryło się w nim wiele niezwykłych tajemnic.

Była już zmęczona. Dziecko, które niosła przez całą drogę, ciążyło jej coraz bardziej. Postawiła małą na ziemi.

– Czy możesz iść sama? – zapytała. – Za chwilę znów cię poniosę.

Dziewczynka nie odpowiedziała, ale stała posłusznie, cicho popłakując.

Ten mroczny cień wokół. Oczy Silje przyzwyczaiły się do ciemności, ale znów ogarnął ją strach. Wydawało się jej, że drzewa skrywają tajemnicze sylwetki o płonących oczach. Teraz odkryła, że czerń nigdy nie jest tylko czernią. Widziała całą skalę odcieni czarnego, aż do szarości.

Dziewczynka też się bała Ze strachu przestała nawet płakać. Tuliła się teraz coraz mocniej do swej opiekunki i tylko po cichu wzdychała.

Silje poczuła suchość w ustach, spróbowała przełknąć ślinę. Nie mogła opanować lęku, a przecież musiały iść dalej. Usiłowała skupić uwagę na blasku ognia, prześwitującym między drzewami. To trochę pomagało. Nie śmiała jednak odwrócić się; cały czas odnosiła wrażenie, że bezkształtne sylwetki depczą jej po piętach...

Były już chyba w samym środku lasu, gdy Silje

poczuła, jak krew nagle z niej odpływa. Nie mogła złapać oddechu.

Znowu usłyszała jakiś płacz, a raczej cichutkie kwilenie.

Serce waliło jej jak oszalałe.

Płacz dziecka w lesie, żałosne popiskiwanie niemowlęcia. To mogło oznaczać tylko jedno – wyrodzeniec. Silje wprost do szaleństwa bała się wyrodzeńców. Słyszała o nich mnóstwo przeróżnych historii i zawsze obawiała się zetknięcia z nimi.

Mówiono, że są śmiertelnie niebezpieczne, że wyrodzeńce to upiory-duchy dzieci urodzonych w tajemnicy dawno temu i porzuconych. Nawiedzają każdego, kto znajdzie się dość blisko ich sekretnego grobu. Często opowiadano, co stało się z ludźmi, którzy zanadto zbliżyli się do takiego miejsca. Słyszała historie o niemowlęciu wielkim jak dom, które z głośnym krzykiem podążało za człowiekiem, stąpając przy tym ciężko, i wczepiało się w plecy nieszczęśnika, aż ten zapadał się w ziemię po kolana. Utrzymywano też, że owe upiory potrafią przybierać różne postacie: czarnych psów, trupów dzieci bez gardła, kruków i gadów – wszystkie równie złośliwe.

Silje stała jak sparaliżowana. Nogi odmawiały jej posłuszeństwa.

Natomiast mała, która dotąd mocno się do niej tuliła, zareagowała zupełnie inaczej. Mówiła coś, czego Silje nie rozumiała. Powtarzała w kółko jedno słowo, czy może imię? Brzmiało to jak „Nadda" lub podobnie. Może miała braciszka, a może siostrzyczkę, która właśnie umarła? Nie można było tego wykluczyć.

Zniecierpliwiona, chwyciła Silje za rękę i zaczęła ciągnąć w bok od ścieżki, między drzewa, w stronę, skąd dobiegał płacz dziecka.

Silje opierała się, najchętniej uciekłaby stąd natychmiast.

Dziewczynka powtórzyła słowo czy imię jeszcze raz. W jej głosie zadrżał płacz.

– To niebezpieczne – zaprotestowała Silje. – Musimy szybko stąd odejść!

Uciec stąd? A ogromny upiór będzie deptać im po piętach? Nie, to jeszcze gorzej. Przypomniała sobie, co mówiono o wyrodzeńcach i ich rozpaczliwym pragnieniu, aby zostały ochrzczone. Dlatego przywoływały matkę.

Co trzeba zrobić, by wyrodzeniec zaznał spokoju? Odprawić modły? Przecież ona nie jest księdzem. Albo... zaraz! Było przecież... zaklęcie. Żeby je sobie tylko przypomnieć! To było coś jak „ja ciebie chrzczę...".

Najlepiej zrobić wszystko naraz.

Silje wzięła głęboki oddech i zaczęła odmawiać wszystkie modlitwy jakie tylko znała, na przemian katolickie i protestanckie. Niektóre pamiętała jeszcze z dzieciństwa, innych wyuczyła się u księdza.

Powoli i niepewnie, gotowa w każdej chwili do ucieczki, zbliżała się do wyrodzeńca.

Płacz ucichł. Modlitwy widać pomogły! Poczuła się nieco pewniej i przyspieszyła. W myślach starała się ułożyć jakiś rytuał chrztu, pasujący do tych okoliczności. Dziewczynka raźno ciągnęła ją dalej, zmuszając do pośpiechu.

Przedzierały się pośród gałęzi, a Silje cichym, drżącym głosem mamrotała:

– Znalazłam cię nocą w ciemności. Dlatego chrzczę cię Dag*, jeżeli jesteś chłopcem. Byłeś przeznaczony

* Dag – norweskie imię męskie; znaczy również „dzień".

na śmierć, jak dawno temu, nie wiem. Dlatego, jeżeli jesteś dziewczynką, chrzczę cię Liv*.

Czy brzmi to głupio? Czy taki chrzest wystarczy? Dla pewności dodała jeszcze: „W imię Jezusa Chrystusa, amen", choć nie była przekonana, czy może wypowiadać tak święte słowa. Mogli je wymawiać tylko księża.

Ale czy nie jest niebezpiecznie nazywać dziecko Liv? Wyrodzeniec może naprawdę ożyć i powstanie ogromny... Nie, nie wolno jej tak myśleć. Zrobi wszystko jak umie najlepiej i pozostanie tylko modlić się, by to wystarczyło.

Dziewczynka koniecznie chciała odnaleźć wyrodzeńca i to umacniało Silje w przekonaniu, że na pewno miała młodsze rodzeństwo. Powstrzymywanie jej nie miało sensu, trzeba za nią iść.

Powinien być gdzieś tutaj. Zatrzymała się i schyliła, szukając po omacku między drzewami. Serce waliło jej ze strachu, sztywne z zimna palce drżały.

Dotknąć wyrodzeńca? Jakie to będzie uczucie? Czy w ogóle cokolwiek poczuje? Może tylko wyschnięte kości? Albo może to będzie coś ohydnego, oślizgłego? A może coś złapie ją żelaznym chwytem za rękę? Marzyła tylko, by móc uciec. Nagle drgnęła.

Dziewczynka najwyraźniej coś znalazła, bo zaczęła szybko i niezrozumiale o czymś mówić. Teraz Silje usłyszała stuknięcie, jakby uderzenie w drewno. Pomacała. Jej dłonie natrafiły na drewnianą rączkę. Wyglądało to na kubek do piwa z przykrywką. Nie jest to chyba takie niebezpieczne, pomyślała. Szukała dalej. Płótno... Cieplejsze niż zamarznięta ziemia.

---

* Liv – norweskie imię żeńskie; znaczy również „życie".

Małe zawiniątko. Gdy go dotknęła, znowu usłyszała płacz. Zebrała się na odwagę i ostrożnie zaczęła rozwijać grubą materię. Ciepła skóra. To było dziecko. Żywe dziecko, nie żaden duch. Dziecko pozostawione, by dopiero stać się duchem.

– Dziękuję ci – szepnęła do dziewczynki. – Uratowałaś dziś ludzkie życie.

Dziewczynka radośnie dotykała maleństwa.

– Nadda – powtórzyła i Silje nie miała serca jej odepchnąć, mimo że mała zetknęła się z zarazą.

Kubek. Potrząsnęła nim. Zachlupotało. Wsunęła palec do środka i poczuła coś mokrego, co nie zdążyło jeszcze zamarznąć. Polizała.

– Mleko! Święty Boże, to mleko!

Otrząsnęła się z oszołomienia, kiedy spostrzegła, że przytknęła już kubek do ust, gotowa wypić wszystko duszkiem.

Dzieci. Musi pamiętać o nich!

Może choć jeden łyczek?

Nie, nie będzie w stanie przestać.

Najpierw dziewczynka. Musi dostać trzecią część.

Mała piła łapczywie, wydając przy tym różne odgłosy, jakby pomrukiwała z zadowolenia. Odebranie jej kubeczka okazało się trudne, ale, choć z żalem, musiała to zrobić. Dziewczynka zareagowała ostro, z wielką złością, która przeraziła Silje.

– Nadda też musi dostać – szepnęła i to uspokoiło małą. Poza tym mleko zasyciło już chyba pierwszy głód dziewczynki. Nie trzeba wiele takiej małej istotce.

A niemowlę? Co z nim zrobić?

Maleństwo było owinięte w kilka warstw materii, a z wierzchu w kawałek płótna, które lekko połyskiwało mimo otaczającej ciemności. Silje schwyciła róg materiału, zwinęła, zanurzyła w kubku i włożyła dziecku do buzi.

Mała istotka nie chciała pić. Silje nie miała żadnego doświadczenia w postępowaniu z noworodkami, nie wiedziała, że często w pierwszym dniu swego życia nie są głodne i nie potrzebują jedzenia, ani też tego, że nie wszystkie mają od razu rozwinięty instynkt ssania. Czuła się zrozpaczona i bezradna.

Mimo jej usilnych starań dziecko nie chciało mleka. W końcu poddała się. Musiały iść dalej, a ona nie mogła nieść i maleństwa, i kubka; miała tylko dwie ręce. Z głębokim poczuciem winy wypiła resztę sama. Teraz, gdy wiedziała, że zabiera je komuś innemu, mleko już jej tak nie smakowało.

Wstała, wzięła niemowlę w objęcia i ujęła dziewczynkę za rękę. Ogarnął ją nagle pusty śmiech. Cóż ona, na Boga, właściwie robi? Ot, wiódł ślepy kulawego, pomyślała sobie. Nie będzie zbyt dużą pomocą dla dzieci, o nie.

Wypite mleko nasyciło i nieco wzmocniło zarówno ją, jak i dziewczynkę. Oswoiła się także z ciemnością, może dlatego, że blask ognia widać było teraz wyraźniej między pniami drzew.

Zatrzymała się na skraju lasu, przypatrując się temu strasznemu miejscu. Z wielkiego ogniska wydobywały się chmury cuchnącego dymu i płynęły w jej kierunku. W blasku czerwonych płomieni zobaczyła czarne kontury szubienic. Dalej stały narzędzia tortur – świadectwo fantazji, którą człowiek odkrywał w sobie, gdy miał możliwość zadawania mąk innym. Obok pręgierza palił się mały ogień, gdyby ktoś życzył sobie rozżarzonych szczypiec lub miecza. Wielkie, mocne haki do zawieszania na nich przestępców i inne wymyślne narzędzia tortur, porozkładane wokół, sprawiały tak okropne wrażenie, że Silje jęknęła na sam ich widok. Najbardziej rzucało się w oczy koło, na którym łamano kości, i...

– Och, nie! – wyszeptała. – Och, nie, nie!

Pośród tych okrutnych narzędzi zobaczyła poruszające się sylwetki. W czarnym kapturze skrywającym odcięte uszy stał kat. Jego pomocnik, najbardziej pogardzany człowiek w całym Trondheim, kręcił się gorliwie. Wszędzie pełno było żołnierzy wójta, zarządcy prowincji. Jej uwagę przyciągnął młody, jasnowłosy mężczyzna. Związano mu ręce z tyłu i właśnie przygotowywano do łamania kołem.

– Nie, nie róbcie tego – wyszeptała znowu.

Ogień oświetlił na chwilę jego profil i Silje zobaczyła, że był bardzo młody i piękny. Serce skurczyło się jej z bólu, jakby brała na siebie męki przeznaczone dla niego. Stał tam obok narzędzia, które zaraz zgniecie każdą kość w jego ciele, a kat – nieważne, oprawca czy egzekutor – chodził dokoła, powoli, trzymając w ręku topór o szerokim ostrzu. Więzień miał więc być najpierw torturowany, a potem stracony.

Silje nie chciała, by umarł. Nie spotkała w swym życiu zbyt wielu mężczyzn, ale ten wydał się jej wyjątkowy. Kim mógł być? Złodziejem? Nie, nie byłoby przy tym tylu żołnierzy i strażników. Musiał być kimś dużo ważniejszym.

Stała tak zamyślona, że gdy z tyłu dobiegł ją z lasu czyjś mocny głos, aż drgnęła.

– Co tu robisz, kobieto?

Silje i dziewczynka odwróciły się nagle. Mała zaczęła krzyczeć. Silje miała ochotę zrobić to samo, ale się opanowała. Między drzewami ujrzała wysoką postać, która wydawała się jej czymś pośrednim między zwierzęciem a człowiekiem. Po chwili dopiero spostrzegła, że był to po prostu mężczyzna ubrany w półdługi płaszcz z wilczej skóry, a futrzana czapa nasadzona na głowę upodabniała go do zwierzęcia. Jej uwagę zwróciły nieproporcjonalnie szerokie i potężne ramiona, niczym niedźwiedzie bary. Wąskie oczy błyszczały w jego wyrazistej twarzy, zarazem pięknej i nieprzyjemnej. Błysnął zębami w dziwnym grymasie niczym wilk. Stał zupełnie nieruchomo, a migotliwe światło raz po raz wydobywało jego twarz z otaczającego mroku.

Drżącym głosem odpowiedziała na jego pytanie:

– Chciałam tylko ogrzać się trochę przy ogniu, panie.

– To twoje dzieci? – zapytał głębokim, twardym głosem.

– Moje? – powtórzyła, uśmiechając się nerwowo, zesztywniała z zimna. – Mam dopiero szesnaście lat. Znalazłam tę dwójkę dziś wieczorem. Pozostawiono je same.

Długo spoglądał na nią zamyślony. Ogarnął ją strach, instynktownie spuściła wzrok. Mała też się przeraziła i schowała się za Silje.

– A więc uratowałaś je? – zapytał. – Chcesz dziś w nocy ocalić jeszcze jedno życie?

Spojrzenie jego płonących oczu sprawiło, że poczuła się nieswojo. Odpowiedziała zmieszana i zawstydzona:

– Jeszcze jedno życie? Nie wiem... Nie rozumiem...

– Twoja twarz nosi ślady głodu i wyrzeczeń, możesz więc uchodzić za dwa-trzy lata starszą. Mogłabyś uratować życie mojemu bratu, ale czy zechcesz?

Pomyślała, że nigdy jeszcze nie widziała dwóch braci, którzy byliby tak do siebie niepodobni. Piękny, jasny chłopak tam na dole i ten potwór z ciemną, sztywną grzywą zwisającą nad czołem.

– Nie chcę, żeby on umarł – powiedziała z wahaniem. – Ale w jaki sposób właśnie ja mogłabym go uratować?

– Ja sam nie mogę tego zrobić – powiedział mężczyzna. – Jest ich zbyt wielu, poza tym mnie też szukają. Pojmaliby mnie, a to by mu na pewno nie pomogło. Ale ty... – Wyjął z kieszeni mały, zwinięty papier. – Masz. Weź ten list z pieczęcią królewską. Powiedz im, że jesteś jego żoną, a to są wasze dzieci. Mieszkacie tu w okolicy, on nazywa się Niels Stierne i jest posłańcem króla. Ale, ale, jak masz na imię?

– Silje.

Zirytowany skrzywił się.

– Cecilie, głupia dziewczyno. Nie możesz mieć na imię Silje jak nieokrzesana chłopka! Jesteś hrabiną, pamiętaj o tym! Musisz niezauważenie ukryć ten list w jego ubraniu, a później udawać, że go tam znalazłaś.

To jest niezwykle śmiałe, pomyślała Silje.

– Ale jakże mogę uchodzić za hrabinę? Nikt w to nie uwierzy.

– Nie widziałaś dziecka, które trzymasz na ręku? – spytał krótko.

Opuściła wzrok i przeraziła się.

– Nie, ależ...

Światło ognia było teraz tak silne, widziała wszystko wyraźnie. Dziecko było otulone w szal utkany z najlepszej wełny, lekkiej i cieniutkiej jak pajęczyna. Silje nigdy jeszcze nie widziała czegoś podobnego. Wplecione w materiał złote nitki tworzyły nieopisanie piękny wzór. Francuskie lilie, chyba tak to się nazywa, pomyślała. Ze środka wystawało bielutkie płótno; to właśnie kawałek tego płótna zanurzyła w mleku.

Mężczyzna postąpił krok do przodu, a ona instynktownie cofnęła się. Otaczała go aura zamierzchłej, pogańskiej przeszłości, nadprzyrodzonej tajemnicy, zwierzęcej zmysłowości, a przy tym promieniowała z niego niezwykła, niemal majestatyczna siła.

– Dziecko ma zakrwawioną twarz – powiedział i skrawkiem tkaniny otarł krew. – Jest nowo narodzone. Na pewno nie jest twoje?

Silje poczuła się głęboko urażona.

– Jestem porządną dziewczyną.

Jego usta wykrzywiły się w lekkim uśmiechu, spojrzał niespokojnie na plac egzekucji. Nie byli jeszcze gotowi, właśnie ksiądz usiłował przekonać jego brata, by wyznał swe grzechy.

– Gdzie znalazłaś dziecko?

– Tutaj, w lesie, pozostawione, by umarło.

Zmarszczył czarne brwi.

– Razem z dziewczynką? – zapytał niedowierzająco.

– Nie, nie, ją znalazłam w mieście, przy zmarłej matce.

– Zaraza?

Spoglądał to na nią, to na dziecko.

– Tak.

– Jesteś naprawdę odważna – powiedział powoli.

– Nie boję się zarazy. Towarzyszy mi od wielu dni. Uderza wokół mnie, ale nigdy we mnie.

Na jego diabolicznej twarzy pojawiło się coś, co mogło przypominać uśmiech.

– We mnie też nie. A więc zejdziesz tam?

Wahała się z odpowiedzią. On tymczasem mówił dalej:

– Dzieci cię ochronią. Ale muszą mieć jakieś imiona.

– Nie wiem, czy to maleństwo to dziewczynka, czy chłopiec. Ale ochrzciłam je Liv albo Dag. Sądziłam, że to wyrodzeniec i dlatego odważyłam się ochrzcić je sama.

– To zrozumiałe. A dziewczynka?

Zastanowiła się.

– Obydwoje są dziećmi nocy. Kiedy je znalazłam, otaczały je ciemność i śmierć. Myślę, że nazwę ją... Sol*.

Jeszcze raz spojrzał na nią swymi dziwnymi oczyma, które bardziej przypominały podłużne, świecące szczeliny.

– Jesteś mądrzejsza niż większość ludzi. Więc jak, pójdziesz? Silje zarumieniła się, słysząc pochwałę. Te słowa dodały jej otuchy.

– Nie zaprzeczę, że się lękam, panie.

– Otrzymasz nagrodę.

Potrząsnęła głową.

– Pieniądze mi nie pomogą. Ale...

– Tak?

Dzieci dodały jej odwagi. Uniosła głowę i powiedziała:

– Dzisiaj nikt nie przyjmie obcych wędrowców. Jestem teraz odpowiedzialna za dzieci, a sama przemarzłam już do szpiku kości. Gdybyście, panie, mogli zdobyć dla nas pożywienie i jakieś schronienie, gdzie byłoby ciepło, chętnie zaryzykuję życie dla młodego hrabiego.

Ogień nie był już tak silny i twarz mężczyzny znów znalazła się w cieniu. Szybko rozważył swoje możliwości.

– Mogę to zrobić – obiecał.

– Dobrze. A więc pójdę. Ale moje odzienie? Żadna hrabina nie chodzi w takich szmatach.

---

* Sol norweskie imię żeńskie; znaczy również „słońce".

– Pomyślałem o tym. Zobacz, weź to.

Zdjął szatę z ciemnobłękitnego aksamitu, którą nosił pod płaszczem z wilczej skóry. Jemu sięgała do bioder, jej aż do stóp. Wysunęła ręce przez rozcięcia.

– No, okrywą najgorsze. Otul się nią mocno. I ściągnij te szmaty z trzewików!

Zrobiła, jak kazał.

– A moja mowa?

– Tak – odpowiedział z wahaniem. – Zdziwiła mnie. Nie mówisz tak jak biedota. Może nawet będziesz mogła uchodzić za hrabinę. Postaraj się jak tylko potrafisz!

Wzięła głęboki oddech.

– Życzcie mi szczęścia, panie.

Posępnie pokiwał głową.

Zamknęła oczy i jeszcze raz głęboko odetchnęła, jak gdyby się koncentrowała. Mocniej schwyciła dziewczynkę za rękę i z noworodkiem przy piersi, czując w sercu śmiertelny strach, zaczęła schodzić w dół. Szła w kierunku placu, gdzie żołnierze przywiązywali właśnie mężczyznę do koła tortur.

Czuła na plecach przenikliwy, palący wzrok zwierzoczłeka. Cóż za przedziwna, tajemnicza noc, pomyślała. A przecież dopiero się zaczęła!

ROZDZIAŁ II

Kiedy Silje znalazła się na otwartej przestrzeni, przyspieszyła tak, że mała ledwo mogła za nią nadążyć. Już z daleka krzyczała łamiącym się głosem:

– Na miłość boską, co robicie?

Nie musiała udawać poruszonej. Była naprawdę

wstrząśnięta, gotowa zaryzykować swoje młode życie dla nieszczęśliwego hrabiego. I pomyśleć, że był królewskim posłańcem. Tak, ale czyż od razu nie przeczuwała, że jest lepszy od innych?

Mężczyźni odwrócili się w jej stronę. Kat mruknął coś i mocniej schwycił za topór. Jakby się bał, że straci swoją ofiarę.

– Czy już całkiem postradaliście zmysły, nikczemni pachołkowie? – krzyknęła. – Człowiek, którego traktujecie w taki sposób, jest moim mężem!

Rzuciła szybkie spojrzenie przywiązanemu już do koła młodzieńcowi. Twarz miał ściągniętą i bladą. Pod maską zaciętości kryło się przerażenie. Nigdy jeszcze nie widziała, by ktoś tak dobrze potrafił ukryć paniczny strach! Był tak samo zaskoczony jej przybyciem jak oprawcy, ale szybko się zreflektował.

– Nie! – zawołał. – Nie powinnaś tu przychodzić! W dodatku z dziećmi!

Dowódca żołnierzy skrzywił się pogardliwie i chciał ją odepchnąć.

– Nie wiecie, panie, kim on jest? – zapytała, ciągle bardzo wzburzona. Pomimo strachu naprawdę bawiło ją odgrywanie żony młodego hrabiego.

– Kim on jest? To wiemy aż za dobrze!

– A więc wiecie? I mimo to traktujecie królewskiego posłańca w tak podły sposób?

Tymczasem młodzieniec zaczął wykrzykiwać rozzłoszczony:

– Nie masz prawa mnie demaskować!

Odwróciła się do niego. Teraz, gdy patrzyła z bliska, uderzyła ją jego piękność i wytworność, choć w oczach można było jeszcze dostrzec strach.

– O, tak. Oddasz raczej życie, niż przyznasz się do czegoś – przerwała mu, równie rozzłoszczona. – Nie myślisz wcale o nas, o żonie i dzieciach. Ale ja nie mam zamiaru cię stracić. Panie komendancie, jestem hrabina Cecilie Stierne, a to posłaniec Jego Wysokości Niels Stierne. Mój mąż pochodzi z tych okolic i dlatego właśnie jest tutaj zwykle wysyłany.

– Cecilie! – wrzasnął jej „mąż".

– Milcz! To ja siedzę sama w domu i czekam na znak życia od ciebie, aż tu nagle dowiaduję się, że jacyś nikczemnicy spośród ludzi króla pojmali cię i przywiedli tutaj. Wyruszyłam natychmiast i cóż widzę?

Podeszła bliżej do dowódcy i szepnęła:

– Przysłano go tu w tajemnicy.

– Nie wierzcie jej! – krzyknął więzień. – Ona kłamie!

Dowódca spuścił trochę z tonu.

– W takim razie dlaczego nic nie powiedział? – zapytał szyderczo.

– Musicie chyba wiedzieć, panie, że kurier królewski nigdy, przenigdy, nie ujawni swego zadania. Pójdzie raczej na śmierć.

W powietrzu unosił się kwaśny, duszący odór. Odblask ognia połyskiwał na hełmach żołnierzy, a kat niecierpliwie wywijał swym ciężkim toporem, który ze świstem przecinał powietrze. Wyglądało, jakby dowódca tracił nieco pewność siebie. Widocznie gra Silje była dosyć przekonywająca. Mimo to powiedział ostro:

– Wiemy, kim jest ten człowiek. To Heming, zabójca królewskiego wójta; za jego głowę wyznaczono cenę.

Silje spostrzegła leżące niedaleko śruby do łamania kciuków i kleszcze pokryte rdzawoczerwonymi plamami, których nie sposób było nie rozpoznać. Musiała powstrzymać gwałtowny przypływ mdłości. Stanęła tuż przed dowódcą. Teraz już naprawdę weszła w swoją rolę. Pomogła jej w tym świadomość, że dziwne, jakby zwierzęce, żółte oczy śledziły ją z góry, z lasu.

– Czy on wygląda na zabójcę wójta? Jest rzeczywiście brudny i wyczerpany, ale po konnej przeprawie przez góry też byście tak wyglądali, panie. Popatrzcie na te szlachetne rysy. Spójrzcie na dzieci, na jego córki! Czy to są dzieci mordercy?

Umyślnie powiedziała „córki", bo gdyby jej nie uwierzyli, możliwe, że chcieliby zabić również młodsze dziecko. Nie pozostawiliby przy życiu syna mordercy. Miała nadzieję, że nie będą go dokładnie oglądać. Gdyby jednak postanowili sprawdzić, pozostawało się tylko modlić, by była to dziewczynka. Inaczej przejrzeliby jej grę.

– A moje córeczki, Sol i Liv, czy mają zostać sierotami bez ojca? Jak sądzicie, co na to powie król Fryderyk?

Dowódca patrzył na nią wzrokiem pełnym pogardy.

– A jakież jest to jego ważne zadanie, jeśli wolno spytać?

– O nie, panie! Czy sądzicie, że mój mąż zdradziłby to nawet mnie? Jest tak nieugięcie lojalny w stosunku do swego króla, że raczej by umarł, niż pokazał list. Za tę lojalność chcecie go zabić!

– List? – zaśmiał się dowódca. – Nie ma żadnego listu. Skąd wiesz, pani, że ma go teraz przy sobie?

– Zawsze ma go przy sobie. Sama uszyłam schowek w jego odzieniu.

– Przeszukaliśmy go.

– Niedokładnie.

Silje szybko jak błyskawica odwróciła się do spętanego mężczyzny i ukrywszy list w dłoni zaczęła „obszukiwać” pas, aż udało się jej wsunąć papier pod podszewkę. Robiła to trochę niezdarnie, bo przeszkadzało jej dziecko, które miała na ręku. W pośpiechu i zdenerwowaniu przycisnęła je mocniej do siebie. Więzień zaprotestował dziko:

– Cecilie, nigdy ci tego nie wybaczę!

Rzucili się na nią jak sępy, ale jednym ruchem oderwała podszewkę i „znalazła” list. Dowódca wyrwał jej go z rąk.

– Nie odważycie się złamać pieczęci Jego Wysokości! – wykrzyknęli jednocześnie hrabia i Silje.

– Oczywiście, że tego nie zrobimy – twardo od powiedział dowódca. Badawczo przyglądał się pieczęci i obracał list na wszystkie strony. – Jest prawdziwa – powiedział krótko, ze źle skrywanym zawodem. Odwrócił się do swoich ludzi.

– Kto twierdził, że to jest Heming Zabójca Wójta?

Jeden z żołnierzy wypchnięty został do przodu.

– Mógłbym przysiąc... – zaczął.

– Jak dobrze go znałeś?

– Widziałem go raz.

– Z bliska? Rozmawiał z tobą?

– No, nie. Widziałem go z góry, kiedy jechał konno przez przełęcz. Ale miał takie same blond włosy i ta... twarz. Był bardzo podobny do tego mężczyzny, panie.

– Podobny? Czy to jedyny dowód, jaki miałeś?

Żołnierz zwiesił głowę. Nie znalazł odpowiedzi.

Wielki, groźny cień padał na ziemię obok Silje, ale ona nie miała odwagi spojrzeć w to miejsce. Teraz skierowała tam przelotnie wzrok i ostatkiem sił udało jej się utrzymać na nogach. Stała tam jeszcze jedna szubienica, na której kogoś powieszono. Ciało na stryczku kołysało się powoli tam i z powrotem. Właśnie w tej chwili odwróciło się i Silje ujrzała twarz wisielca. Zdusiła w sobie krzyk. Instynktownie usiłowała stanąć tak, aby mała tego nie widziała, ale dziecko przypatrywało się zupełnie spokojnie okropnej postaci zwisającej na sznurze. Dziewczynka nawet lekko się uśmiechała, jakby bawił ją fakt, że dorosły mężczyzna wisi w górze, huśtając się. Nie rozumie tego, pomyślała z ulgą.

Dowódca w strojnym mundurze, w pancerzu i szerokich spodniach do kolan, zwrócił się do hrabiego.

– My też jesteśmy ludźmi króla. Dlaczego nic nam nie powiedzieliście, panie?

– Szpiedzy i zdrajcy są wszędzie. Ważniejsze od mojego życia jest, by list nie dostał się w niepowołane ręce. Czy zechcecie teraz mnie rozwiązać?

– Oczywiście.

Był wolny. Prostował zesztywniałe ciało.

– Pozwolicie, panie, że zabiorę swoją żonę i dzieci, że wypełnię powierzone mi zadanie?

Dowódca drgnął, oderwany od własnych myśli, i zwrócił list z lekkim ukłonem.

– Proszę o wybaczenie, panie hrabio. To wszystko było nieporozumieniem.

Mężczyzna nawet na niego nie spojrzał.

– Chodź, Cecilie! Bardzo jestem z ciebie niezadowolony! Wydałaś mnie, to ciężki cios dla mojego honoru.

– Wasza małżonka postąpiła nadzwyczaj rozsądnie jaśnie panie – powiedział dowódca służalczo. – Piękny gest, który przystoi żonie. Możecie całkowicie liczyć na naszą dyskrecję. Czarujące dzieci – dodał i pogłaskał dziewczynkę po głowie. Najwyraźniej bardzo zależało mu na tym, by zachować łaskę wielkiego pana.

Więzień zabrał swoją „rodzinę" i skierował się z nią w stronę lasu.

– Muszę niezwłocznie kontynuować podróż! To opóźnienie drogo kosztowało kraj – rzucił wściekle przez ramię.

Silje usłyszała za sobą jakiś pomruk i odwróciła się. Kat stał nieruchomo i wpatrywał się w nią wzrokiem pełnym nienawiści, nie próbując nawet ukryć zawodu. Ona jednak odetchnęła z ulgą. Dowódca uwierzył w jej słowa. Na szczęście dla niej żołnierze nie byli zbyt dobrze zorientowani w tym, co rozgrywało się wokół duńskiego tronu, w przeciwnym razie zdziwiliby się na pewno, że królewski posłaniec jest Norwegiem i w dodatku mówi dialektem z okolic Trondheim.

Fryderyk II był dobrym królem, lecz nie bardzo interesował się Norwegią. Ostatni raz przebywał w tym kraju w roku 1548, jeszcze jako następca tronu, na długo przed swoją koronacją. O jego dobra troszczyli się namiestnicy. Tak było od czasu, gdy Norwegia dostała się pod panowanie duńskie w roku 1537. Obecny namiestnik w Trondheim nazywał się Jacob Huitfeldt. Gdyby dowiedział się od swego wójta o poczynaniach Silje, oszalałby z wściekłości. Żaden z jego dowódców nie miał prawa do tego stopnia nie orientować się w sytuacji.

Silje wiedziała jeszcze mniej. Ale była bardzo dumna, że uratowała tak ważnego posłańca.

Duńczycy pozostawili większą część władzy mianowanym wójtom, wybieranym spośród Norwegów. Przeciwko nim skierowała się teraz cała nienawiść ludu. Podatki były straszliwe, opłaty rosły, towary ważono na fałszywych wagach i zmuszano chłopów, by sprzedawali je za bezcen, dużo poniżej ceny ich wyprodukowania. Dodatkowo nakładano na nich wysokie daniny. Wszystkie dochody, pochodzące z nieuczciwego wyzysku, szły wprost do kieszeni wójta.

Oczywiście taki stan rzeczy prowadził do buntów. Błędem było jednak to, że ograniczały się one terytorialnie do pojedynczych dzielnic. Dlatego nigdy nie były skuteczne. Sześć lat temu, kiedy ówczesny namiestnik, Ludvig Munk, uciskał lud zbyt mocno, powstali chłopi w okolicach Trondheim, a przewodził im Rolf Lynge. Teraz, w odczuciu Silje, w prowincji było dość spokojnie, ale przecież dziewczyna wiedziała raczej niewiele...

Serce waliło jej ze szczęścia, że ocaliła tego wspaniałego mężczyznę. Ukradkiem zerkała na niego z boku w niemym podziwie.

Kiedy tylko dotarli do skraju lasu, młody mężczyzna pospiesznie wszedł między drzewa. Nie uszli daleko, gdy ogromny cień pojawił się przed nimi.

– Przeklęty idiota! – powiedział, sapiąc, mężczyzna w płaszczu z wilka i uderzył hrabiego w twarz. Młodzieniaszek, dotknięty do żywego, uskoczył w bok.

– Bijecie swego brata, panie? – Silje była przerażona.

– On nie jest moim bratem.

– Ale mówiliście...

– Cóż miałem robić? – odparł krótko. – Wyjaśniać wszystko? Nie było na to czasu.

– Nie podoba mi się, że kłamiecie – powiedziała Silje zachmurzona, odbierając z jego rąk skórzane strzępy i obwiązując nimi na powrót nogi. Niemowlę położyła na ziemi; nie mogła się przemóc, by podać dziecko temu zwierzoczłekowi.

Jego głos zabrzmiał ochryple i twardo.

– Byłem zmuszony do kłamstwa. Musiałem go ratować, inaczej zdradziłby nas wszystkich, tak bardzo boi się bólu. Poza tym potrzebujemy go.

Silje w głębi duszy zainteresowało, kim są owi „my".

– A więc nie jesteście hrabią, panie? Skoro nie jesteście braćmi?...

– On też wcale nie jest hrabią – zaśmiał się cicho w ciemności.

– Co? Uwierzyłam w wasze słowa. Sądziłam, że ratuję jednego z królewskich kurierów.

– Musiałaś mi wierzyć. Nie bądź tak naiwna, Silje. To może cię kosztować cnotę i honor, nie mówiąc już o życiu.

Jego odpowiedź zrobiła na niej duże wrażenie. Jakaś zmysłowa siła, która promieniowała od tego człowieka, sprawiała, że Silje była dziwnie niespokojna.

– O cnotę się nie boję – powiedziała, podnosząc się. – Walczyłam o nią wiele razy i zawsze wygrywałam.

Wydawało się, że jej słowa uspokoiły go. Usłyszała to w tonie jego głosu, gdy oddawała mu szatę z aksamitu, której zresztą nie chciał przyjąć.

– Będziesz z niej miała więcej pożytku niż ja. I... odzienie niemowlęcia... zachowaj je, Silje! Może ci się kiedyś przydać. A teraz chodź!

Pewnie sądzi, że będę je mogła sprzedać, gdy przyciśnie mnie bieda, pomyślała i ruszyła za nim. W otaczającej ich ciemności wydawał się taki ogromny, ale może sprawiała to skóra wilka. Było dla niej zagadką, w jaki sposób odnajdywał drogę nocą w ciemnym lesie, choć właściwie nie powinna się dziwić. Po tym człowieku można było spodziewać się wszystkiego. Z łatwością mogła przyjąć, że posiadał zwierzęcy instynkt i zmysł orientacji.

– Proszę nie iść tak szybko – zawołała. – Mała nie może nadążyć.

Zaczekał na nie, wydawał się nieco zniecierpliwiony.

– Słyszałem, jak rozmawiałaś z tą krwiożerczą hałastrą, tam w dole – powiedział – kiedy całkiem dobrze potrafiłaś odegrać hrabinę. Teraz mówisz raczej jak wiejska dziewczyna. Kim jesteś naprawdę? Skąd pochodzisz?

– Jestem po prostu Silje. Myślę, że powinniście zważać bardziej na me odzienie niż mowę. Potrafię mówić pięknie kiedy chcę, ale to długa historia i zbyt wiele zajęłaby czasu.

Dostosował swoje kroki do ich i pilnował, by nie zostawały w tyle. Dziewczynka była już wyraźnie zmęczona.

Myśli Silje skupiły się wokół postaci młodzieńca.

– On jest taki piękny – powiedziała zachwycona, nie myśląc o tym, do kogo mówi.

Mężczyzna zachichotał.

– Tak, dziewczęta tak uważają. Właśnie z powodu kobiety omal nie stracił życia. Zapomniał o czujności.

Silje zmieszała się.

– No tak, on ma chyba wiele panien?

– W każdym razie nie jest dla ciebie.

Zatrzymał się na moment. Kiedy ruszył znów, szedł jeszcze wolniej.

– Choć właściwie przydałaby mu się taka jak ty – powiedział sucho.

– Taka jak ja?

– Tak, silna, odważna i bystra kobieta, pełna serdecznego ciepła. Dałaby mu to, czego jemu brakuje.

– Nie jestem silna ani w ogóle taka, jak mówicie, panie!

Nagle odwrócił się w jej stronę i mimo ciemności wyczuła bijące od niego ciepło i wielką siłę osobowości.

– Zajmujesz się dzieckiem, które prawdopodobnie dotknięte jest zarazą, i drugim, które wzięłaś za wyrodzeńca. Bez sprzeciwów ryzykujesz życie dla obcego, występując jako jego żona, jakbyś nigdy nie była nikim innym. Albo jesteś niezwykle silna, albo też za głupia, by dostrzec niebezpieczeństwo. Zaczynam przychylać się do tego drugiego.

Nie odezwał się więcej. Szli w głąb lasu, w przeciwnym niż miasto kierunku, aż dotarli do jakiejś drogi. Zaprzężone do wozu konie niecierpliwie grzebały kopytami ziemię, obok stała milcząca grupka jeźdźców. W blasku księżyca Silje spostrzegła jasne loki „więźnia". Nie miał konia, czekał obok wozu. Serce zabiło jej szybciej na jego widok. Zaczęła ją bowiem gnębić myśl, że nie zobaczy go już nigdy więcej.

Zwierzoczłek, jak w myślach nazywała mężczyznę w płaszczu z wilczej skóry, podszedł do woźnicy i długo z nim rozmawiał. Potem wskoczył na konia i wszyscy jeźdźcy zniknęli wraz z nim.

Woźnica pomógł wsiąść jej i dzieciom, a młody, piękny chłopak wskoczył na tył wozu. Zaskrzypiały koła, ruszyli.

Cała dotychczasowa siła woli Silje zaczęła wyraźnie przygasać, jakby przestała już otrzymywać pożywkę z zewnątrz. Mimo że młody „więzień" był tuż obok, czuła się tak, jakby jakieś rzucone na nią czary straciły nagle swą moc i znów stała się samotną, bezradną Silje, zmęczoną, przemarzniętą i wygłodniałą. Była zupełnie pusta w środku. Teraz nie miałaby odwagi nawet na chwilę stanąć przed żołnierzami.

Uparcie starała się zwalczyć ogarniającą ją apatię.

Siedziała wyprostowana, otulając dziecko własnym ubraniem, by tylko dać mu jak najwięcej swojego ciepła, jeżeli jeszcze w ogóle je miała. Dziewczynka, przykryta owczą skórą, zasnęła na jej kolanach. Silje owinęła się piękną aksamitną szatą, która była tak obszerna, że okrywała również dzieci. Ramię podtrzymujące niemowlę całkiem jej zdrętwiało, ale nie mogła się poddać. Była bardzo zmęczona, czuła piasek pod powiekami, a ciało zesztywniało jej z zimna. Chwilami wydawało się, że już zamarzła, i dlatego trzyma się tak prosto.

Wóz toczył się szybko, kołysząc niemiłosiernie na wszystkie strony. Musiała trzymać się mocno, by nie wypaść. Światło księżyca połyskiwało między drzewami, gdy opuszczali gminę Trondheim, kierując się na wschód.

– Dokąd jedziemy? – zapytała Silje po pewnym czasie. Była tak zziębnięta, że nie mogła nawet wyraźnie mówić.

– Jedziesz na dwór, gdzie zaraza zabrała już wszystkich, których chciała tym razem. Ja jadę gdzie indziej.

– Przepraszam, że pytam – powiedziała nieśmiało. – Ale jest jedna rzecz, której nie rozumiem...

– Tylko jedna? Jesteś naprawdę bystra!

Nie podobało jej się, że kpi. Tak jakby była nic świadomym niczego dzieckiem!

– Ten list z pieczęcią królewską... powiedzieli, że był prawdziwy?

– Zgadza się, ale jest bardzo stary. Już wiele razy nam się przydawał.

– Ale jak znalazł się w waszym posiadaniu?

– Za dużo chcesz wiedzieć – powiedział, śmiejąc się dźwięcznie. – Ale powinienem ci chyba podziękować za pomoc.

Najwyższy czas, pomyślała w duchu, choć tak naprawdę nie spodziewała się żadnego podziękowania.

Spoglądała na niego z boku. Siedział ukośnie, z nogami opartymi na desce, tuż koło niej. Znajdowali się teraz na otwartej przestrzeni. Księżyc rzucał światło na młodą, piękną twarz o okrągłych, jędrnych policzkach. Jej następne pytanie zgasiło uśmiech na jego ustach.

– Kto to był? – zapytała cicho.

Zesztywniał.

– Kto? Dowódca?

– Nie, nie. Musicie wiedzieć, panie, o kogo mi chodzi. O tego, który nam pomógł.

Wpatrywał się w nią.

– Nie rozumiem, o czym mówisz.

– O człowieku na skraju lasu, ubranym w wilczą skórę, tak że wyglądał jak zwierzę. O tym, który was uderzył, panie.

Młodzieniec nachylił się ku niej blisko.

– Nikogo tam nie było – powiedział ostro. – Nikogo!Rozumiesz? Nikogo! Nikogo!

Silje odchyliła się do tyłu.

– Ale...

– Śniło ci się. Niczego nie widziałaś tej nocy, pamiętaj!Czy sądzisz, że pozwoliłbym komuś uderzyć się bezkarnie? Zabiłbym tego, kto by to zrobił.

Mówił cicho, tak by woźnica ich nie słyszał. Silje poddała się. Rozumiała go. Na pewno zniewaga, którą musiał odczuwać, była dla niego trudna do zniesienia. Najpierw prawie zgładzony, później uratowany przez młodą dziewczynę, a potem spoliczkowany przez mężczyznę.

– Rozumiem – powiedziała ulegle. Od razu złagodniał.

– Musisz być śmiertelnie zmęczona. Pozwól mi choć przez chwilę potrzymać dziecko. Jest twoje?

Silje zrobiła zrezygnowaną minę.

– Nie, na Boga, jakże może być moje! Zajęłam się obojgiem. Nie miały nikogo innego.

Spojrzała na maleństwo i dała upust zaniepokojeniu, które kryła w sobie już od dłuższego czasu.

– Nie wiem, czy jeszcze żyje – powiedziała z obawą. – Jest takie ciche, od kiedy opuściliśmy to... to miejsce.

Wydawało się jej, że znów czuje smród ogniska, w którym palono zwłoki, jakby nigdy nie miała go zapomnieć.

– Na pewno tylko śpi – powiedział miękko, odbierając od niej dziecko.

Och, jakże cudownie było móc wyprostować ramiona i pozbyć się ciężaru niemowlęcia. Mocniej otuliła dziewczynkę owczą skórą, owinęła się w suknię, szal i aksamitny płaszcz i oparła głowę o kant wozu. Księżyc wznosił się na wprost końskich łbów; uznała to za dobry znak. Przyszłość będzie jasna, pomyślała. Droga skręciła. Znów spojrzała w górę. Na niebie zabłyszczała jasna gwiazda. Jeszcze lepiej. Wszyscy przecież wiedzieli, że gwiazdy na niebie to szczeliny, przez które można zajrzeć wprost do królestwa Bożego. Bóg otworzył wyjątkowo piękne okienko nad Silje, dziećmi, którymi się zaopiekowała, i tym wspaniałym mężczyzną, którego pozwolono jej ocalić.

Właściwie było jej smutno, że akurat teraz, gdy siedziała u boku pięknego młodzieńca, odczuwała tak śmiertelne zmęczenie, że oczy same się jej zamykały. Była tak wycieńczona i zmarznięta, że początkowo nawet nie mogła zasnąć, tylko siedziała półprzytomna. Wszystko ją bolało.

Raz prawie ocknęła się na moment z otępienia.

Miała niejasne wrażenie, że wóz stoi w miejscu, że słyszy czyjeś głosy i że coś włożono jej w ramiona. Po chwili jednak znów zapadła w sen.

W pewnym momencie poczuła, że ktoś potrząsa ją za rękę.

– Gdzie jesteśmy? – Silje była tak zesztywniała, że nawet mówiła niewyraźnie.

– Jesteśmy na miejscu. Rozmawiałem z panem Benedyktem. Możecie zająć mieszkanie dawnych gospodarzy.

Z trudem zauważyła postacie, które wzięły od niej dzieci. Księżyc zniknął, domyśliła się, że już świta. Rozbudzona dziewczynka zaczęła płakać i wołać matkę. Woźnica pomógł Silje zsiąść z wozu. Nie mogła ustać na nogach, musiał ją podtrzymać.

– Kim jest Benedykt?

– To kościelny malarz, bardzo dziwny człowiek. Ale ofiaruje wam schronienie.

– Dzieciom też?

– Tak, dzieciom też.

Przez chwilę stali sami przy wozie.

– Ale co stało się z tym młodym człowiekiem? – zapytała Silje.

– Z Hemingiem? Wysiadł jakieś pół godziny temu. Podążał w inną stronę.

Heming... Heming Zabójca Wójta? A więc to jednak był on! Sama myśl, że pomogła mordercy, napełniła ją głębokim uczuciem wstydu. Ale był taki młody i piękny...

– Jest chyba wielu Norwegów, którzy walczą o niepodległość kraju? – zapytała szybko.

– Z pewnością, panno Silje.

– Może więc należał do takiego związku tu w okolicy?

– Nie należy pytać tak wiele.

A więc tak było. Zabrzmiało to uspokajająco. Można wybaczyć komuś, kto walczy o swój kraj.

Jakże uprzejmie zwracał się do niej woźnica. Panna Silje! To na pewno z powodu tej aksamitnej szaty!

– A ten drugi? Czy on też...?

– Kto?

– Ten, co z wami rozmawiał. Prosił was, byście nas zawieźli do tego Benedykta.

Woźnica schylił się i poprawił coś przy wozie.

– Nie było nikogo innego, panno Silje. Tylko młody Heming. Od niego otrzymałem rozkazy.

Silje poczuła rosnący w niej upór, ale w porę przypomniała sobie słowa Heminga.

– Coś mi się chyba pomyliło – powiedziała lekko. – Najwidoczniej zapomniałam o wszystkim, co zdarzyło się tej nocy.

– Tak będzie najlepiej, panno Silje.

W domu płonęło łuczywo, a parobek rozpalał właśnie ogień na palenisku, kiedy weszła do izby. Usłyszała przyjazne głosy gawędzące z dziećmi. Dwie starsze kobiety zajęły się maluchami, rozebrały je i przyniosły dziewczynce do łóżka gorącą strawę.

– Ona jest taka ładna – powiedziała jedna z kobiet. Nie wyglądała na niezadowoloną z tego, że obudzono ją w środku nocy. – Jak ma na imię?

– Nie wiem – odparła Silje. – Nazywam ją Sol. A co z niemowlęciem? Tak się bałam. Czy żyje?

– Ależ tak. Chłopcu nic nie jest, choć nie odcięto mu pępowiny.

– Chłopcu? Och, mogło być niedobrze, powiedziałam pewnym złym ludziom, że dziecko nazywa się Liv. Nazwałam je tak, by uratować od śmierci. Ale skoro jest chłopcem, będzie się nazywać Dag. Nie chciał jeść wcześniej i...

– Nic nie szkodzi, to przecież noworodek. Żyje nadal tym co przyniósł ze sobą na świat. Umyjemy go, odetniemy i zawiążemy pępowinę, i mocno owiniemy w pieluchy. Bądź spokojna, zadbamy, by nie stało mu się nic złego, choć przyszedł na świat w tak bezbożny sposób. Wodę do mycia poświęcimy żarzącym się węglem, a do jego posłania już włożyłyśmy kawałek żelaza. Pobłogosławimy go jak należy, chlebem, a pożyczone ode mnie dziedziczne srebro położymy mu na piersi. Ale dziewczynka wygląda na bardzo senną, myślę, że po prostu zabierzemy ją do siebie, niech się dobrze wyśpi. Jest jeszcze trochę zupy, chcesz?

Silje nie miała nawet siły zaprotestować. Dziewczynka, którą nazwała Sol, wsunęła się na jedno z posłań, a oczy znów same jej się zamknęły. Ciepło ognia wypełniło izbę. Tak cudownie błogiego uczucia Silje nie zaznała od tygodni. Przyjęła miseczkę pełną zupy, którą wypiła duszkiem, by nie tracić czasu na jedzenie łyżką. Był to cienki krupnik z maleńkimi kawałkami posiekanej słoniny. Smakował wyśmienicie. Rozkoszne ciepło rozchodziło się po całym ciele.

Nim kobiety zdążyły opuścić pokój, opadła na posłanie i zaczęła zasypiać. Czuła jeszcze, jak pomagają jej się rozebrać i naciągają na nią okrycie, ale nie była już w stanie otworzyć oczu. Wszystko ciążyło jej jakby było z żelaza.

Zamknęły się drzwi i Silje usnęła jak zabita.

ROZDZIAŁ III

Silje zasnęła przed świtem. Kiedy się obudziła, był już wieczór. Nie zdążyła nawet zobaczyć światła dziennego. A może jednak?

Wieczór... lub może raczej zmrok. Spojrzała w górę, na niski sufit. Ciemne ściany z grubych bali. Okno. Pomyśleć tylko, okno! Silje przyzwyczajona była do małych świetlików, które otwierało się za pomocą kijka.

Szyba była zielona i chropowata, ale przepuszczała ostatnie światło wieczoru.

Dzieci!

Odwróciła głowę. Na drugim posłaniu nie było nikogo, ale kiedy wsłuchała się lepiej, usłyszała dziecięcy śmiech. Widocznie ktoś bawił się z małą. Z głębi domu dobiegł ją cichy płacz niemowlęcia, ale ucichł po chwili. Może dziecko było właśnie karmione?

W izbie było bardzo ciepło. Ogień płonął nadal, a więc ktoś musiał... Silje poczuła, jak silny rumieniec pokrywa jej policzki. Coś zaczęło świtać w jej głowie. Pamiętała, że raz przebudziła się, by naciągnąć na siebie okrycie.

– Dobrze, dobrze – usłyszała czyjś głos. – Nie bój się, malutka. Jesteśmy już starzy i soki młodości opuściły nas dawno temu.

Przerażona otworzyła oczy. Dwaj starsi mężczyźni stali pochyleni nad nią. Z ulgą spostrzegła, że ma na sobie koszulę.

– To balwierz z parafii – powiedział wysoki mężczyzna z siwą kozią bródką i długimi, cienkimi, siwymi włosami. Ubrany był w rzucające się w oczy szaty o mocnych kolorach. – On zna się na leczeniu. A ja jestem Benedykt Malarz.

Wyrażał się w taki sposób, iż miała uczucie, że powinna wstać i ukłonić się.

Balwierz, który zajmował się też chorymi, był małym, okrągłym człowieczkiem o przyjaznych oczach.

– Od dawna masz takie stopy, dziewczyno? – zapytał.

– Przypuszczam, że od urodzenia – Benedykt zaśmiał się hałaśliwie.

Silje od jakichś dwóch tygodni nie zdejmowała butów. Teraz uniosła głowę i przerażona popatrzyła na swoje stopy. Były spuchnięte, sinofioletowe, całe pokryte pęcherzami. I bardzo brudne, ale z tym łatwo było coś zrobić.

– Zaaplikujemy gorące okłady – uspokoił ją balwierz. – Nie będę puszczał ci krwi, bo widać, że nie masz jej w nadmiarze. Twoje ręce nie wyglądają dużo lepiej niż nogi, ale widziałem gorsze odmrożenia. Wszystko na pewno będzie dobrze. Mam jak najlepsze świadectwo od wysoko postawionych osób, jak na przykład barona...

Jednym tchem wyrecytował całą listę znaczących nazwisk, aby jej zaimponować. Benedykt machnął ręką, jakby się opędzał od natrętnej muchy, i usiadł na skraju posłania.

Szybko naciągnęła na siebie okrycie.

– Opowiedz mi teraz – powiedział ojcowskim tonem – skąd przyfrunęłaś? Dowiedziałem się tylko, że ocaliłaś dwójkę dzieci i tego niemożliwego Heminga, i że warto się tobą zająć. Ale twoje ubranie wskazuje na wielkie ubóstwo.

– Nie jest moje – powiedziała cicho. – Swoje oddałam komuś, kto go bardziej potrzebował. Starej kobiecie, która została we dworze. Miała tylko cienką koszulę.

– A to? – zapytał i uniósł w palcach skrawek workowatego gałgana, po czym szybko odrzucił go ze wstrętem na ziemię.

– Zrobiłam je sama z tego, co znalazłam w stodole.

Potrząsnął głową z niedowierzaniem.

– Nigdy nie słyszałem czegoś podobnego! Oddać jedyne ubranie! Poza tym wysławiasz się bardzo ładnie. Kim właściwie jesteś?

Silje zawstydziła się.

– Nie jestem nikim szczególnym. Jestem Silje córka Arngrima, niemożliwe dziecko kowala. Musiałam opuścić dwór, kiedy wszyscy moi krewni pomarli. To, jak mówię, to osobna historia.

– Nadal jednak twierdzę, że jesteś kimś szczególnym – powiedział malarz o wesołych, przyjaznych oczach. – Masz dobre serce, a to rzadko się zdarza w tych podłych czasach, kiedy każdy myśli przede wszystkim o sobie. Szczególne jest i to, że jesteś pod taką opieką.

Przez cały ten czas balwierz zajmował się jej stopami, doglądając jednocześnie garnka, w którym gotował się jakiś ostro pachnący wywar. Silje bardzo chciała, by Benedykt wytłumaczył jej, co miał na myśli mówiąc „taka opieka", ale wiedziała już z doświadczenia, że nic z tego nie będzie. Młodego Heminga wspomnieliby na pewno, ale o drugim, który się za tym krył... nie pisnął ani słowa.

– Mówisz sama o sobie, że jesteś niemożliwa. Opowiedz mi o swym życiu na dworze, o tym, co tam robiłaś.

Odwróciła głowę z uśmiechem zażenowania.

– Obawiam się, że chwilami doprowadzałam ich do rozpaczy. Oczywiście robiłam to, co mi kazano, w polu i w dużym domu, ale na pewno byłam trochę... Jak to określić? Nieobecna duchem? Miałam tyle snów na jawie. I dużo czasu poświęcałam na to, by ozdobić świat wokół. Udekorować.

Oczy Benedykta zabłysły.

– Słyszałeś, balwierzu? Może to nareszcie ktoś, kto doceni moją sztukę! Naprawdę takich ludzi nie ma zbyt wiele! Jutro, Silje, pójdziesz ze mną do kościoła. Tam dopiero zobaczysz dekoracje!

Rozjaśniła się.

– Dziękuję, z miłą chęcią.

– Nie na tych stopach – zamruczał balwierz pod nosem.

– Czy mogę teraz wstać? – zapytała Silje.

– Nie – odparł cyrulik i zanurzył kawałki płótna w garnku, a potem owinął nimi jej stopy. Okład był tak gorący, że prawie ją parzył: pachniał ostro ziołami. – Nie, musisz poleżeć tak przez kilka godzin. Myślę, że powinnaś jeszcze trochę pospać.

– Tak, też tak myślę – uśmiechnęła się. – A dzieci?

– Moje niewiasty już się nimi zajęły – powiedział Benedykt. – Nie musisz się martwić.

Wyszli. Silje, rozgrzana i uspokojona, znowu zasnęła.

Zbliżał się wieczór, poznała to po wpadającym do izby świetle. Usiadła i ostrożnie spróbowała wstać. Nogi bolały ją, ale nie aż tak, by nie mogła tego wytrzymać. Przywykła do bólu przez ostatnie dni mozolnej wędrówki.

Niech Bóg da, by to był kres jej tułaczki! Niech Bóg da, by wraz z dziećmi mogła pozostać u tych życzliwych ludzi! A ona nawet im nie podziękowała jak należy! Co sobie o niej pomyślą?

Zabrano jej przyodziewek. Zamiast niego przyniesiono koszulę z niefarbowanego płótna, ciemną sukienkę z wąskim stanikiem i parę łapci na tyle dużych, by mogła w nich zmieścić swe zabandażowane stopy.

Silje ubrała się szybko i czesała włosy kościanym grzebieniem. Jej dłonie nie były owinięte, nasmarowano je tylko mocno pachnącą, miętową maścią. Nagle zapragnęła zanurzyć się cała wraz z głową w gorącej, aromatycznej kąpieli. Zmyć z siebie cały brud...

Najwyraźniej zaczynam być coraz bardziej wymagająca, pomyślała. Człowiek szybko przyzwyczaja się do dobrego. A przecież dopiero co byłam wdzięczna za spleśniałą skórkę chleba!

Sukienka w zasadzie na nią pasowała. Była trochę za luźna w talii, ale wystarczyło tylko zasznurować mocniej pas. Nie miała siły splatać włosów, musiały zostać rozpuszczone. Obok leżał obcisły kubrak z bufiastymi rękawami zwężającymi się ku dołowi, sztywnym kołnierzykiem i króciutką falbaną od pasa. Nie założyła go teraz. Całość należała chyba do służącej.

Kulejąc, doszła do drzwi. Zatrzeszczały szerokie deski w podłodze. Doprawdy, mieli też podłogę z drewna! W domu przyzwyczaiła się do ubitej gliny lub posadzki z kamienia. Przekroczyła wysoki próg i stanęła na kamiennym stopniu. Zmrużyła oczy, patrząc na słońce wiszące nisko tuż nad horyzontem. Nie wiedziała, że wciąż jeszcze świeciło, szyba okienna tłumiła jego blask. Mogła teraz obejrzeć dziedziniec, pokryty cienką, białą warstwą śniegu. Ciemne domy otaczały podwórze. Zobaczyła stojący z boku duży budynek, a tuż za nim domostwo ze strychem i gankiem, bogato zdobione rzeźbieniami.

Nigdzie nie było widać żywej duszy. Zatęskniła do ciepła izby. Podniosła wzrok.

Drgnęła. Poczuła, jak nagle cała krew odpływa z jej serca.

– O, dobry Boże, nie! – jęknęła.

Chwyciła za futrynę i przytrzymała się mocno. Spojrzała jeszcze raz.

Między budynkami, gdzie droga dochodziła do zabudowań, był prześwit. A za nim... Za nim były wysokie góry, natrętnie bliskie. Ich szczyty wznosiły się ponad dachami. Rozpoznała dokładnie każdy wierzchołek, każdą przełęcz. „Kraina Cieni", „Kraina Mroku"...

Znalazła się jeszcze bliżej miejsca, które tak przerażało ją w dzieciństwie, bliżej groźnych, tajemniczych siedzib Ludzi Lodu. Właściwie była teraz prawie u samego podnóża gór. Oddzielało ją od nich tylko wrzosowisko. A za wrzosowiskiem piętrzyła się niedostępna ściana gór; wydawało się, że sięga nieba, jakby drwiła sobie z Boga Ojca i jego domostwa.

Muszę stąd odejść, pomyślała w pierwszej chwili. Opanowała się jednak. Nie była już dzieckiem. Wszystkie jej fantazje o demonach żeglujących w powietrzu były przecież tylko rojeniami. To ona sama je wymyśliła, nie istniały w rzeczywistości. A całe to ludzkie gadanie o straszliwych Ludziach Lodu – to tylko po to, by Silje trzymała się z dala od gór. Przecież wcale nie musiała stąd wyjeżdżać, wcale. Czy z powodu kilku dziecinnych wymysłów naprawdę musi opuścić jedyne miejsce, w którym znalazła schronienie podczas swej tułaczki?

Jedna ze starych kobiet wyszła z sąsiedniego domu

i zamachała do niej ręką. Silje oderwała wzrok od ciemnoszarych, pokrytych śniegiem zboczy gór, przebrnęła, kulejąc, przez dziedziniec i podeszła do niej.

– Wejdź – powiedziała kobieta przyjaźnie. – Właśnie posilamy się w kuchni. Biedactwo, na pewno jesteś głodna?

– Tak, ale najpierw chciałabym się umyć i trochę ogarnąć.

Szybko doprowadziła się do porządku i weszła do obszernej, przytulnej kuchni z ogromnym paleniskiem i długim stołem. Zgromadzili się tu przy posiłku wszyscy mieszkańcy dworu. Speszona pozdrowiła każdego ukłonem.

Było ledwie parę osób. Zaraza musiała się tu rozpanoszyć na dobre. Na wysokim krześle siedział sam Benedykt, obok niego dwie kobiety, każda z dzieckiem na kolanach, i parobek. To już wszyscy.

Kobiety musiały być siostrami, takie były podobne. Ubrane w czarne, długie aż do stóp suknie, uśmiechały się ciągle. Widać było, że pragną utrzymać miłą atmosferę, by wszyscy czuli się dobrze. Silje pomyślała, że na pewno bardzo je polubi.

Ucieszyła się, gdy zobaczyła, że noworodek zaczął przyjmować pokarm. Ssał pokrojone kawałeczki chleba, zanurzone w mleku. Mała Sol poznała ją i przywitała radośnie, szybko jednak odwróciła się do parobka, który bawił się z nią wesoło, aż zanosiła się ze śmiechu.

– Wejdź, moja miła – powiedział Benedykt przyjaźnie. – Chodź, siądź tu koło mnie.

Podziękowała, jeszcze raz się ukłoniła, cicho odmówiła modlitwę przed jedzeniem i usiadła. Widocznie malarz był wierny prostym obyczajom, bo na wieczerzę składały się tylko trzy potrawy: solone mięso, słonina i kapusta. Z boku na stole stały duże baryłki z piwem.

W żadnym razie nie można było tego porównać z przeciętnym posiłkiem. Przeważnie sześć dań stanowiło minimum, a w naprawdę bogatych domach podawano na stół nawet czternaście potraw. Osoba dorosła wypijała przeciętnie sześć miar piwa dziennie, ale podwójna ilość też nie była niczym niezwykłym.

Dla Silje jednak było to jak cudowna wizja. Podczas jedzenia przyjrzała się dzieciom.

– Po raz pierwszy widzę je w dziennym świetle – powiedziała zawstydzona. – Ładni są oboje! Ale tak bardzo różni!

– Ta mała to istna łobuzica! – orzekła jedna z kobiet. – Co za temperament! W jednej chwili jest promiennie radosna, ale gdy tylko coś idzie nie po jej myśli, zmienia się od razu i wybucha niesamowitym gniewem.

Silje kiwnęła głową.

– Zauważyłam to wczoraj wieczorem.

– Kiedy dorośnie, na pewno chłopcy będą się za nią uganiać – mruknął Benedykt. – Te zielone oczy i czarne loki!

Jeśli przeżyje, pomyślała Silje zasmucona. Najbliższe dni zadecydują. Znów pojawiła się jej przed oczami zmarła matka dziewczynki.

– Sądzę, że chłopiec ma niezwykle ładne rysy jak na nowo narodzone dziecko, prawda? – Próbowała otrząsnąć się ze smutnych myśli. Popatrzyła na małą twarzyczkę i jasny puch włosów na główce.

– Tak – odpowiedział Benedykt. – Można się tylko domyślać, skąd on pochodzi. Zwróciłaś chyba uwagę na okrycie, w które był zawinięty?

– Zobaczyłam je, kiedy stanęliśmy w świetle. To dziwne.

– Skandale zdarzają się i w szlachetnych rodach – wymamrotał.

Poproszono mnie, bym je dobrze przechowała – powiedziała.

– Powinnaś tak zrobić – Benedykt skinął głową. Jego pomarszczona twarz była poważna. – Ale czy naprawdę młody Heming był tak przewidujący?

Ach, że też musi się tak rumienić i czuć przyspieszone bicie serca, gdy tylko słyszy imię Heminga! Ale nie mogłaby zaprzeczyć, że bardzo pragnęła znów zobaczyć jego pociągającą twarz.

– Nie, to kto inny – odparła zmieszana. – Bardzo szczególna osoba... prawie zwierzoczłek. Jestem mu głęboko wdzięczna. To on przysłał mnie do was. A skoro już o tym mówimy, chciałabym bardzo podziękować za okazaną mi życzliwość. Bez żadnych sprzeciwów przyjęliście przecież mnie i dzieci. I w tak przyjazny sposób!

– Spełnia się takie polecenia – wymruczał malarz. Jednak coś w sposobie jego zachowania podpowiedziało Silje, że nie życzy sobie żadnych dodatkowych pytań. – Podejrzewałem, że Heming nie byłby tak rozsądny Ale, dziewczyno, co my z tobą zrobimy? Jak widzisz, jest nas tylko kilka osób, potrzebowalibyśmy kogoś do pomocy. Jeśli wystarczyłoby ci tylko jadło i dach nad głową?

– O tak, serdeczne dzięki – odparła wpatrzona w swój talerz. – Tym razem spróbuję skupić się na pracy.

– I nie marzyć? – zaśmiał się Benedykt. – Ludziom potrzebne są marzenia, Silje. A takim jak ty i ja bardziej nawet niż innym. Zrozum, wszyscy mieszkańcy tego domu nie żyją. To był mój brat i jego rodzina. Proszę, nie pytaj. Zbyt wielką przykrość sprawia nam mówienie o nich. Ale my, pozostali, musimy przecież żyć dalej.

– Myślę, że rozumiem. Niedawno przeżyłam to samo. Wszyscy mamy swoich zmarłych.

Służba pokiwała głowami w milczeniu.

– Ja mieszkam w tym ozdobionym domu obok – ciągnął Benedykt – i nie biorę udziału w podejmowaniu decyzji dotyczących gospodarstwa.

Wydawał się niezwykle dumny ze swego zajęcia.

– Pijesz tak mało – powiedział. – Piwa mamy w bród. Jeśli chciałabyś siedem miar zamiast sześciu, to nic nie stoi na przeszkodzie.

– O nie, dziękuję, wypijam ledwie trzy dziennie!

– A cóż to za głuptas! Pijesz piwo jak ptaszek? Ale zgadzam się z tobą. Sam piję, jak widzisz, tylko wino. Napój godny artysty.

Silje siedziała twarzą do okna. Tu, w domostwie mieszkalnym, szyba była przejrzysta. Dotąd starała się nie patrzeć w tym kierunku i nie wyglądać przez okno, ale teraz nabrała odwagi. Przyjazny ton malarza ośmielił ją.

– Te góry... Przeraziłam się, gdy zobaczyłam, że są tak blisko.

Poczuła, że odwaga jej nie opuszcza, i zaczęła opowiadać o tym, jak bardzo bała się gór w dzieciństwie. Choć mieszkała dalej na północny wschód, widziała je dokładnie i lękała się ich. O latających potworach tylko wspomniała. Powiedziała, że góry wywoływały jej przerażające wizje.

– Wcale mnie to nie dziwi. Sam ich się boję. – Benedykt skinął głową. – Wiszą ciągle nad człowiekiem, stale zagrażają. A jeszcze wszystkie te okropne historie o Ludziach Lodu! Przypuszczam, że ciebie też nimi karmiono?

– O tak. A kim są naprawdę Ludzie Lodu? – zapytała z bijącym sercem.

Dotąd właściwie było nie do pomyślenia, by gospodarz i służba siedzieli przy jednym stole i rozmawiali. Czasy się jednak zmieniły. Zaraza sprawiła, że ludzie stali się bardziej samotni i szukali z sobą kontaktu mimo dzielących ich różnic stanowych. Poza tym Benedykt nie był zwykłym człowiekiem, lecz wysoko cenionym artystą i mógł robić co chciał.

Bez wątpienia polubił Silje. Ona także przeczuwała, że ich dusze są sobie pokrewne.

– Ludzie Lodu – powiedział wolno. Wszyscy słuchali go w napięciu. Skończyli już jeść, lecz nadal pozostawali przy stole, jakby byli spragnieni swego towarzystwa. – Ludzie Lodu to legenda. Podobno czynią wiele zła i umieją czarować. Chyba słyszałaś o Tengelu, złym duchu Ludzi Lodu?

– Ależ panie Benedykcie! – przerwała jedna z kobiet, a druga przeżegnała się szybko. Wzburzony parobek wstał i wbił nóż w ścianę nad drzwiami.

– Przesądy – mruknął malarz. – A więc słyszałaś, Silje?

– Tylko tajemnicze wzmianki – odpowiedziała. – Nikt nie chciał mi nic powiedzieć.

– Dobrze, teraz o tym usłyszysz. Ja się nie boję ani trolli, ani samego Diabła. Trzysta, czterysta lat temu młody Tengel schronił się gdzieś w górach. Wraz z gromadą innych chłopów królewskim rozkazem został wypędzony ze dworu. Zaprzysiągł zemstę. Zaprzedał duszę Szatanowi i został wodzem Ludzi Lodu. Tengel znaczy również wódz, tego pewnie nie wiedziałaś? A Ludzie Lodu... Zostali tak nazwani, bo podobno nie można się dostać do ich siedzib. Trzeba iść pod lodem, tunelem wzdłuż rzeki, by tam dotrzeć.

– Czy Tengel znał się na czarach, kiedy tam przybył?

– Tego nie wiemy. Mówi się, że był zwykłym człowiekiem, ale pakt, który zawarł z Diabłem, dał mu nadprzyrodzoną moc. Przez stulecia rosła sława Ludzi Lodu, gdyż dzieci, które spłodził, miały w sobie tę samą moc. I... – Benedykt zniżył głos – mówią, że Tengel nie ma grobu!

Silje otworzyła szeroko oczy. Odruchowo zerknęła w mroczny kąt i na drzwi prowadzące w ciemność.

– Myślicie, panie... że Diabeł go zabrał?

– Tego nie powiedziałem. – Malarz opuścił wzrok. – Tego nie powiedziałem. Nie było miary na to, co Ludzie Lodu mogli uczynić. Ale to wszystko tylko gadanie, Silje. Głupie, idiotyczne przesądy!

– Czy to znaczy, że nie istnieją? – zapytała.

– Nigdy ich nie widziałem. A mieszkam tu przez całe moje życie. Jednak przyznam szczerze, że dobrowolnie nie pójdę w te góry! Ale to inna sprawa, to te ogromne góry napawają człowieka lękiem.

Kobieta trzymająca na kolanach Sol zakryła uszy dziewczynki.

– Panie Benedykcie, powinniście bardziej uważać na to, co mówicie – rzekła wzburzona. – Nie mówi się o... nich.

Parobek był odważniejszy.

– A tam, istnieją! Może kiedyś, dawno temu, ale nie teraz. Zginęli razem z „czarną śmiercią" dwieście lat temu. Oni, jak i większość innych. Byłem w górach wiele razy i nie widziałem tam żadnych ludzi ani ich siedzib.

A więc to były tylko fantazje, uspokoiła się Silje. Nareszcie będzie mogła przestać się nimi przejmować, przestać się ich obawiać. I pomyśleć tylko, że najadła się do syta, znów było jej ciepło i miała na sobie czyste i całe ubranie. Nie mogła powstrzymać radości.

– Jest mi tak dobrze! – westchnęła. – Myślę, że królestwo Boże nie może się z tym równać!

Wszyscy zaśmiali się wyrozumiale.

Pełnię szczęścia zmąciła jej myśl o zarazie i spojrzała zaniepokojona na Sol. Jak dużo czasu upłynie, zanim ta straszna choroba znów zaatakuje? Widziała wystarczająco dużo jej ofiar, by móc rozpoznać objawy. Mała wciąż jeszcze była ożywiona i radosna. Ale podczas posiłku jej oczy nabrały dziwnego wyrazu, a usta zaczęły nieco drżeć.

– Mama – powiedziała głosem pełnym skargi. – Mama!

Jedna z kobiet wzięła ją wtedy na kolana i kołysała, dopóki dziewczynka nie uspokoiła się.

– Jest taka mała, niedługo zapomni – powiedziała kobieta.

Później Silje musiała opowiedzieć o swej smutnej wędrówce i o wydarzeniach ostatniej doby. Nie usłyszała jednak ani słowa o tym, kim był człowiek, który jej pomógł. Zauważyła tylko, że kobiety wymieniły wymowne spojrzenia i usłyszała, jak jedna z nich wymamrotała coś jakby „miserere", a parobek zwiesił głowę i uparcie wpatrywał się w podłogę, by ukryć wyraz twarzy.

Nagle wszyscy drgnęli. Usłyszeli dudnienie końskich kopyt i dźwięk broni.

– Żołnierze wójta! – zawołał Benedykt i wyjrzał na dziedziniec, gdzie zatrzymała się grupa jeźdźców. – Silje, czy to z nimi rozmawiałaś wczoraj? Na wzgórzu szubienic?

Zaczęło się zmierzchać, przez okno niewiele można było dostrzec, lecz mimo wszystko poczuła się pewnie.

– Nie, tych tutaj nie znam.

– Dobrze, nie musisz się więc ukrywać. Greto, zabierz jednak mniejsze dziecko! A najlepiej oboje.

Kobieta wraz z dziećmi zniknęła w izbie obok.

Benedykt wstał i szedł na spotkanie przybyłych. Pozostali nie ruszyli się z miejsc, starali się tylko usłyszeć wszystko, o czym będzie mowa.

Pozdrowił ich i zapytał, z jaką sprawą przybyli.

Dowódca wszedł po schodach.

– Czy nie widzieliście nikogo obcego tu we dworze, dziś w nocy lub za dnia?

– Nie, nie widzieliśmy. Kogo szukacie?

– To, do diabła, dobrze wiecie, Benedykcie Malarzu! Ten buntownik, Dyre syn Alva, grasował dziś w nocy ze swymi ludźmi. Spalił siedzibę jednego z ludzi króla. Chcemy z tym skończyć. Czy możemy przeszukać stajnię?

– Oczywiście, jeśli uważacie, że stare kobyły warte są oglądania. Ale nie przypuszczacie chyba, że ja...?

– Przypuszczacie? – parsknął dowódca i odwrócił się napięcie.

Mężczyźni skierowali się do jednego z budynków. Najwyraźniej byli tam już wcześniej, szukając obcych koni.

Po chwili wyszli.

– A Heming Zabójca Wójta? – zapytał dowodzący.

– Nie widziałem go od wieków – odparł Benedykt tak przekonująco, że gdyby Silje nie wiedziała, jak było naprawdę, uwierzyłaby mu od razu.

– Tym lepiej dla ciebie.

Część żołnierzy przeszukiwała inne budynki. Sprawdzano, czy nie ukryto jakiegoś konia między bydłem. Wkrótce gotowi byli do odjazdu.

– Lepiej pilnuj się, Benedykcie! – krzyknął dowódca przez ramię. – To, że trochę powisisz pod sklepieniem kościoła, nie daje ci wolnego wstępu do nieba!

– Zakłócanie domowego spokoju również tego nie zapewnia! – odkrzyknął Benedykt.

A więc dowiedziała się, kim był mężczyzna w wilczej skórze. Dyre syn Alva... czy nie słyszała o nim już kiedyś? Największy w Trondelag wróg panowania Duńczyków. Wszyscy go chronili; niemożliwe więc, by został pojmany przez wójta.

Otwartej nienawiści w stosunku do króla nie było. Chłopów mało na ogół obchodziło, kto nimi rządzi. Kiedy przed piętnastoma laty region ten zajęli Szwedzi, dobrze przyjęto nowych panów. Szwedzi opuścili Trøndelag, mieszkańcy bez zbytnich protestów przeszli pod panowanie Duńczyków. Wszystko jedno, Kopenhaga czy Sztokholm – leżały tak daleko. Rządami w kraju musieli zająć się inni. Jak długo chłopi mieli co jeść, było im obojętne, jak nazywa się król. Oni sprzeciwiali się tylko wysokim podatkom.

Zawsze jednak znalazła się grupa aktywnych buntowników. Najważniejszym spośród nich, najodważniejszym i najbardziej podziwianym był obecnie Dyre syn Alva.

Silje nigdy przedtem go nie widziała. Nie miała pojęcia ile ma lat i skąd pochodzi. Teraz przynajmniej wiedziała, jak wygląda. Nie, nie będzie tą, która go wyda! Nic dziwnego, że nikt nie chciał zdradzić jego imienia, gdy pytała.

A Heming... Poczuła ciepło wokół serca. Tak, był buntownikiem, to już odgadła. Benedykt najwyraźniej też stał po ich stronie.

A skoro tak, pewnie znowu zobaczy Heminga. Oczami wyobraźni ujrzała drwiący błysk w jego oczach, zawadiacki nos, usta, które zawsze wydawały się gotowe do śmiechu, i jasne włosy, lśniące w blasku księżyca...

Młode, niedoświadczone serce dziewczyny wypełniły nowe uczucia. To naturalne, że w zauroczeniu myślała wciąż o jego ujmującej powierzchowności. Wypełniło ją bezgraniczne uwielbienie właściwe tylko bardzo wczesnej młodości. Uwielbienie, które nakazuje przymykać oczy na wszystkie wady i błędy, a przypisuje wybranemu wymarzone przymioty i uczucia.

Ten dzień nie był dla Silje długi. We dworze wkrótce zapanował spokój. Kobiety poprosiły ją, by mogły zająć się dziećmi jeszcze jedną noc. Były takie życzliwe. Oczywiście zgodziła się.

Sądziła, że niełatwo będzie jej znów zasnąć, myliła się jednak.

Sny przychodziły i odchodziły. Silje cicho wzdychała, mięśnie rąk i nóg lekko jej drżały, jak gdyby usiłowała przed czymś umknąć.

Była w domu, leżała na zboczu, niedaleko dworu. Z oddali wyłaniała się „Kraina Mroku". Ostre, postrzępione szczyty gór. Ukryte między nimi doliny. Złocistoczerwone niebo.

Coś wyłoniło się spośród wzgórz. Czarne postacie z szerokimi skrzydłami. Jej demony. Podświadomie, we śnie, usiłowała się bronić. Było ich kilka. Sześć, może osiem. Ale były niebezpieczne. Unosiły się w powietrzu, szukały. Wiedziała, że ich oczy już ją odnalazły, choć udawały, że jeszcze jej nie spostrzegły.

Nagle zorientowała się, że jest naga. Nie miało to jednak znaczenia. Nikt poza duchami przepaści nie mógł tego zobaczyć. Ta świadomość przyniosła jej ulgę. Z rozkoszą wyciągnęła się w trawie. Dziwne zwidy były teraz bliżej. Serce zaczęło jej walić jak oszalałe. Zobaczyła je wyraźniej. Były nagie. To byli mężczyźni. Ich demoniczne twarze miały w sobie niezwykle sugestywną siłę przyciągania. Dłonie mieli zakończone długimi pazurami, tułowia na wpół ludzkie, na wpół zwierzęce. Tak, w wielu miejscach natura obdarzyła ich równie hojnie jak zwierzęta.

Widzieli ją i pożądali jej. Nigdy jednak nie zniżyli swego lotu tak, by znaleźć się przy niej. Zataczali w powietrzu niewielkie kręgi, jak gdyby coś ich powstrzymywało, jakby na coś czekali.

Ujrzała twarz jednego z nich. Choć groteskowo wykrzywiona, to jednak piękna, o czystych rysach. Twarz młodzieńca otoczona złotymi lokami. Z rogami jelenia. Poznała go i zadrżała z radości, że znów go widzi. Lecz on też nie odważył się zejść na dół. Jego ciało od pasa w dół było ciałem jelenia, a zamiast ramion wyrastały mu ogromne skrzydła.

W pewnym sensie nie życzyła sobie, by był nagi; wzburzyło ją to. Uwielbiała tylko jego piękną twarz, nic więcej nie chciała, niczego więcej nie pragnęła.

Demony z szacunkiem rozsunęły się nieco.

Ponad „Krainą Cieni" uniosła się nowa postać, większa i groźniejsza od innych. Znieruchomiała na tle płonącego nieba. Choć zatrzymała się w oddali, we śnie Silje spostrzegła, kim ona jest. Poznała jego twarz. Kuszącą i odpychającą zarazem, z grymasem drapieżnika, pociągającą, pociągającą... Czarne spirale skręconych włosów opadały na czoło, pełne blasku oczy świeciły w jej kierunku.

Mimo że się starała, nie mogła jednak dojrzeć tułowia. Chciała go zobaczyć całego, lecz pozostawał w cieniu. Mogła tylko rozróżnić kontury, które przywodziły jej na myśl fauna, satyra...

Jej ciało było ciężkie i ospałe, oddychała głęboko, dziwnie podniecona. Poruszyła się powoli w trawie, podciągnęła lekko nogi, pełna obawy, przerażona, ale i zafascynowana.

Zamachał z wolna skrzydłami i przysunął się bliżej.

Krzyknęła tak głośno, że się obudziła. Leżała w półśnie, chwytając głęboko powietrze, z uczuciem jednocześnie ulgi i zawodu, że sen przerwał się akurat w tym momencie. Poczuła, że ciało jej płonie w sposób, jakiego nigdy dotąd nie doświadczyła. Była poruszona, wstrząśnięta. Usiłowała dłońmi zasłonić swój wstyd, lecz one tylko rozpaliły iskrę. Teraz nie było już odwrotu.

Wyczerpana opadła na łóżko, niemal bliska śmierci ze wstydu, że właśnie doznała uczucia wielkiego szczęścia. Tymczasem wszystko miało swoje naturalne wytłumaczenie. Po prostu Silje dorosła.

Kościół malowany teraz przez Benedykta należał do innej parafii. Malarz powiedział, że miejscową świątynię ozdobił już dawno temu. Każdy fragment sklepienia był dziełem jego rąk.

Do sąsiedniej parafii, gdzie pracował nad wystrojem wnętrza tamtejszej kaplicy, nie było daleko. Późnym przedpołudniem zabrał Silje ze sobą. Pojechali wozem. Benedykt nie należał do rannych ptaszków. Jego sinoczerwony nos świadczył o tym, że wysoko sobie ceni radość płynącą z mocnych napitków.

Silje była przekonana, że wszyscy bez trudu odgadną, co przeżyła tej nocy. O dziwo, wyglądało na to, że tylko jej się tak zdaje i nikt nie zauważył niczego szczególnego, bo rozmawiali z nią jak zwykle serdecznie i naturalnie.

Zdumiewające! Dla Silje ten moment zwrotny

w jej życiu był tak poniżający, że chciała umrzeć. Do tego wszystkiego pożądała niewłaściwego mężczyzny. Przez cały czas, kiedy jechali wozem, Benedyktowi nie zamykały się usta. Powoził, trzymając w ręku lejce, i opowiadał Silje o swoich triumfach artysty, o wszystkich pięknych malowidłach, które wykonał. Głośno przeklinał księży reformacji za to, że kazali stare, wspaniałe dekoracje w kościołach pokryć wapnem, bo, jak twierdzili, część z nich była nieprzyzwoita.

– Nieprzyzwoita! – parsknął. – Nie ma nic nieprzyzwoitego w miłości, Silje. Wszystko jest naturalne i piękne. To myśli tych obłudnych starców są nieprzyzwoite.

Nieco ją to uspokoiło, choć jeszcze nie w pełni.

– Na szczęście są też rozsądni księża. W pewnym stopniu udało się im powstrzymać tę histerię czystości. Wzięli sobie do serca słowa Grzegorza „w obrazach będą czytać ci, którzy czytać nie umieją". Tak należy rozumieć wartość sztuki sakralnej! Zobaczysz mojego anioła Sądu Ostatecznego. Ach, to arcydzieło! Heming był moim modelem.

Znów się zaczerwieniła.

– Tak, na pewno był doskonałym modelem – zamruczała.

Benedykt zaśmiał się.

– Na pewno nie duchowo. A ty może zechciałabyś pozować mi jako uwiedziona dziewica w obrazie Sądu Ostatecznego?

– Nie – odpowiedziała gwałtownie.

– Ależ dlaczego nie? Byłabyś doskonała z tymi cudownymi złotobrązowymi włosami. Oczywiście musiałabyś pozować bez odzienia.

– No nie, co też wy mówicie, panie!

Benedykt roześmiał się ponownie.

– Żartowałem tylko. Bo choć z pewnością masz duszę artysty, to jednak zbyt mało otwartą. Pruderyjne wychowanie – mruknął do siebie.

Nie chciała tego słuchać. Demonstracyjnie złożyła ręce na kolanach i spuściła wzrok.

Gdyby nieco odwróciła głowę, zobaczyłaby góry. Nie spojrzała jednak na nie. Choć ją kusiły i przyciągały, dziś jeszcze bardziej niż zwykle. Być może te postacie były tam, na niebie? Być może ta największa z nich była...

– Czy to już ten kościół? – wykrzyknęła.

Tak, ale to chyba nie powód, żebyś była taka przerażona?

– Nie. Ja tylko...

Nie dokończyła. Nie mogła opowiedzieć o swoich rojeniach. Z goryczą poczuła, że staje się mokra w najwstydliwszy sposób – tak, jak to się stało w nocy.

Powoli obeszła cały kościół, uważając na rusztowania. Podziwiała dzieła Benedykta. W jednym z nich rozpoznała scenę biblijną. Czterech jeźdźców Apokalipsy. Tu oto wędrują tłumy ludzi dotkniętych zarazą. Tu zniszczenia wojny. A tu sama Śmierć. A tam... no tak, to właśnie Heming, anioł Sądu Ostatecznego. Nieco wystylizowany, ale to z pewnością on. Silje westchnęła z podziwem.

Głośno pochwaliła dzieło, a jej słowa płynęły ze szczerego serca.

Benedykt był zachwycony.

– Patrz, patrz – wołał z entuzjazmem, ciągnąc ją za sobą. – Co sądzisz o tym?

– Piękne – odpowiedziała Silje z wahaniem. – Ale dlaczego namalowaliście, panie, kobietę ubijającą masło? A za nią diabła?

Benedykt zachichotał.

– Zawsze chcą czegoś takiego. Muszą mieć trochę zabawy, księża i kościelni, i całe zgromadzenie.

– Ale ja nie rozumiem – powiedziała Silje z prostotą.

Ze zdziwienia otworzył usta.

– Chcesz powiedzieć, że... że nie rozumiesz symboliki?Nigdy nie widziałaś jak się ubija masło? Sama nigdy tego nie robiłaś?

– Ależ tak, ale...

W jednej chwili wielki rumieniec oblał jej policzki. Uciekła. Coś tak niegodziwego! Coś tak...

Benedykt wyglądał, jakby pożałował swych słów.

– Jesteś dla mnie zagadką, kochana, ogniokrwista dziewico. Tak, od razu widać, że masz gorącą krew. Może chciałabyś pomóc mi malować? – spytał w przypływie wielkoduszności spowodowanej jej pochwałami. – Możesz wypełnić ten ornament z gałązek winorośli. Malowałaś już kiedyś?

Nigdy jeszcze tego nie robiła, ale w żadnym wypadku nie chciała przepuścić takiej okazji.

Pokazał jej farby. Caput mortuum, czyli czerwień. Sadza, czyli czerń; tej nie należy używać zbyt wiele, bo malowidło byłoby wówczas za smutne. I absolutnie nie wolno mieszać z innymi farbami. Wapienna biel, lazurowa zieleń, miedziowa, jasnobłękitna ultramaryna i żółta ochra – te kolory mogła łączyć, byle tylko nie zabrudziła jego farb.

Niepewnie ujęła pędzel. Kwadrans zajęło jej wypełnianie pierwszego listka, tak bardzo bała się, że wyjdzie poza linię. Potem poszło już szybciej. Żywo rozmawiali o sztuce. Benedykt, zawieszony pod dachem, pracował nad Adamem i Ewą, bardzo cnotliwie przyodzianymi w ogromne figowe liście, a Silje powoli posuwała się naprzód w swej pracy nad ornamentem. Nie wiedziała nic o sztuce; to Benedykt pouczał ją przez cały czas i czuł się w tej roli znakomicie.

– Nudzę cię? – zapytał nagle.

– Nie, nie! – odpowiedziała żywo. – To takie ciekawe, nigdy jeszcze o takich rzeczach nie słyszałam, nikt tak ze mną nie dyskutował.

Malarz uśmiechnął się leciutko, samymi kącikami ust. Dyskusja to raczej niewłaściwe określenie dla jego prawie nie ustającego monologu. Dzień miał się ku końcowi, kiedy zszedł na dół. Pracowali z takim przejęciem, że zapomnieli o jedzeniu.

– Patrzcie, patrzcie – powiedział z uznaniem. – Wiedziałem, że na pewno dasz sobie z tym radę. Udało ci się nawet ożywić te listki. Gdzie nauczyłaś się sztuki cieniowania?

– Nic o tym nie wiem – odparła nieco skrępowana, ale jednocześnie bardzo dumna z pochwały. – Próbowałam tylko wyobrazić sobie, jak wygląda liść.

– Jutro też musisz przyjść ze mną – rzekł z zapałem. – Niech „ciotki” zajmą się dziećmi, to sprawi im tylko radość.

O Boże, jak bardzo polubiła tego starszego człowieka, którego poznała tak niedawno!

Najbardziej była mu wdzięczna za to, że pomógł jej znaleźć miejsce na ziemi. Silje, obcy ptak, który nie pasował do życia we dworze, odkryła teraz, że istnieje inny świat. Być może do tego właśnie świata należała?

ROZDZIAŁ IV

Następnego dnia Silje nie pojechała jednak z Benedyktem do kościoła. Jedną stopę miała paskudnie zainfekowaną i nie mogła jej nadwerężać. Zajęła się różnymi drobnymi pracami, które mogła wykonywać siedząc, ale większość czasu spędziła na zabawie z Sol i rozmowie z kobietami.

Sol była zabawną dziewczynką, spontaniczną i bezpośrednią. W jej zachowaniu nie było cienia wahania. Jeżeli była zła, to była zła naprawdę; jej radość też nie miała granic. Ściskała wtedy wszystkich po kolei. Nikt jednak nie mógł zrozumieć tego, co mówi. Wszyscy orzekli, że nie ma jeszcze dwóch lat.

Nazajutrz noga wyglądała lepiej i Silje wywalczyła sobie zgodę na wyjazd z Benedyktem. Tym razem, by odciążyć trochę kobiety, zabrali ze sobą Sol.

Dziewczynka biegała po całym kościele i szybko doprowadziła ich do rozpaczy swą niespożytą energią. Silje bez przerwy musiała ją ściągać to z ambony, to z chóru, co chwila mała próbowała wspiąć się na górę do Benedykta. W końcu przywiązali ją sznurkiem na galerii, która akurat była zupełnie pusta.

Tak jak poprzednim razem pracowali osobno. Silje otrzymała nieco trudniejsze zadanie – miała wymalować aureole wokół anielskich głów. Udało się znakomicie.

– Masz to w sobie – powiedział Benedykt. – Chodź, zobaczysz, co zrobiłem wczoraj, kiedy ciebie nie było!

Pospieszyła za nim do jednej z bocznych naw. W małej niszy namalował kilka scen z dnia Sądu. Silje natychmiast zauważyła, co chciał jej pokazać. Była to na wpół wykończona postać uwiedzionej dziewicy. Zaczerwieniona odwróciła twarz.

Benedykt zaśmiał się.

– Podobna do ciebie, nieprawda? Z twarzy. Resztę musiałem sobie wyobrazić, ale to nie było takie trudne.

Silje była tak poruszona, że nie mogła wydusić z siebie słowa. Poza tym uważała, że wizerunek jest dla niej krzywdzący. Jej brzuch był bardziej płaski i na górze miała więcej od tej tam... nieudacznicy.

– Ja tak nie wyglądam – wybuchnęła.

– Sama jesteś sobie winna – zaśmiał się. – Przecież nie chciałaś pozować. Ale chętnie coś zmienię, powiedz mi tylko, co się nie zgadza.

Najlepiej byłoby odwrócić się demonstracyjnie na pięcie i odejść, ale Silje nie mogła znieść myśli, że jej twarz zostanie osadzona na tym gruszkowatym ciele. Zawstydzona zrobiła kilka szybkich gestów nad malowidłem. Benedykt nie spuszczał z niej oka.

– Tak, masz rację, należysz do tych o pięknym łonie i jesteś szczupła od pasa w dół. To łatwo poprawić. Powinniśmy mieć też diabła. No tak, ale to może poczekać. Muszę najpierw skończyć „Śmierć feldmarszałka".

Odtąd Silje bywała w kościele codziennie. Ukrywała, jak tylko mogła, że z nogą nie jest dobrze. Jednak Sol nie zabierali już więcej ze sobą; zbyt dużo czasu pochłaniało utrzymanie jej w ryzach.

Na drogę Silje zawsze zakładała piękny aksamitny płaszcz. Kiedyś, podczas jazdy, Benedykt zwrócił na to uwagę.

– Gładzisz ten płaszcz, jakby to był twój kochanek.

Wzdrygnęła się.

– To dlatego, że aksamit jest tak cudownie miękki.

– Ale sposób, w jaki się nim owijasz, a potem wdychasz jego zapach tak zmysłowo, czy to też ma coś wspólnego z fakturą materii?

Wyprostowała się.

– Nigdy nie miałam tak pięknej szaty, ot i wszystko – szepnęła zawstydzona.

Czwartego dnia Benedykt stwierdził, że malowanie idzie Silje bardzo dobrze, i postanowił dać jej poważniejsze zadanie. Niewiele czasu zostało na dokończenie wszystkiego. Kościół miał być niebawem ponownie otwarty i wyglądało na to, że malarz sam nie da sobie z tym rady. Czy nie mogłaby podjąć się namalowania diabła kuszącego dziewicę? Gdyby on nakreślił kontury?

Silje oniemiała zaskoczona. Sama miała namalować całą figurę? Czuła jednak, że temu podoła. Już od dzieciństwa przypuszczała, że umiałaby rysować, tylko nigdy nie było okazji, by mogła się o tym przekonać.

– Ależ tak, chętnie spróbuję – szepnęła uradowana. – Tylko co będzie, jeśli nie wyjdzie mi to dobrze?

– To zamalujemy. Ale jestem pewien, że potrafisz.

Silje włożyła w to zadanie całą duszę. Benedykt pozostawił ją samą w bocznej nawie. Mogli wykrzykiwać do siebie tylko pojedyncze zdania. Była jednak tak zajęta pracą, że często zapominała o swym towarzyszu i o całym świecie.

Kiedy miało się ku wieczorowi, malarz zszedł na dół, by upewnić się, jak sobie radzi. Teraz pozostała jej do namalowania jedynie noga diabła, która wystawała zza nóg kobiety.

– Nie zjadłaś dzisiaj nawet okruszynki – krzyknął Benedykt, nadchodząc. – I światło robi się gorsze. Musimy przerwać pracę.

Nagle przystanął. Silje odeszła na bok, by mógł zobaczyć jej dzieło, i czekała z obawą na to, co powie.

Zapatrzył się.

– Jezu Chryste! – szepnął. – Coś ty zrobiła, dziewczyno?

Nareszcie i ona zobaczyła, co namalowała, zobaczyła to jego oczami.

Diabeł stał za kobietą, tak jak to naszkicował Benedykt. Silje posunęła się jednak dalej, umieściła pazurzaste łapy diabła na piersiach niewiasty, ona zaś zdawała się opierać głowę na jego ramieniu. Długim jęzorem diabeł lizał jej szyję, a jego twarz...

– Och! – wykrzyknęła Silje, zakrywając dłonią usta. – Nie zauważyłam tego!

Nikt, kto choć raz widział mężczyznę w płaszczu z wilczej skóry, nie mógł nie odgadnąć, kogo Silje wzięła sobie za modela.

– Musimy to zamalować – powiedział Benedykt przerażony.

Zrobiła ruch ręką, chcąc zacząć od razu, gdy nagle położył dłoń na jej ramieniu.

– Zresztą nie, nie rób tego! Scena jest zbyt dobra, by ją zniszczyć. Oczywiście nie jesteś biegłym mistrzem, ale całość ma swój wyraz. Miejmy nadzieję, że żołnierze królewscy tutaj nie wejdą. Moja mała – powiedział zaszokowany – naprawdę nie spodziewałem się, że ty, taka cnotliwa, możesz stworzyć coś takiego. Popatrz na pełne pożądania ręce diabła. Popatrz na jego pozycję. Tak jakbyś potrafiła wyobrazić sobie, co naprawdę rozgrywa się za plecami kobiety.

Również Silje była zaskoczona.

– Nie rozumiem, nie wiedziałam nawet, że namalowałam to w ten sposób. To musiało przyjść samo z siebie.

– Albo rzucono na ciebie czary, albo masz po prostu duszę artysty. Musiałaś pracować w transie. Tak, myślę, że tak właśnie było. Artysta często nie wie, co robi, gdy porwie go natchnienie. Sądziłem jednak, że to młodemu Hemingowi oddałaś serce.

A więc odkrył to.

– Ależ tak! – odparła wzburzona i zrozpaczona. – Ależ tak! Nie rozumiem, jak ta twarz znalazła się na ścianie!

Wtedy Benedykt zaczął się śmiać, najpierw cicho, potem coraz głośniej i głośniej.

– Lepszego modela nie mogłabyś jednak znaleźć. Boże, co za scena! Co za scena! Ale niech nikt się o tym nie dowie! Dobrze, że w tym miejscu jest dość ciemno.

Wracali do domu. Powietrze było teraz cieplejsze i ta odrobina śniegu, który spadł wcześniej, stopniała. Wiedzieli jednak, że ciepło jest zdradliwe. Zima przypominała o sobie coraz częściej, coraz głębiej wbijała swe lodowate pazury, a słońce z każdym dniem później pojawiało się na niebie.

Jesień tego roku nie była przyjazna.

Już od dziesięciu dni Silje przebywała na dworze Benedykta, kiedy nagle zachorowała Sol. Rozpalona i zapłakana leżała na łożu w sypialni. Silje siedziała przy niej cały dzień, przebierała i starała się utrzymać ją w cieple. Balwierz, jeden z kompanów Benedykta od kielicha, przybył i wydał wyrok.

– Nie ma wątpliwości, niestety. Trzymajcie niemowlę z dala od niej! My przeżyjemy, do tej pory jakoś to się nam udawało. Czy dziewczynka jest ochrzczona? Może lepiej byłoby wezwać księdza?

– Ksiądz nie żyje – wtrąciła jedna z kobiet. – Nie mamy jeszcze nowego. Ach, mieliśmy dobrego księdza. Odwiedzał wszystkich chorych, aż sam się zaraził. Ale dziewczynka jest duża, musi być ochrzczona.

Usiłowała stłumić płacz. Wszyscy bardzo polubili małą Sol.

Balwierz odjechał, a Silje znów usiadła przy chorej. Czuła, jak ogarnia ją rozpacz. Zdążyła się już bardzo przywiązać do tej małej istoty, jakby to była jej własna córka.

– Dopomóż nam – szeptała. – Dopomóż nam, dopomóż, nie pozwól jej umrzeć. Jest taka pełna życia. Na miłość boską, nie zabieraj jej ode mnie, pozwól jej żyć!

Gorączka jednak nie chciała spadać, wprost przeciwnie. Silje czekała teraz na następny przerażający znak.

Sol spoglądała na nią błyszczącymi oczyma.

– Proszę, wyzdrowiej – błagała Silje. – Nie mam siły patrzeć, jak cierpisz. Potrzebuję cię, zrozum!

Sol otworzyła szeroko oczy.

– Pociebujeś Siol?

– Tak, potrzebuję Sol. Wiesz, ty i ja należymy do siebie. I musimy zająć się braciszkiem. Nic nie cieszy, kiedy leżysz chora. Tak bardzo cię kocham, Sol.

Delikatny uśmiech pojawił się na usteczkach małej. Wsunęła swą rozpaloną rączkę w dłoń Silje, a ona dopiero w tej chwili poczuła, że i mała naprawdę przywiązała się do niej, wie, że ją polubiła. Do tej pory odnosiła wrażenie, że dziecko szukało u niej wyłącznie bezpieczeństwa.

Braciszek, tak nazwała Daga. Może to było trochę ryzykowne, jeśli znów mieli się rozdzielić. Powiedziała to jednak całkiem odruchowo, uważała za najwłaściwsze. Nie chciała utracić dzieci. Nie chciała, by tę piękną dziewczynkę włożono do zimnej trumny!

Zbliżał się wieczór, gdy usłyszała, że ktoś przyjechał z wizytą. To Benedykt, wracając do domu z kościoła, przywiódł ze sobą jeźdźca.

Silje słyszała odgłosy rozmowy. Nagle gość stanął w drzwiach domku, w którym mieszkała wraz z dziećmi.

– Wyjdź, Silje – powiedział niskim, zachrypniętym głosem.

W izbie było ciemno, a on nie miał na sobie wilczej skóry. Na koszulę założył ciemnobrązowy płaszcz, lecz i tak go poznała. Dłonie jej drżały, kiedy podnosiła się z brzegu łoża.

Sol zaczęła płakać i wyciągnęła do niej rączki.

– Może powinnam zostać? – spytała Silje nieśmiało i zmusiła się, by spojrzeć mu w oczy. Była pewna, że przejrzał ją na wylot.

Spoglądał na nią swymi władczymi oczyma, które wśród czarnych jak węgiel rzęs miały kolor jasnego bursztynu.

– Kochasz dziecko, prawda?

– Tak, bardzo. Bardzo.

– A więc wyjdź. Zaczekaj w kuchni z kobietami.

Silje podporządkowała się z wahaniem, usiłując nie słyszeć płaczu małej.

W kuchni panowało głębokie milczenie. Nastrój był dziwny, powietrze jakby naładowane. Czym? Lękiem? Przerażeniem? Nie cieszono się chyba zbytnio z wizyty wodza buntowników. To było niebezpieczne, śmiertelnie niebezpieczne!

Benedykt stał przy oknie sztywny i niespokojny, parobek nerwowo obracał w rękach czapkę, kobiety siedziały nieruchomo. Silje usiadła i położyła ręce na kolanach.

Jedna z kobiet zaczęła cichym głosem odmawiać modlitwę.

– Zaprzestań tego! – wybuchnął niespodziewanie Benedykt.

– Oczywiście. Wybaczcie! – powiedziała kobieta o imieniu Maria. To ona właśnie najwięcej czasu spędzała z Sol.

Nagle Silje podniosła się.

– On jest tam już tak długo. Zajrzę na chwilę.

O dziwo, nikt nie próbował jej powstrzymać.

Niepewnie otworzyła drzwi do małego budynku.

Mężczyzna stał pochylony nad posłaniem. Wyprostował się i odwrócił w jej stronę. Nie wyglądał ani na rozzłoszczonego, ani na zdziwionego jej wejściem.

– Dziecko jest silne – powiedział swoim dziwnym, twardym głosem. – Przeżyje. Ale... – urwał.

– Doprawdy? – zapytała Silje sceptycznie. Nie miała odwagi uwierzyć w jego słowa. – Skąd to wiecie, panie?

Uśmiechnął się lekko.

– Sama przecież wiesz, że wiele ludzi zapadających na zarazę wychodzi z tego. Bądź tylko przy niej, by nie czuła się samotna.

– Będę.

Sol była teraz spokojniejsza, posłała im nawet wymęczony, rozpalony gorączką uśmiech. Gość popatrzył na Silje badawczo.

– Kulejesz?

– To nic, to tylko moja odmrożona noga nie chce się zagoić.

– Czy mogę ją obejrzeć?

– Nie!

Zmieszała się, zawstydzona nagle swą gwałtowną reakcją.

Mężczyzna czekał z uśmiechem na ustach. Najwyraźniej go rozbawiła.

Zrezygnowana przycupnęła na łóżku. Bez słowa przysiadł na brzegu i zdjął z niej pończochy. Gdy dotknął jej skóry, drgnęła, nie mogąc się opanować. Spojrzał na nią, lecz jego wzrok był obojętny. Położył obie dłonie na jej stopie.

– Za dużo chodziłaś – stwierdził.

Poczuła dziwne, wibrujące ciepło, rozchodzące się od palców w górę. Po chwili miała wrażenie, że jej noga płonie.

– Czy tak też czyniliście z Sol, panie? – zapytała, spoglądając na małą, która smacznie zasnęła.

Nie odpowiedział, tylko wyjął zza koszuli małe drewniane pudełeczko.

– Nasmaruj tym nogę dziś wieczorem – poradził. – To oczyści ranę z ropy.

Podniósł się, a izba nagle stała się za mała i za gorąca.

Silje podziękowała mu.

– Czy to Benedykt was sprowadził? – zapytała.

– Nie – odparł. – To nie Benedykt. To ja odwiedziłem go w kościele.

W kościele? O Boże, nie!

– Tak, widziałem – odpowiedział, czytając w jej myślach.

Żadnych komentarzy, tylko stwierdzenie. Silje cieszyła się, że akurat była zajęta naciąganiem pończoch; inaczej nie wiedziałaby, gdzie podziać wzrok i co zrobić z rękami. W tej chwili najchętniej zapadłaby się pod ziemię. Ale kiedy zrobił gest, jakby chciał już odejść, opanowała się.

– A niemowlę? Chłopiec? Czy on się zarazi?

Zawahał się.

– Pokaż mi go!

Gdy przechodził obok niej w drzwiach, znowu poczuła tę tajemniczą ociężałość w ciele, taką jak w tamtym śnie. Światło wieczornego słońca na moment padło na jego twarz, którą do tej pory widziała zawsze w półcieniu. Ze zdziwieniem spostrzegła, że się myliła. To tylko złe oświetlenie sprawiało, że jego twarz wydawała się nieprzyjemna, stara i zniszczona. Naprawdę był stosunkowo młodym mężczyzną – nie młodzieniaszkiem, lecz mężczyzną w kwiecie wieku. Był dużo młodszy, niż to sobie wyobrażała.

Dzikość nadal jednak kryła się w jego oczach, wokół ust i w kocich ruchach.

Szła za nim przez dziedziniec, wpatrując się w jego wysoką, prostą sylwetkę, w nienaturalnie szerokie ramiona. Patrzyła, jak kroczy przed nią równo i pewnie. Zatrzymał się na schodach i poczekał, aż ona otworzy drzwi.

Kiedy weszli do kuchni, obie kobiety natychmiast wstały i zniknęły w sąsiedniej izbie. Parobek usunął się w kąt; tylko Benedykt pozostał na miejscu. On też jednak był jakiś nieswój. Silje wyczuła ostrożną rezerwę w jego postawie.

– I cóż? – zapytał.

– Dziewczynka wydobrzeje! – Twarz Silje rozjaśniła się. – Ale on chciałby jeszcze zobaczyć Daga.

Benedykt zawołał Gretę i kazał przynieść chłopca. Z bocznej izby dobiegły ich płaczliwe protesty.

– Przecież on nie jest jeszcze ochrzczony!

Mężczyzna odparł:

– Silje ochrzciła go z wody, gdy go znalazła. To musi na razie wystarczyć.

– Do licha – rzekł Benedykt. – Greto, przypomnij

mi, byśmy jak najprędzej znaleźli księdza do dzieci. Już zbyt długo zaniedbujemy ich dusze.

Powiedział to dziwnie wysokim głosem, jakiego Silje nigdy dotąd u niego nie słyszała.

Greta pojawiła się w drzwiach.

– Tak, panie Benedykcie – odpowiedziała oskarżycielskim tonem. – Pomyślcie, że gdyby on teraz umarł, jego duszyczka poszłaby wprost do...

Zamilkła i przerażona spojrzała ukradkiem na gościa. Wyszła jednak szybko i zaraz wróciła z dzieckiem. Ale nie chciała już wejść do środka, więc Silje podeszła do niej, wzięła dziecko i podała obcemu.

Posłał jej zagadkowe, pełne smutku spojrzenie.

– Ufasz mi, dlatego zrobię, co tylko mogę. Chciałbym jednak pozostać sam.

Opuścili kuchnię. Wychodząc, Silje obejrzała się. Widok był niesamowity – ogromna, zwalista postać, trzymająca w ramionach maleńkie dziecko. Chłopiec prawie zniknął w tych objęciach. Spojrzał na nieznajomego mężczyznę szeroko otwartymi oczyma i rozpłakał się.

Silje zaczęła się zastanawiać, czy nie zrobiła czegoś bardzo niewłaściwego.

Dziecko jednak wkrótce ucichło. Silje, Benedykt i parobek czekali bez słowa w przedsionku, nie patrząc na siebie.

Wreszcie obcy mężczyzna wyszedł i podał dziecko Benedyktowi.

– Noworodki mają własną odporność – powiedział. – Zaraza z trudem się ich czepia.

Silje wyszła za nim na dziedziniec. Sądziła, że może sobie tego życzył, skoro nie jej oddał dziecko.

– Wiem, kim jesteście, panie – rzekła szybko.

– Wiesz? – zapytał z powątpiewaniem.

– Tak, i nie zdradzę was, panie. Możecie mi zaufać, jestem waszym przyjacielem. Gdybyście kiedykolwiek potrzebowali mojej pomocy, panie... choć oczywiście nie potrzebujecie.

Spoważniał.

– Ależ, tak, Silje, być może kiedyś będę jej potrzebować. Chyba wyczułaś, że jestem bardzo samotnym człowiekiem. Niewielu jest ludzi, którym mogę ufać.

Skłoniła się głęboko, pełna powagi i zrozumienia.

Kiedy się uśmiechnął, na jego twarzy pojawiły się głębokie bruzdy.

– Dobrze ci w tym domu?

– O tak! Nie mogłoby być lepiej. Dzięki za to, że przysłaliście mnie tutaj, panie! I dzięki za... wszystko!

Machnął ręką i ten gest zastąpił odpowiedź. Wyglądało, jakby uśmiechnął się do siebie.

– Silje, Silje – powiedział powoli. – Jakie z ciebie jeszcze dziecko! Ale przybyło ci ciała, nie jesteś już taka wychudzona. Teraz bardziej przypominasz rozkwitający pąk. I nie wahaj się posłać po mnie znów, gdybyś mnie potrzebowała.

Wsiadł na konia i po chwili już go nie było. Silje stała ze zmarszczonymi brwiami. Znów? Co miał na myśli?

Poszła do Sol. Ku swemu zdumieniu zastała tam Marię. Przypomniało jej się, że widziała jakiś cień, przemykający przez dziedziniec, ale była zbyt zajęta obcym, by o tym myśleć. Kobieta z miną winowajcy podniosła się z podłogi przy łożu Sol. Wymamrotała jakieś usprawiedliwienie i zniknęła w drzwiach.

Sol spała spokojnie, choć na buzi nadal miała wypieki. Były jednak pewne oznaki świadczące, że gorączka zaczyna nieco spadać.

Silje była ciekawa, co Maria robiła w izbie. Pochyliła się nad małą i gdy oparła się o łoże, poczuła, że się lekko zachwiało. Pod jedną z nóg... leżała moneta. Srebrny pieniążek z rysunkiem krzyża. Wiedziała, co to oznacza. Miało ochronić przed diabelską mocą.

Po chwili zastanowienia pozostawiła monetę tam, gdzie ją znalazła.

Choć wcale tego nie pragnęła, powróciła myślami do snu, który miała ostatnio. Wyobraźnia zaczęła pracować... Gdyby się wtedy nie obudziła, co stałoby się dalej? Dlaczego nie przyśnił się jej wtedy Heming? Dlaczego właśnie zwierzoczłek, a nie on, rozpalił drzemiącą w niej kobiecość? Chciała, by zrobił to młody, pociągający Heming. Chciała tego! Gdyby tylko mogła śnić to jeszcze raz – z kim innym, tym właściwym... Nie odważyła się wymówić tego słowa nawet w myślach. Z innym... kochankiem?

W chwili gdy to pomyślała, przez jej ciało przebiegł gorący dreszcz. Obraz Heminga przyblakł. To nie jego widziała.

Przycisnęła twarz do poduszki i jęknęła zrezygnowana i zrozpaczona.

Rano, gdy tylko się obudziła, poczuła, że pulsowanie w stopie ustało i że nie jest już ona taka gorąca. Obok niej leżała rozbudzona Sol i pytała, czy może wstać.

– O nie, kochanie – powiedziała Silje. – Dzisiaj jeszcze musisz zostać w łóżku. Nie możesz wstać tak szybko. Ale ja będę przy tobie cały dzień.

Zauważyła, że stopniowo zmienia się jej stosunek do gór. Kilkakrotnie przyłapała się na tym, że spogląda w ich stronę niemal wyczekująco – jak gdyby miała nadzieję, że dziwne postacie pojawią się znów nad postrzępionymi wierzchołkami, prowadzone przez swego władcę. Zawstydziła się, że jest taka dziecinna.

Po kilku dniach było już całkiem pewne, że Sol wyzdrowiała, i Silje mogła powrócić do pracy w kościele.

Tym razem Benedykt nie pozwolił jej już na malowanie żadnych figur.

– Nikt nie wie, co ci może przyjść do głowy – powiedział.

Od dłuższej chwili pracowali w skupieniu, gdy Silje przerwała ciszę:

– On zna się dobrze na leczeniu, prawda?

Benedykt od razu wiedział, o kogo jej chodzi.

– O tak – odpowiedział z góry, spod sklepienia.

– Dlaczego jego zdolności nie są szerzej znane?

– Odwołujęmy się do nich tylko w największej potrzebie.

– Dlatego, że musi się ukrywać?

– Można tak powiedzieć. Widuje się go rzadko. Ja sam spotkałem go tylko kilka razy w życiu, choć wydaje się, że ma do mnie sporo zaufania. Dziwne, że ostatnio pokazuje się tak często, ale ma swoje powody...

– Ile on ma właściwie lat? Często się nad tym zastanawiałam.

– Ja też. Właściwie nie wiem; ma tyle lat, ile sam chce mieć w danej chwili, tak się zdaje.

– Powiedział mi, że był tu, w kościele.

– Tak. Pytał, czy w domu wszystko w porządku, a ja opowiedziałem mu o chorobie Sol. Wtedy przyjechał ze mną. – Benedykt zawahał się przez chwilę. – Okazuje ci dobroć, Silje – powiedział zdecydowanym głosem. – Powinnaś być bardzo wdzięczna i bardzo ostrożna.

– Dlaczego?

– Nie utrudniaj mi – wykręcił się.

– Chciałabym to wiedzieć – powiedziała spokojnym, stanowczym tonem.

– Hm... – powiedział Benedykt, wymachując ręką tak, że farba rozlała się na kamienną podłogę. – Wytrzyj to, Silje. – Hm... w każdym razie nie chciałbym być jego wrogiem. Musisz nauczyć się balansować na cienkiej linie.

– Żołnierze są jego wrogami – uśmiechnęła się, nie pojmując, o co mu chodzi. – Z pewnością odczuli jego gniew.

– Tak, odparł Benedykt zamyślony. – Tak, chyba tak.

We wspaniałym pałacu w Trondheim Charlotta Meiden nie spała już piątą noc z rzędu. Dopiero o świcie udało jej się trochę zdrzemnąć, lecz męczyły ją majaki.

Serce miała jak skamieniałe, oczy suche. Wpatrywała się przed siebie pustym wzrokiem. W komnacie przez cały czas paliła się woskowa świeca. Ostatnio bardzo bała się ciemności. Otaczały ją stare, dobrze znane ulubione sprzęty, ale ich nie zauważała. Narożna szafa w stylu francuskim, eleganckie krzesła, które zawsze przywodziły jej na myśl Loyolę i hiszpańską Inkwizycję, wszystkie piękne suknie... jakby ich tam teraz nie było.

Na wiosnę zrobi się cieplej, myślała roztrzęsiona. Już niedługo przyjdzie wiosna, po Bożym Narodzeniu. I wtedy będzie już lepiej. Nikt nie będzie już marzł.

Rodzice byli głęboko zatroskani. Nie mogli niczego pojąć. Nie rozumieli jej nerwowości, niechęci do wyjazdu za miasto, by odetchnąć wspaniałym wiejskim powietrzem lub odwiedzić krewnych czy znajomych. Niepokoiły ich jej nieopanowane wybuchy, gdy starsza siostra przyjeżdżała ze swymi dziećmi. Wyglądało na to, że siostrzeńcy niezmiernie ją irytują. Zamykała się w swoim pokoju i nie chciała z niego wyjść, jak długo przebywali w pałacu. Ogarniały ją dziwne stany. Ją, Charlottę, taką zawsze żywą i wesołą. Zawsze beztroską, trochę nieodpowiedzialną, ich najmłodsze dziecko. Dawniej była błyskotliwa, choć może nieco powierzchowna, ale rozmowa z nią zawsze sprawiała radość. Nie była osobą o pociągającej urodzie, ale w jej towarzystwie wszyscy mieli dobry humor. Ale teraz...?

Od dawna już nie była sobą. Od ponad pół roku. Taka spięta i nieswoja. Ostatnio w ogóle nie można było z nią wytrzymać!

Charlotta wyglądała przez okno. To, co przez wiele dni i nocy tak usilnie skrywała, miało właśnie wybuchnąć. Przeczuwała to i wiedziała, że nie jest w stanie dłużej z sobą walczyć, nie potrafi się temu przeciwstawić.

Gdybym tylko wyszła jeszcze raz tamtej nocy, powróciły natrętne myśli. Nie mogła się ich pozbyć; była wobec nich bezbronna. Albo może następnego wieczoru, albo, tak jak myślałam, dzień później. Ale cały czas to odkładałam. Bałam się, byłam niezdecydowana. Teraz już za późno.

O Boże, nagle uświadomiła sobie to, co na próżno usiłowała zdusić: Za późno! Za późno! Za późno!

Westchnęła głęboko, zbierając resztki sił, by opanować atak histerii. Myśli jednak nie dawały się odegnać. Zbyt długo je powstrzymywała.

Minęło trzynaście dni. Żadne dziecko na świecie nie przeżyłoby samotnie trzynastu dni.

Oczyma wyobraźni widziała mały tobołek leżący pod świerkiem. Przemoczone od śniegu, gnijące okrycie. A w nim, w środku – cisza, cisza. Nic nie płacze, nic się nie porusza.

Przejmujący krzyk, płynący z głębi duszy, wypełnił jej gardło. Brzmiały w nim bezsilność i rozpacz, które narastały od chwili, gdy porzuciła dziecko przekonana, że będzie wolna. Albo nie, jeszcze wcześniej, od chwili gdy szła przez miasto, trzymając w ramionach bezbronne, małe życie.

Głośny, przeraźliwy szloch wstrząsał całym jej ciałem. Wystraszona pokojówka wbiegła w czepku i szalu zarzuconym na nocną koszulę. Czegoś takiego nigdy jeszcze nie słyszała.

– Ależ, Panno Charlotto! Co się stało? Co pani jest?

Płacz przypominający wołanie o pomoc nie milkł. Rozlegał się w całym pałacu.

– Co mam robić? – Pokojówka była całkiem bezradna. – Czy mam zawołać starszą panią?

– Nie, nie – szlochała Charlotta.

– Ale co się stało? Czy pani jest chora, panno Charlotto?

– Nie, wcale nie – usłyszała w odpowiedzi, ale mogło to równie dobrze znaczyć co innego.

Służąca, która zawsze utrzymywała pełen szacunku dystans wobec swej młodszej pani, z wahaniem przycupnęła na brzegu łoża.

Bliska obłędu Charlotta objęła ją ramionami.

– Pomóż mi! Dopomóż mi!

– Ale co się stało? – zapytała zmieszana pokojówka, nie bardzo wiedząc, jak ma się zachować. Zdecydowanie nie odpowiadała jej taka poufałość.

Charlotta właśnie chciała ją prosić, by poszła do lasu i poszukała zawiniątka, instynktownie jednak wyczuła niechęć i rezerwę służącej. Powstrzymała prośbę. Rozpacz znów wzięła górę.

– Jest za późno! – krzyczała. – Na wszystko już za późno. Boże, cofnij czas! Spraw to!

Gdyby tylko można było cofnąć czas, gdyby tylko mogła z powrotem dostać dziecko, tulić je i ogrzewać własnym ciałem. Gotowa była znieść czekające ją poniżenie i wygnanie.

Nagle otwarły się drzwi i do komnaty wpadli rodzice. Na progu, zbici w gromadkę, stali inni domownicy i reszta służby.

– Ależ drogie dziecko! – wykrzyknęła matka. – Co się dzieje? Czy dręczą cię złe sny?

– O Boże, żeby to był tylko zły sen – łkała Charlotta. Była tak wzburzona, że nikt nie mógł zrozumieć, co mówi.

Teraz zaniepokojona matka przysiadła na brzegu łóżka, a pokojówka wstała szybko, z wyraźną ulgą.

– Co się tu dzieje, Elsbeth? – zapytała matka cicho.

– Nie wiem – odparła pokojówka. – Nic z tego nie rozumiem. Mówi tylko, że jest za późno.

– Za późno, Charlotto? Za późno na to, byś znalazła męża? Głupstwa, masz dopiero dwadzieścia pięć lat.

– Nie, nie, ja nie wyjdę za mąż! – krzyczała Charlotta. – Nigdy! Nie! Nigdy!

Matka była bezradna.

– Za dużo siedzisz w domu. Jutro pójdziemy na spacer do lasu. Jest tak...

Jej słowa pogorszyły tylko sytuację. Charlotta ciężko chwytając powietrze, wiła się na łożu i krzyczała przerażona, aż opadła na pięknie haftowaną poduszkę, zupełnie wyczerpana.

– Może posłać po balwierza, by upuścił ci nieco krwi? – wydusił z siebie ojciec. – Może krew należy oczyścić ze złych duchów?

– Nie – wyszeptała Charlotta zmęczona. – Już przeszło. To był chyba zły sen.

Słychać było tylko ciche szlochanie.

Przejęci i zatroskani rodzice opuścili wraz ze służącą pokój.

– To na pewno tylko kobiece dolegliwości – dobiegł ją już z korytarza głos matki. – Na pewno wkrótce minie.

Ostrożnie zamknęli za sobą drzwi. Charlotta wiedziała jednak, że tak naprawdę nic, poza jej wybuchem, nie minęło. Wiedziała, że do końca życia nie zagoi się ta otwarta rana, że nie pozbędzie się już strachu, a myśli będą natrętnie powracać w samotne godziny nocy, wraz z wizją bezradnych dzieci.

ROZDZIAŁ V

W tym czasie pozwolono Silje jeździć do kościoła trzy razy w tygodniu. Benedykt wolałby co prawda mieć ją przy sobie codziennie, gdyż czas zaczynał naglić i wszyscy ciągle pytali, kiedy skończy. Był wściekły na nieświadomych, jak mówił, nieokrzesanych barbarzyńców, którzy nie rozumieją, że artysty nie należy poganiać. Silje chciała jednak więcej przebywać z dziećmi, by nie stracić z nimi kontaktu. Pragnęła też odciążyć stare kobiety w ich pracy, choć one same nie miały chyba nic przeciwko temu, by jeździła do kościoła. Tak były zauroczone dziećmi, że Silje często uśmiechała się pod nosem.

– Biedne stare panny – powiedział Benedykt. – Przeżywają drugą młodość.

– Ale Sol bywa ogromnie męcząca – wtrąciła zatroskana Silje. – To nie są moje dzieci, ale pokochałam je i tak. – Było jej nawet trochę przykro, że tak mało widuje Daga. Greta, choć nadal przyjazna, zazdrośnie strzegła kontaktów z chłopcem, drepcząc nieustannie wokół nich, gdy tylko Silje zajmowała się małym.

– Pozwól im na to – śmiał się Benedykt. – Już wkrótce kościół będzie przecież gotowy.

– A... a potem?

– Potem będziesz musiała wrócić do pracy we dworze. Mam inne zajęcie, znacznie dalej od domu, nie będziesz więc mogła mi pomagać.

Silje nie odpowiedziała. Cudowny okres w jej życiu niebawem się skończy.

– Nie mogę dobrać żadnego koloru na ten kaftan – powiedział pewnego dnia zmartwiony Benedykt. Zawieszony wysoko pod sklepieniem, wpatrywał się intensywnie w sufit, tak się przy tym wyginając, że mało nie złamał kręgosłupa. – Zaplątałem się, głupi osioł. Wszystkie kolory tęczy stykają się przy tym kaftanie. Z czego mam wybierać?

Silje zsunęła się z rusztowania i stanęła na dole. Krytycznie spojrzała na jego dzieło.

– Brązowy? Tak, ale mam przecież... Oczywiście, masz rację. Jesteś genialna!

– Nie, z dołu lepiej widać.

Benedykt chrząknął zadowolony, ale już po chwili przeklinał nad twardym jak kamień pędzlem. Zmitygował się szybko i poprosił o wybaczenie.

Poprzedniego wieczoru wypił trochę za dużo. Zawsze wtedy następnego dnia marudził. Silje poznawała, w jakim jest humorze, po jego znoszonej czapce.

Gdy nasuwał ją głęboko na czoło, wiedziała, że drażniły go wysokie dźwięki i ostre światło słoneczne. Jeśli zaś zsuwał czapkę na kark, a pióro sterczało do góry, był zwykłym staruszkiem albo w ukryciu pociągał sobie łyka. Wrodzone poczucie przyzwoitości zakazywało mu picia w kościele, lecz Silje podejrzewała, że malarz chowa coś w wozie, bo czasem chodził tam w jakiejś sprawie.

Wspięła się na rusztowanie i przez pewien czas pracowali w milczeniu.

Nagle Benedykt zaczął chichotać.

– O czym myślicie, panie? – zdziwiła się Silje.

– Było tu wczoraj dwóch starców z parafii, oglądali nasze dzieło. Zobaczyli Diabła w kącie i byli najwyraźniej wstrząśnięci i podnieceni, bo pozostali tam bardzo długo.

Silje zaczerwieniła się. Nie chciała oglądać tego okropieństwa, od kiedy je namalowała.

Zawahała się przez chwilę.

– On... wiecie, o kogo mi chodzi, panie... powiedział, że widział to wtedy, kiedy tu był. To nie było po mojej myśli.

Benedykt miał minę winowajcy.

– Nie, to... to był niefortunny przypadek. Wszedł tam, a potem zapytał, no i musiałem przecież powiedzieć, że to ty namalowałaś. Rozumiesz chyba, że nie wolno kłamać w kościele.

A teraz właśnie kłamiesz, ty stary oszuście, pomyślała Silje. Założę się, że sam go tam zaciągnąłeś!

– Co powiedział? – zapytała cicho.

– Nic. Wydawał się bardzo poruszony i zdenerwowany. Powiedziałem, że musimy postarać się wydać cię szybko za mąż, skoro potrafisz malować takie namiętne obrazy.

– Nie mówicie chyba tego poważnie, panie? – jęknęła Silje. – Co... co on na to odpowiedział?

– Nie wiem. Sądzę, że był nieco rozdrażniony. Może dlatego, że powiedziałem coś w rodzaju „my starcy, musimy wydać ją za mąż". Nie spodobało mu się pewnie, że zaliczam go do ludzi w moim wieku. Zaraz potem odszedł. Chyba poczuł się trochę dotknięty, że namalowałaś go jako diabła, ale czego innego mógł się spodziewać?

– O nie – zmartwiła się Silje. – Nie powinien tego oglądać.

– Muszę przyznać, że to rzeczywiście było głupie, i tak naprawdę trochę się potem bałem. Uff, nie jestem w formie, by więcej teraz o tym rozprawiać. Opowiedz mi lepiej, gdzie nauczyłaś się w ten sposób mówić. Przecież pochodzisz z ludu. Mówi się, co prawda, że róże mogą wyrosnąć między chwastami lub na kupie gnoju, ale ty i tak jesteś wyjątkowa. Czy umiesz także czytać i pisać?

– Troszeczkę. Wiecie, to było, panie, tak. Jeden z synów państwa we dworze, w którym mieszkałam, przychodził do mnie bardzo często. Byłam jakby jego opiekunką, bawiłam się z nim. To on chciał, żebym wszędzie z nim chodziła, dlatego przysłuchiwałam się lekcjom i starałam się jak najwięcej zapamiętać. Wchłaniałam wiedzę, jak wysuszona roślina wodę. Chciałam się uczyć wszystkiego! Przejęłam ich mowę, pożyczałam książki chłopca. Wiedziałam, że mam możliwości, jakich nie miały inne dziewczęta. Moja wiedza jest oczywiście bardzo niepełna, nie chodziłam z nim przecież za każdym razem. Ale coś niecoś zostało mi w głowie.

– Poczekaj chwilę. Aby zdobyć wiedzę w taki sposób i w takich okolicznościach, jak się udało tobie, potrzebne są pewne zdolności. Po kim je masz?

Silje zastanowiła się.

– Moja matka wiedziała bardzo dużo, a jej ojciec potrafił pisać. To znaczy pisał różne pisma innym chłopom i pięknie wycinał w drewnie.

– A więc stąd artystyczna żyłka! – przerwał Benedykt. – Tak, to wiele wyjaśnia. Ale co to?

Zaczęli nasłuchiwać. Z kościelnej wieży dochodziły odgłosy ciężkich kroków. Zaskoczeni patrzyli na siebie. Silje bała się wyraźnie.

– Czy tu straszy?

Zeszli z rusztowań. Silje nie miała ochoty wisieć bezbronna gdzieś między niebem a ziemią, podczas gdy wszystkie duchy świata buszowały w kościelnej wieży. Z trudem przezwyciężyła chęć ucieczki.

– Któż, u licha, może ukrywać się na górze? – szepnął Benedykt. Przysunął się bliżej. Dziewczyna nie była pewna, czy chce ją chronić, czy też sam chce być chroniony.

Czekali w napięciu. Silje nieświadomie złożyła ręce jak do modlitwy. Nagle zaskrzypiały drzwi prowadzące na wieżę i pojawił się w nich brodaty mężczyzna.

– Jestem piekielnie głodny, Benedykcie. Nie masz dla mnie kawałka chleba?

– Co? A więc to tu się ukrywasz? I w dodatku straszysz moją uczennicę?

Coś podobnego, to niby tylko ona się bała?

– Tak, tak, mamy jedzenie, prawda, Silje? Zawsze o nim zapominamy. Biegnij po nasz podróżny kufer.

Silje przyniosła kufer i otworzyła przykrywę, by nieznajomy mógł się pożywić. Był to mężczyzna w średnim wieku, mocno zbudowany, o bystrych oczach. Nosił się jak chłop, choć może wcale nim nie był, bo jego samodziałowa bluza była modnie skrojona, a na nogach miał robione na drutach pończochy.

– Potrzebuję jedzenia dla dwóch – powiedział brodacz, posilając się obficie.

– Masz kogoś ze sobą? – zapytał Benedykt.

– Tak. Młody Heming leży na górze i bardzo cierpi.

– Cierpi? – powtórzyła Silje przerażona, myśląc ze złością o rumieńcu, który ją zdradzał.

Mężczyzna roześmiał się.

– Już od trzech tygodni nie miał kobiety, tak z nim źle. Idź do niego na górę. Z jedzeniem, to miałem na myśli.

– Nie, nie dopuszczaj Silje do tego nicponia – powiedział Benedykt. – Ona ma do niego słabość.

– Poradzę sobie – odparła Silje szybko. Bardzo chciała znów zobaczyć swojego bohatera, choć raniły ją wzmianki o jego kobietach. Oczywiście nie wierzyła w to, co mówili. Młody chłopak o tak pięknej twarzy mógł być tylko szlachetny i dworny w stosunku do kobiet. Na pewno zazdrość przemawia przez tych starców.

Nie widziała go od tamtej nocy, gdy uratowała mu życie. Nie mogła jednak o nim zapomnieć. Marzyła, by ujrzeć go ponownie. Często martwiła się i zastanawiała, jak mu się wiedzie. A teraz... był tutaj! Wzięła ze sobą kuferek i zaczęła wchodzić po starej drabinie. W końcu jej głowa znalazła się na wysokości otworu prowadzącego do wieży. Światło dzienne dochodziło tu przez szpary. Usłyszała gwałtowny szmer, jak gdyby ktoś próbował się ukryć.

– To tylko ja, Silje. Przynoszę pożywienie.

– Silje? – wydawało się, że szuka w pamięci. Jej pełen oczekiwania uśmiech zgasł. Chyba o niej nie zapomniał?

– Ach tak, moja wybawczyni – usłyszała. Podał jej

ramię i wciągnął na ostatnie stopnie. Silje weszła uradowana, pełna nadziei.

Na Boga, jakże on wyglądał! Miał na sobie brudne i porwane ubranie, a jego złote włosy były teraz przyszarzałe i splątane. Wyraźnie przydałaby mu się porządna kąpiel. Chłopak nie był jednak wcale speszony.

– Silje, słodki aniołku, przychodzisz jak zesłana z nieba. Czy wyznaczyłaś sobie rolę mojego stałego wybawcy?

Pochyliła rozpromienioną twarz, choć nie spodobało się jej, że kpi.

– Jedzcie teraz, panie. Najedzcie się do syta!

– Co tam masz? – zapytał, zaglądając do kuferka. Skrzywił się. – Znowu łosoś! Czy chłopi nie mogą wymyśleć nic innego, tylko wiecznie ten łosoś?

Zjadł jednak ze smakiem.

Dziewczyna poczuła się trochę nieswojo. Parobek co dzień łowił ryby w rzece i bardzo był dumny ze swoich zdobyczy. Co prawda takie jedzenie mogło się wydać jednostajne, ale trzeba przecież być wdzięcznym, że w ogóle ma się jakąś strawę. Nie wszyscy ją mieli.

Właściwie ona też nic dziś jeszcze nie jadła i ślina napłynęła jej do ust, gdy patrzyła, jak znika ostatni kawałek chleba. Ale chłopak potrzebował posiłku bardziej.

Skończył jeść i podniósł głowę. Dopiero teraz naprawdę zobaczył Silje. Wyczytała podziw w jego oczach i poczuła, jak robi jej się ciepło wokół serca. Heming zrozumiał w lot, że tu nie osiągnie nic próżną paplaniną. To była poważna i niewinna dziewczyna – na pewno dziewica, za to dałby sobie uciąć głowę. Dziewictwo niedługo jej odbierze, ale musi mieć na to czas. Teraz są ważniejsze sprawy. Musi ratować swoje życie. Zerknął na nią jeszcze raz. Naprawdę będzie przyjemnie uczynić z tego pączka prawdziwą kobietę. Wyglądała tak delikatnie. Pachniała czystością i trochę farbami. Widać też było, że ma gorącą krew. Domyślał się tego, spoglądając na ciepły, brązowy kolor jej włosów, fiołkowo-niebieskie oczy i lśniące, białe zęby między delikatnymi jak płatki dzikiej róży wargami.

– Usiądź przy mnie na chwilę, Silje – powiedział przyciszonym głosem. – Jestem taki zmęczony, muszę porozmawiać z kimś rozsądnym.

Posłuchała z wahaniem, usiadła w pewnej odległości od niego i starannie naciągnęła suknię na podkulone kolana.

Nie zastanawiała się nad tym, ale instynktownie rozumiała, że sytuacja jest trudna. Czuła, że jego męska duma została urażona. To ona, dziewczyna, uratowała go od niechybnej śmierci, widziała, jak go spoliczkowano, i słyszała, jak nazwano przeklętym idiotą. Teraz znów przychodzi mu z pomocą – przynosi jedzenie temu żałosnemu, wynędzniałemu biedakowi. Intuicja podpowiadała jej, że powinna przywrócić mu poczucie własnej wartości.

– Jesteście... jesteście jednym z buntowników, panie? – zapytała miękko, z podziwem.

Wypił łapczywie resztę piwa, które mu podała.

– Hm – odparł wyraźnie nonszalanckim tonem. – Jestem jednym z przywódców.

– O – powiedziała z nietajonym zachwytem, otwierając szeroko oczy. To dodało Hemingowi odwagi. Obojętnie przyglądał się swoim bardzo brudnym paznokciom.

– Wiesz... Dostaję zawsze najtrudniejsze zadania. Dlatego mnie wtedy uwięziono. Ryzykowałem życie dla innych.

Tajemniczy opiekun Silje powiedział coś wręcz przeciwnego. Wspomniał o lekkomyślnej wizycie u kobiety. Nie chciała jednak teraz o tym myśleć.

– On jest bardzo potężny, ten wasz pan – powiedziała rozmarzona. – Pomógł mi raz jeszcze, kiedy zachorowała dziewczynka. Nie wiem, co uczynił, ale uzdrowił ją. I wyleczył moją odmrożoną nogę. Jego dłonie były tak gorące, że aż paliły.

Heming wpatrywał się w nią.

– Kto? Ach on! Mylisz się! – wykrzyknął gwałtownie. – On nie jest moim panem, nie znam go, nigdy go nie widziałem...

Zrozumiała, że posunęła się za daleko. Nikomu przecież nie wolno było mówić o Dyrem synu Alva, przywódcy buntowników. Jedno niebaczne słowo mogło go posłać prosto w pułapkę wójta. Wszyscy powinni zachowywać się tak, jakby w ogóle nie istniał, a ona o tym zapomniała. Nic dziwnego, że Heming był zły.

– Był u ciebie? – spytał cicho, mimo iż przed chwilą zaprzeczył, że go zna.

– Ależ tak!

Heming uczynił niedbale w powietrzu znak krzyża.

– Jesteś szalona! Szalona! Czy wystawiłaś sól i chleb?

– Co?

– Trzeba rozsypać sól! To pomaga. Sól i chleb. A dziewczynka... jesteś całkiem szalona, jakże mogłaś? Czy uczyniłaś nad nią znak krzyża? A może położyłaś srebrną monetę z wizerunkiem krzyża?

Twarz Silje zesztywniała.

– Maria, jedna z kobiet we dworze, położyła taką monetę pod nogą łoża Sol.

Odetchnął z ulgą.

– Dzięki Bogu, a więc wszystko będzie dobrze. A niemowlę, co z nim?

Jak to miło z jego strony, że okazuje takie zainteresowanie dziećmi! Silje nie mogła oderwać od niego wzroku. Pozostawała pod urokiem pięknych, idealnie regularnych rysów jego twarzy.

– Mały Dag ma się dobrze, dziękuję. Aż za dobrze. Greta wyraźnie go rozpieszcza i przekarmia. Ja prawie go nie widuję.

– Chyba dobrze schowałaś te rzeczy, w które był owinięty?

– O tak, powiedział... – Och, przecież nie wolno jej było wymieniać imienia Dyrego syna Alva.

– Czy jesteś pewna, że nikt ci ich nie zabierze? Wiesz, że są cenne.

– Nie, nikt ich nie weźmie.

– To znaczy, że dobrze je ukryłaś?

– O tak, w skrzyni pod moim łożem.

– Mam nadzieję, że są tam dosyć bezpieczne. No, muszę już iść. Serdeczne dzięki za pożywienie. Zobaczę cię jeszcze?

Zaczerwieniła się z radości.

– Jeśli zechcecie, panie.

Podnieśli się. Wyciągnął rękę i uniósł jej brodę. Był bardzo blisko.

– Czy wiesz, że jesteś ładna?

Spuściła wzrok i potrząsnęła przecząco głową. Krew nabiegła jej do twarzy, dudniła w uszach.

– Ale tak jest. Czy mogę... odwiedzić cię?

Silje spojrzała na niego przerażona.

– Naturalnie, zgodnie z zasadami przyzwoitości. Zapewniam, że będę się zachowywał zupełnie przyzwoicie – uśmiechnął się. – Chciałbym tylko z tobą pomówić. Jesteś taka mądra.

Mimo usilnych starań nie mogła sobie jakoś przypomnieć, by powiedziała dziś coś rozsądnego. Wydawała z siebie tylko okrzyki zdumienia lub przerażenia.

– Przez jakiś czas nie będę mógł przyjść. Gonią nas, musimy się kryć. Możesz mi wierzyć, to samotne życie! Ale kiedy tylko żołnierze stąd odejdą, zjawię się.

Dłoń podtrzymująca jej podbródek wydawała się niezwykła. Nigdy żaden mężczyzna nie dotykał Silje w taki sposób. Parę razy próbowano ją zgwałcić, ale wtedy stawała się brutalna. Zacięcie broniła swojej cnoty, czekając, aż pojawi się ten właściwy. I jak dotąd udało się jej.

Dłoń Heminga nie paliła jej tak, jak ręka tamtego na stopie. Tamta była delikatna i silna, ale to zupełnie co innego, miała przecież leczyć... Dlaczego właśnie teraz musiała myśleć o tamtym mężczyźnie? To Heming jej dotykał, spoglądał na nią swymi cudnymi, niebieskimi oczami, uśmiechał się do niej smutno, prawie zatroskany. Biedny chłopiec, ma tak nieszczęśliwe życie, ciągle jest ścigany!

– Oczywiście możecie odwiedzić mnie u Benedykta, panie – powiedziała niepewnie. – Zatroszczę się o to, byście dostali porządny posiłek.

– Nie, nie – szepnął. – O mojej wizycie nikt nie może się dowiedzieć. Nigdy nie wiadomo, gdzie kryją się zdrajcy.

Benedykt zawołał ich, zeszli więc na dół.

– Już myślałem, że chcesz zamieszkać tam na górze, Silje – rzekł, spoglądając na nią badawczo.

Odpowiedziała mu promiennym uśmiechem, choć w jej oczach kryło się zażenowanie. Benedykt posmutniał.

– Wyglądasz na bardzo z siebie zadowoloną, jak

kot, który właśnie upolował mysz – zauważył z przekąsem.

– Nie macie racji, mówiąc tak, panie – krzyknęła z żalem Silje.

Dwaj mężczyźni opuścili kościół i Silje z Benedyktem mogli powrócić do przerwanej pracy.

– Posiadasz wiele zalet, Silje – powiedział Malarz. – Wygląda jednak na to, że brak ci poczucia humoru.

Zamyśliła się.

– Chyba tak jest, panie – przyznała. – Kiedyś umiałam żartować i dostrzec zabawną stronę każdej sytuacji. Ale od kilku tygodni, kiedy straciłam wszystkich bliskich, śmiech uwiązł mi w gardle, a moje poczucie humoru zgasło.

– Oczywiście, kochanie – powiedział, żałując swych słów. – Nie pomyślałem o tym. Jestem takim egoistą, wydaje mi się, że tylko ja noszę żałobę. Zobaczysz, radość na pewno wróci. Ale... powinnaś trochę uważać na tego chłopaka.

– Wiem – odrzekła. – Sądzę jednak, że on nie jest taki zły, jak go widzą niektórzy. Myślę, że jest dobry, miękki i wyrozumiały.

– No tak – westchnął Benedykt. – Na to właśnie masz uważać.

Prace w kościele zostały zakończone i Silje powróciła do robót we dworze. Podsłuchała kiedyś rozmowę dorosłych, z której wówczas niewiele zrozumiała. Dopiero teraz ich słowa zaczęły nabierać znaczenia. Jeden z gości mówił, że ludzie mają w sobie trzy siły: twórczą, zachowawczą i niszczącą. Powiedział, że istnieją osoby, będące czystym wcieleniem jednej z tych sił. Są też prace, w których wykorzystuje się tylko jedną z nich.

Zajęcie gospodyni zaliczało się chyba do tych najbardziej zachowawczych. Silje nie potrafiła doszukać się w nim niczego wartościowego. Oczywiście wszystkie polecenia wykonywała sumiennie i porządnie, ale do swych obowiązków podchodziła z całkowitą obojętnością. Posmakowała już twórczego zajęcia i wiedziała, że to właśnie jest jej świat. Ten i żaden inny.

Nie była wielką artystką, miała jednak w sobie to coś, co od wieków inspiruje twórców. A ponieważ nie lubiła pracy we dworze, tym większe stawiała sobie wymagania. Nie znosiła patrzeć, jak niszczy się pięknie nakryty stół, a starannie przystrojone danie znika, nienawidziła też widoku wyszorowanej do białości kuchni zawalonej brudnymi talerzami i garnkami, zwłaszcza że wszystko to trzeba było robić jeszcze raz i jeszcze raz... Wiecznie powtarzające się czynności w domu, w oborze i w stajni dokuczały jej bardziej, niż śmiała to przyznać sama przed sobą. Człowiek, który tworzy, większość rzeczy wykonuje tylko jeden jedyny raz. Przy powtarzaniu zanika żar, siła natchnienia. Z doświadczenia wiedziała, że nie pomaga wtedy ani zrobienie na drutach pięknego kaftana, ani upieczenie ciasta, a te czynności były dla gospodyni jedyną możliwością tworzenia. Wiedziała też, że powinna zmuszać się do wykonywania codziennej pracy. Gdyby sobie pofolgowała, prędko przestałaby sprzątać – brudziło się przecież tak szybko. Znów porwałyby ją sny na jawie. Nie mogło się to powtórzyć, tu we dworze, wśród tych życzliwych ludzi. Rozmyślała o chwilach, gdy mówiono o niej w domu, że jest leniwa. Widocznie tak większość osób oceniała ludzi twórczych i marzycieli.

Benedykt rozumiał jej wewnętrzne zmagania.

– Masz w sobie duszę artysty, Silje, choć wątpię, czy właśnie malowanie jest twoim przeznaczeniem.

Myślę, że powinnaś zająć się czymś innym, lecz nie znalazłaś jeszcze swej drogi. Nie masz, niestety, zbyt dużych szans, by ją w ogóle odszukać, bo na nieszczęście jesteś dziewczyną.

W głębi duszy nie zgadzała się z takim twierdzeniem. Być chłopcem to większe nieszczęście. Dziewczęce marzenia, takie jak te o Hemingu, były zbyt piękne, by mogła się bez nich obejść.

– Musimy wydać cię bogato za mąż – ciągnął Benedykt. – Musisz mieć dużo służby, byś mogła tworzyć kiedy i co będziesz chciała. W tajemnicy lub otwarcie. Bogaty mąż jest dla ciebie jedynym wyjściem – dodał i w tej chwili zasmucił się, myśląc o własnym niedostatku.

Silje odparła z uśmiechem, że raczej nie wierzy w swe bogate zamążpójście. Zapewniła jednak, że jak długo pozostanie we dworze, będzie spełniać swoje powinności.

Zaczynała teraz lepiej rozumieć osobliwą mowę Sol; dziewczynka używała już więcej słów i wymawiała je wyraźniej. Mała nadal była jak dzika kotka. W jej zielonych oczach czaił się błysk nieposłuszeństwa, gdy coś szło nie po jej myśli, potrafiła być również niezwykle uparta. Ale czasami jej oczy nabierały jakiegoś szczególnego wyrazu i to Silje przerażało. O czym wówczas myślała? Co widziała?

Dag rósł. Każdego ranka Greta owijała go mocno, lecz w ciągu dnia Silje rozluźniała nieco powijaki. Przestawał wtedy tak głośno płakać. Widać już było, że będzie miał jasne włosy, ale ciągle był zbyt maleńki, by określić jakieś charakterystyczne dla niego cechy. Silje czuła, że bardzo kocha tę małą istotkę, którą znalazła w lesie owej dziwnej nocy.

Dzień po dniu życie płynęło tym samym rytmem.

Teraz, zimą, sypiano do piątej rano. Po przebudzeniu rozpalano ogień i przy świetle łuczywa wykonywano swoje obowiązki. Na poranny posiłek podawano miarę piwa, do tego trochę łososia lub solonego mięsa. Kiedy prace w stajni i oborze były zakończone, koło dziewiątej przed południem, może dziesiątej, jedzono obiad. Potem była ciężka praca aż do wieczerzy, którą szykowano o czwartej lub piątej po południu. O dziewiątej wieczorem wszyscy kładli się spać.

Zima szła swoim torem. Gdy nastał czas przedświątecznego uboju, Silje uciekła do lasu. Nie miała siły być przy zabijaniu zwierząt, którymi się zajmowała, z którymi rozmawiała i do których się przywiązała. To było dla niej zbyt okrutne. Zabrała ze sobą Sol i wzburzona wędrowała po twardym, zamarzniętym leśnym poszyciu, aż minęło najgorsze.

Pewnego dnia podczas takiej włóczęgi zatrzymała się nagle wystraszona. Sol spojrzała na nią pytająco. Znajdowały się na wzgórzach ponad dworem Benedykta, na szlaku, którym nigdy wcześniej nie chodziły. Silje długo stała nieruchomo, rozglądając się dokoła, w końcu znów ruszyła w drogę.

– To nic – powiedziała spokojnie. – Zdawało mi się.

A jednak coś ją zaniepokoiło, nie wiedziała tylko co. Dźwięk, uczucie, że jeszcze ktoś znalazł się w pobliżu? To pewnie łoś. Tej zimy nie widziano w okolicy drapieżników, inaczej nie odważyłaby się wyjść z małą.

Benedykt wyjeżdżał teraz na kilka kolejnych dni. Malował w odległej parafii i musiał tam mieszkać. Pił coraz częściej i nie był już tak radosny.

– Chciałbym, żebyś mogła ze mną pojechać, Silje. Dobrze nam było razem, prawda?

– Wspaniale – zgodziła się.

– W tym kościele nie ma takich warunków. Mieszkam w okropnej, małej norze, nie mogłabyś dzielić jej ze mną.

Nie, rozumiała to. Benedykt ciężko westchnął.

Pewnego wieczoru przyszedł do niej pijany jak bela, w filozoficznym nastroju. Leżała już w łóżku, otworzyła jednak drzwi. Przecież to był pan domu, jej przyjaciel, prawie ojciec, czuła się przy nim całkowicie bezpieczna. Sądziła, że chce z nią porozmawiać o czymś ważnym, szybko jednak przekonała się, że sama wpędziła się w tarapaty. Początkowo siedział spokojnie i plótł coś po pijanemu, a ona starała się mu odpowiadać w miarę rozsądnie. Ale potem stał się sentymentalny.

– Jestem człowiekiem samotnym, Silje. Samotnym i starym. Potrzebuję twojej młodości, która by mnie ogrzała. Przecież rozumiemy się nawzajem, prawda?

Gdy przysiadł na skraju łoża, był tak blisko, że Silje mogła widzieć zamglone oczy i każdy por jego starczej skóry. Gdy mówił, ślina leciała mu z ust.

– Oczywiście, rozumiemy się – mruknęła. Siedziała owinięta kołdrą, z kolanami podciągniętymi pod brodę. – Ale teraz najlepiej byłoby chyba...

– Jesteś wspaniałą kobietą! Zobaczyłem to już w kościele, kiedy stałaś i malowałaś. Widziałem twoje piersi z porfilu... porf... profilu; tak, znam się na rzeczy, wiesz, potrafię docenić piękno. Poczułem wtedy, że nie jestem tak wysuszony, jak sądziłem. Jeszcze może mi się zrobić w spodniach ciasno, Silje...

– Wybaczcie, panie Benedykcie, nie możemy obudzić małej Sol. Muszę jutro wcześnie wstać. Najlepiej będzie, jeśli rano dokończymy tę rozmowę.

– Wtedy powiedziałem sobie, że Silje z pewnością okaże litość staremu biedakowi.

Jego dłoń powędrowała w kierunku kołdry, ale właśnie ześlizgnęła mu się noga i począł osuwać się na podłogę. Silje znalazła się w nadzwyczaj niezręcznej sytuacji, lecz zarazem dostrzegła szansę na wybrnięcie z opresji. Wyskoczyła z łóżka, pomogła wstać Benedyktowi i podprowadziła go do drzwi. Czapka zsunęła mu się z głowy i zawisła na jednym uchu.

– Nie zapomnijcie, że jutro mamy dokończyć tę rozmowę. Jeśli ktoś zobaczy, że odwiedzacie mnie tak późno, może pomyśleć o czymś niestosownym. A ja nie chciałabym narazić na szwank ani mojego imienia, ani waszej sławy.

Benedykt zachichotał wesoło. Kiedy sobie wypił, był dobroduszny i przyjazny. Pozwolił się wyprowadzić bez protestów.

Zaszokowana stała oparta o futrynę i nasłuchiwała. Dopiero gdy jego mamrotanie ucichło w oddali i dobiegł ją odgłos zamykanych w sąsiednim domu drzwi, wróciła do łóżka.

Na szczęście następnego dnia Benedykt kompletnie niczego nie pamiętał i głośno dziwił się śladom stóp na śniegu w pobliżu schodów prowadzących do jego domostwa. Greta zapewniała, że to były jego własne ślady.

– Tak, tak, a więc musiałem wyjść za potrzebą – burczał. – To jest ta zła strona wypicia kieliszeczka. Za wszelką cenę chce się on wydostać z człowieka o najbardziej nieodpowiedniej porze.

Silje odetchnęła z ulgą.

ROZDZIAŁ VI

Zaraza przegrała z zimą. Potrzebowała ciepła, wilgoci i zgnilizny. Zniknęła tak, jak liście opadające na wietrze. Czasem tylko słyszano o pojedynczych przypadkach choroby.

Góry wznoszące się w pobliżu dworu nadal miały nad Silje niezwykłą, podniecającą władzę, teraz jednak strach przestał dominować w jej uczuciach, bo podświadomie łączyła góry z pewną szczególną osobą i kiedy spoglądała nieśmiało w ich kierunku z poczuciem winy, w podekscytowaniu serce biło jej szybciej.

Senne marzenia nie pojawiały się częściej i nie różniły specjalnie od snów innych ludzi; na ogół Silje zapominała o nich, gdy się budziła. Lecz pewnej nocy powrócił dziwny sen, jak tamten o duchach z gór. Tym razem był inny, ale równie bezwstydny co poprzedni. Po przebudzeniu leżała bezsilna i wyczerpana.

Nie mogła sobie przypomnieć, jak się zaczynał. Pamiętała tylko, że stała pojmana między uzbrojonymi żołnierzami. Był tam również wójt, kat i jego ludzie. Nie wiedziała, o co jest oskarżona, choć odczuwała ich wrogość. By ją stłumić, uczyniła w rozpaczy jedyną rzecz, jaka przyszła jej do głowy. Zaczęła się rozbierać. Gdy zdejmowała z siebie poszczególne części ubrania, żołnierze stali z opuszczoną bronią, wpatrując się pełni oczekiwania, a na ich spoconych twarzach malował się ohydny grymas. Tylko wójt powiedział: „To ci nic nie pomoże, i tak umrzesz!”

W tej samej chwili mężczyźni zostali rozepchnięci i ukazał się człowiek w okryciu z wilczej skóry. Na jego głowie, między włosami przypominającymi szczecinę,wyrastały rogi. Twarz zdradzała pożądanie, choć usiłował to ukryć, odwracając się bokiem. Wolno skierował się ku nagiej Silje, ujął ją za rękę i poprowadził na szczyt wzgórza. Na oczach wszystkich gładził dłońmi jej ciało. Pragnęła teraz tylko jednego: by zrzucił z siebie wilczą skórę. On jednak obrócił ją przodem do wszystkich, a sam stanął za nią jak diabeł namalowany na ścianie w kościele i tak jak on położył dłonie na jej piersiach. Świadomość, że wszyscy to widzą, napełniła ją głębokim, przygniatającym uczuciem pożądania. Równocześnie wiedziała, że to tylko sen, i dlatego nie odczuwała skrępowania, mogła być sobą.

Długi, twardy język ześlizgnął się po jej szyi, lizał dekolt, policzki... Jeszcze raz odwrócił ją i padł na kolana, a jego język powędrował w górę ud, aż coś ciepłego, mokrego rozlało się między nimi... Głębokie westchnienie wydobyło się z jej zaciśniętych warg i obudziła się. Leżała wzburzona, pojękując z pożądania i wstydu, zrozpaczona, że nie potrafi powstrzymać się od zaspokojenia rozszalałej żądzy.

Benedykt okazał nadzwyczajną troskliwość, przyprowadzając do domu dwóch młodych chłopców z sąsiednich dworów. Stwierdził, że Silje potrzeba ich towarzystwa, aby nie myślała tak wiele o Hemingu. Śmiał się tylko, gdy usiłowała go przekonać, że wcale o nim nie myśli.

– Musisz poznać normalnych, miłych młodzieńców – powiedział. – Czy sądzisz, że nie widzę twoich rozmarzonych oczu?

Chłopcy okazali się rzeczywiście mili. Próbując

zabawić ją rozmową, ciągle wpadali sobie w słowo. Starali się prześcigać w dwornym zachowaniu, co chwilami bywało śmieszne – raz jeden potknął się o drugiego.

Kiedy jednak śmielszy z nich zebrał się na odwagę i szeptem zapytał, czy będą mogli ją odwiedzić w sobotni wieczór, przeraziła się naprawdę. Wiedziała, że takie wizyty nie są niczym niezwykłym. Zgodnie z obyczajem musiała być całkiem ubrana, chłopcu zaś wolno było leżeć na łożu obok niej, ale jedyną rzeczą, jaką mógł zdjąć, były buty. Wszystko odbywało się zupełnie przyzwoicie. Wprawdzie Silje nigdy jeszcze nie miała takich „zalotników", ale czuła, że wcale nie ma na to ochoty. Benedykt szybko to zrozumiał, pomógł jej wyplątać się z niezręcznej sytuacji, a gdy chłopcy poszli, przyznał, że nie był to najszczęśliwszy pomysł.

Potem zjawił się Heming. Było to w dniu, gdy Benedykt odjechał, by malować, a obie kobiety wraz z dziećmi udały się gdzieś z wizytą.

Silje drgnęła wystraszona, gdy ktoś zapukał do drzwi, ale kiedy zobaczyła gościa, otworzyła od razu.

– Witajcie! – powiedziała z uśmiechem, dając do zrozumienia, że rada go widzieć.

Schylił się w niskich drzwiach i wszedł do środka.

– Jak miło tutaj! – rzekł z zachwytem. – Wrzos na stole i zapach świeżo umytej podłogi! Czy sama utkałaś ten kilim? Wycinasz też w drzewie! Jesteś prawdziwą artystką, Silje!

Uśmiechnęła się zmieszana. Nazwać ten mały prostokącik tkaniny kilimem to naprawdę miłe. I choć zrobiła co mogła, by w małym domku było przyjemnie, nie było chyba w tym nic aż tak szczególnego.

– Zechciejcie usiąść, panie. Parobek wkrótce przyjdzie – dodała, by podkreślić, że jest przyzwoitą dziewczyną.

– Niestety, nie mogę zostać długo, droga Silje, a więc twoja cnota nie jest dziś w niebezpieczeństwie. Tym razem jeszcze nie. Wrócę jednak za kilka dni. Nie, nie, żartowałem tylko, jestem porządnym człowiekiem. Czy nie znalazłabyś dla mnie odrobiny piwa? Chce mi się pić.

– Zaraz przyniosę – powiedziała uradowana i pobiegła do głównego domostwa.

Kiedy wróciła z dużym dzbanem piwa, Heming siedział przy stole. Zauważyła, że tym razem jest elegancko ubrany. Być może miał zamiar odwiedzić kogoś ze swych bardziej znaczących przyjaciół. Była pewna, że Heming pochodzi z dobrej rodziny. Usiadła przy drugim końcu stołu.

– Czy mogę zadać osobiste pytanie? – zapytała nieśmiało.

– Oczywiście, pytaj – odparł, spoglądając na nią wzrokiem pełnym drwiny. – Od razu jednak mogę ci powiedzieć, że nie jestem żonaty, że kocham cię do szaleństwa i tylko ze względu na ciebie postaram się utrzymać w ryzach.

– Nie naśmiewajcie się ze mnie, panie – powiedziała ogromnie zawstydzona. – Chciałabym wiedzieć, dlaczego nazywają was Zabójcą Wójta.

Wzruszył ramionami.

– Ponieważ nim jestem. To stara historia, z jej powodu ciągle nie mogę zaznać spokoju. Wiesz, mężczyzna musi walczyć o swoje przekonania. Ja walczyłem o wolną Norwegię. Nie myśl, że zrobiłem to z ukrycia i zaszedłem wójta od tyłu, o nie. To była walka na śmierć i życie, on albo ja. Ja wygrałem.

Silje skinęła głową. Nie czuła się zbyt dobrze.

– Czy to nie było straszne?

– Tak, z pewnością rozumiesz, że było to okropne.

– Jesteście najbliższym towarzyszem Dyrego syna Alva? – nie udało się jej ukryć zachwytu w głosie.

– Można tak powiedzieć – odparł obojętnie, ale wiedziała, że mimo wszystko był z tego dumny. Tym razem zapomniał zaprzeczyć jego istnieniu. Silje wzięła to za dobry znak. Musiał jej ufać.

– Ale... list królewski? Z pieczęcią... jak go zdobyliście?

– Pytałaś już o to, ale niech będzie jak chcesz. To było moje pierwsze zadanie, gdy przyłączyłem się do buntowników. Potrzebowaliśmy tego pisma... nadjechał posłaniec na koniu. Ot, i tak je zabraliśmy.

– A posłaniec?

– O, jego już nie ma. Ale muszę ci powiedzieć, że ten list bardzo nam się przydał!

Silje wyobraziła sobie, w jaki sposób to się odbyło, i poczuła, że robi jej się słabo. Musiała zebrać wszystkie siły, by nie dać po sobie nic poznać.

Heming odchylił się do tyłu i założył ręce na kark.

– Rozumiesz, Silje, jestem bardzo cenny dla całego ruchu. Z różnych powodów, o których nie mogę ci powiedzieć.

– Rozumiem to.

Wypił piwo i wstał.

– Nie chcecie posilić się nieco, panie? – usiłowała go zatrzymać. – Chętnie coś przyniosę!

– Nie, nie teraz. Nie mam czasu. Wrócę jednak. Niedługo, bardzo niedługo – wyszeptał cicho i zanim zdążyła się zorientować, pocałował ją leciutko w usta. Po chwili już go nie było.

Stała zaskoczona, trzymając palce na wargach. Pocałował ją! Najpiękniejszy mężczyzna na świecie pocałował właśnie ją, Silje córkę Arngrima, dziewczynę, która była nikim! I tak przyzwoicie się zachował! Silje wiedziała, że gdy jest sama, nie powinna wpuszczać do izby mężczyzny, ale ze strony Heminga nie miała się czego obawiać. Sam przecież powiedział, że jest rycerski, i taki okazał się naprawdę.

Mimo wszystko odczuwała pewien niesmak. Nie podobało jej się to, co opowiadał, a jeszcze bardziej sposób, w jaki mówił. Ale jest jeszcze bardzo młody, nie wolno o tym zapominać.

Skierowała się do okna, by spojrzeć na niego jeszcze raz. Idąc, uderzyła o coś nogą. Zabolało ją. Pochyliła się, by rozetrzeć łydkę.

Co to? Skrzynia? To o nią właśnie zawadziła. Jeden róg wystawał spod łóżka. Przecież od dawna jej nie dotykała.

Szybkim ruchem wyciągnęła i otworzyła kufer. Leżał tam jej fartuch, kubrak i... poczuła, że jej serce bije mocniej, a ręce zaczynają drżeć.

Rzeczy, w które był owinięty Dag, gdy go znalazła, zniknęły! Płaszcz Heminga był bardzo szeroki, można było je pod nim ukryć...

To dlatego dopytywał się, czy na pewno dobrze je schowała, aby nikt nie mógł ich ukraść! Była na tyle głupia, że dała się podejść i powiedziała mu, że leżą bezpiecznie w skrzyni pod łóżkiem. Troszczył się o dobro dzieci! Doprawdy.

Smutek i uczucie zawodu narastały. Nie, tak nie mogło być, nie mogło!

Dostrzegła, że pędzi na końskim grzbiecie drogą w dół. Był już prawie na gościńcu. Nagle straciła panowanie nad sobą i pognała za nim.

– Poczekajcie, panie! – wołała, a jej słaby głosik ginął w zaśnieżonej przestrzeni. – Poczekajcie! Proszę!

Dobiegła do głównej drogi, lecz on już dawno zniknął, kierując się gdzieś w stronę Trondheim.

Biegła nadal, ani przez moment nie zastanawiając się, czy to ma jakiś sens. To przez nią Dag stracił wszystko, co miał.

– Oddajcie przynajmniej szal! – krzyczała na pustej drodze, powstrzymując płacz. – To najpiękniejsze, co ma. To jest jego! Nikomu nie wolno okradać dziecka!

Kiedyś wszyscy we dworze oglądali razem rzeczy Daga. Na falbance lnianej tkaniny, która okazała się powłoczką, wyhaftowane były ozdobne litery. Benedykt powiedział, że są to inicjały C.M., a korona, umieszczona nad nimi, należy do barona.

Uspokoiła się nieco dopiero wtedy, gdy była już blisko lasu. Teraz droga znalazła się w cieniu wysokich szczytów gór. Pomyślała nagle o Ludziach Lodu, przypomniała sobie opowieść Benedykta o ich wodzu. O tym, jak szalony Tengel obserwował z ich wierzchołków mieszkańców w dole, jak za pomocą czarów i rzucania uroków sprowadzał nieszczęście na tych, którzy wypędzili go z domu i z ziemi. Wszystko, co czynił, było złe. Czynił wyłącznie zło. Benedykt mgliście wyjaśniał, że Tengel za przysługi, które świadczył Szatanowi, otrzymał w zamian wieczny dostatek i nadprzyrodzoną moc.

Silje wydawało się, że cień, który padł na drogę, był cieniem złego Tengela. Wyobrażała sobie, że siedząc na szczycie spogląda na nią, wykrzywiony w diabelskim uśmiechu.

Otrząsnęła się ze swych fantazji, nieświadomie zwolniła kroku. Ciągle jednak wytrwale podążała na północ. Powietrze świszczało jej w płucach, a nogi odmawiały posłuszeństwa. Nie będzie mogła spojrzeć Dagowi w twarz, gdy ten pewnego dnia zapyta o swoją własność. Musi to odzyskać! Przynajmniej ten śliczny, przetykany złotem szal.

Las zamknął się wokół niej.

Jakże Heming mógł zdradzić ją w taki sposób? W dodatku jeszcze ją pocałował! „Niedługo wrócę", powiedział. Chciałaby to teraz zobaczyć! O nie, z pewnością już się więcej nie pokaże. A jeśli znów przyjdzie, to... to wyrzuci go z domu! Łzy goryczy i poniżenia spływały jej po policzkach, zamieniając się na mrozie w kryształki lodu. Wycierała je, ale bezustannie napływały nowe.

Zmierzch nadszedł niespodziewanie. Prawie niezauważalnie zmieniło się światło dnia. Ona jednak nie przerywała daremnej wędrówki.

Nagle usłyszała przed sobą stukot końskich kopyt. Podniosła wzrok i by lepiej widzieć, raz jeszcze otarła łzy.

Może jednak pożałował tego, co zrobił? Zabłysła w niej iskierka nadziei.

To nie Heming. Przed nią stał jego pan i mistrz, którego wszyscy się obawiali, a do którego nie chciał się przyznać, kreśląc na jego wspomnienie znak krzyża. To ten człowiek pomógł jej wcześniej i potem nigdy nie opuszczał jej myśli, choć modliła się, by o nim zapomnieć. Widziała go dwukrotnie, za każdym razem bardzo krótko, a mimo to czuła ciągle jego obecność, nawiedzał ją nawet w tych najbardziej intymnych snach.

Wstrzymał konia. Silje podeszła blisko, oparła dłoń na siodle.

– Zabrał – wyszlochała. – Zabrał wszystko!

Mężczyzna zesztywniał.

– Co zabrał?

– Jedyną własność Daga. To, co odziedziczył po matce, ten piękny szal i inne rzeczy, w które był owinięty. Prosiliście mnie, panie, bym tego strzegła. A on wywabił mnie z izby i ukradł wszystko. Co mam robić? Przecież to należy do Daga!

Wycieńczona oparła głowę na jego nodze. Poczuła promieniujące poprzez zimowy płaszcz ciepło. Wydawało jej się, że odetchnął z ulgą, gdy powiedziała, że chodzi o rzeczy Daga. Co sobie właściwie myślał? Spoglądał na jej delikatną szyję, na ramiona wstrząsane pełnym rezygnacji płaczem. Przez moment trzymał dłoń nad jej głową, lecz zaraz ją cofnął.

Usłyszała, że się śmieje. Podniosła głowę. Mężczyzna schylił się do torby przy siodle.

– Mam je tutaj. Spotkałem Heminga na drodze i zmusiłem go, by je oddał.

Wyciągnął zawiniątko. Było wszystko. W jednej chwili twarz Silje rozjaśniła się, rozpromieniła. Była teraz tak piękna, że aż warta uwiecznienia. Z wdzięcznością spojrzała przez łzy.

– Macie je, panie! A więc są!

Nagle jej uśmiech przygasł, zatrwożyła się. A może teraz on miał zamiar je zatrzymać? Potrząsnął głową.

– Są twoje – powiedział. – Zaopiekujesz się nimi w imieniu Daga. Ale ukryj je teraz lepiej. Wsiadaj na konia, pojedziemy do dworu.

Pociągnął ją i pomógł usiąść przed sobą bokiem, by obie nogi mogła trzymać razem jak przystoi damie.

– Jakże to wyruszasz w drogę w samym środku zimy?– zapytał swym głębokim głosem. – Z gołą głową i bez okrycia? Dobrze, że nie jest jeszcze zimniej. Na szczęście mój płaszcz starczy dla nas obojga. I zawiń głowę szalem.

Zaprotestowała, dziwnie poruszona jego bliskością.

– Nie, nie mogę, jest zbyt piękny.

– Nie dla ciebie, przyjaciółko ludzi. Tobie najbardziej on przystoi.

Zarzucił jej cienki szal na głowę i mocno zawiązał pod brodą. Zaskoczyło ją ciepło, które dawała leciutka materia. Uszy jej zmarzły, czuła w nich piekący ból. Owinął ją płaszczem i znalazła się jak w przytulnym schronieniu, ogrzewanym ciepłem jego ciała.

Zawahała się przez moment.

– Czy mogę... przytrzymać się was, panie?

– Uważam, że nawet powinnaś – zaśmiał się. – Inaczej spadniesz.

Nieśmiało objęła go ramieniem. Wyczuła, że jest dobrze zbudowany i umięśniony. Ponad jej ręką wznosiły się jego ogromne, niezwykle mocne ramiona. Usiłowała siedzieć prosto, tak by ich ciała nie dotykały się, ale podczas jazdy było to niemożliwe. Z westchnieniem ulgi, ufnie, oparła mu głowę na piersi. Czuła jego twarz przy swojej i ciepło bijące od szyi.

– Czy tak już z nim źle, że musi okradać biedne dziecko? – zapytała oburzona.

– Naprawdę niczego się nie domyślasz? – niski głos zabrzmiał tuż przy jej policzku. – Benedykt opowiedział mi o literach C.M. i baronowskiej koronie. Dziecko zostało porzucone tuż za bramami miasta. Dla Heminga nie byłoby żadną sztuką odkryć, kim jest jego matka. Wyłudziłby od niej pieniądze. Mógłby to robić długo, bo nie myślisz chyba,że oddałby rzeczy, które same w sobie mają wielką wartość.

– Cóż za podłość! – wykrzyknęła Silje. – Wykorzystywać w taki sposób kobietę, która znalazła się w tarapatach. Czy wiedział o literach?

– Niedokładnie, wiedział jednak, że coś jest oznaczone. Chciał to chyba przemyśleć w samotności.

Silje usiadła wygodniej, inaczej łatwo mogła ześlizgnąć się w dół.

– Muszę przyznać, że wiele razy przeklinałam matkę Daga za to, że pozostawiła bezbronne dziecko, ale czy naprawdę mamy prawo osądzać innych? Co wiemy o przyczynach ich postępowania?

Mężczyzna nie odpowiedział. Pod wilczym futrem było ciepło i przyjemnie. Silje wystawał ledwie czubek nosa. Ku swemu przerażeniu odkryła, że coś dzieje się z jej ciałem. Poczuła oblewającą ją falę gorąca i odsunęła się nieco. Mężczyzna zdawał się tego nie zauważać; milczał jednak długo. Na ramieniu czuła bicie jego serca. Mocne, szybkie uderzenia.

– Jak go odnaleźliście, panie? – zapytała. – Czy przyznał się, że ma rzeczy Daga?

– To teraz nieistotne, Silje. Chciałbym raczej wiedzieć, jak ty się miewasz.

Silje nagle w pełni zdała sobie sprawę, że trzyma rękę na jego piersi. Mocniej poczuła gorąco przenikające jej ciało i kołyszący chód konia. Odpowiedziała zgodnie z prawdą, że bardzo jej dobrze na dworze Benedykta.

– Ale chciałabyś znów z nim malować?

– O tak. Skąd to wiecie, panie?

– Benedykt mi o tym opowiedział.

– A więc mówiliście z nim?

– Tak, czasami.

Silje milczała przez chwilę.

– Czy mogę zapytać was o coś, panie? Gdzie mieszkacie tak naprawdę? To znaczy wtedy, kiedy nie musicie się ukrywać?

Roześmiał się.

– Kiedy muszę się ukrywać, mieszkam w pewnym opuszczonym domu, tam w lesie – wskazał palcem kierunek.

Silje zmarszczyła brwi.

– Szłam tamtędy niedawno. Musiałam być tuż w pobliżu.

– Wiem. Widziałem ciebie i dziewczynkę.

– O – rzekła Silje. – A więc to wy, panie... byliście tak blisko nas? Obserwowaliście nas?

– Zauważyłaś to? Widziałem, że zatrzymałaś się i rozejrzałaś dokoła.

– Tak. Dlaczego nie pokazaliście się, panie?

– Nie chciałem cię niepotrzebnie straszyć.

– Ucieszyłabym się – powiedziała Silje szczerze.

Na chwilę zaparło mu dech, jak gdyby ktoś nagle zadał mu ból. Zmusił się do mówienia normalnym głosem.

– Wyglądałaś wtedy na bardzo poruszoną.

– Tak, to był czas wielkiego uboju. Żal mi było zwierząt.

Poczuła, że pokiwał głową, najwyraźniej zrozumiał ją.

– A więc nie boisz się mnie?

– Nie, dlaczegóż miałabym się bać?

– Nikt ci nie powiedział...?

– O, widziałam głupie reakcje ludzi. Są po prostu nieoświeceni. Jakby to miało być coś złego, że znacie się na medycynie.

Niecierpliwie poruszył głową.

– Kochane dziecko! Znam się na medycynie? Silje, cokolwiek by się działo, nie wolno ci się przyznać, że mnie znasz! To może oznaczać twoją śmierć. Uwierz mi, to śmiertelnie niebezpieczna znajomość! Nikt, nikt nie chce się do mnie przyznać. Ty sama zresztą posiadasz zbyt duże umiejętności jak na środowisko, z jakiego pochodzisz. Benedykt wyjaśnił mi, dlaczego. To również powinnaś przemilczeć. Kilka lat temu spalono na stosie pewną kobietę oskarżoną o czary tylko dlatego, że była bardziej uczona od większości.

– Tyle jest zła – powiedziała Silje zadumana.

– Tak, a najgorsze jest to, że wiele nieświadomego zła pochodzi od tych, którzy powinni okazywać dobro – od księży. Ich gorliwość, by oczyścić świat z dzieła Szatana, nie jest szlachetniejsza niż uczynki ludzi, których męczyli i zabijali.

O ile bardziej męski i dojrzalszy był od Heminga! Ileż więcej budził w niej niepokoju.

– Heming wyglądał dzisiaj naprawdę elegancko – w głosie Silje zabrzmiała odrobina goryczy.

Jej towarzysz parsknął śmiechem.

– Tak, jedna z jego kochanek okazała się wielkoduszna i podarowała mu kilka szat swego męża.

Silje potrząsnęła głową.

– Jakimże cudem mógł mi się wydać pociągający? Musiałam być ślepa.

– On jest pociągający – odpowiedział mężczyzna spokojnie. – To jego największa zaleta, wykorzystuje ją na ile może. A ty jesteś młoda i niedoświadczona – dodał wyrozumiale. – Mam nadzieję, że on... – Trudno mu było mówić. – Że ciebie nie wykorzystał?

– Tylko w taki sposób, jak już mówiłam. Na nic innego bym się nie zgodziła.

Jeździec zamilkł, ale skronią wyczuła, że się uśmiechnął. Czy śmiał się z jej naiwności? Nie, westchnienie, które z siebie wydał, świadczyło raczej o uldze. A może po prostu niewygodnie siedział?

Nagle wstrzymał konia. Nie zauważyła nawet, że

dojechali już do dworu. Przed dom wyszedł parobek, lecz zachował pełną szacunku odległość.

Silje czuła się zawiedziona, tak wiele było rzeczy, o które nie zdążyła zapytać. Mężczyzna zeskoczył z konia i wyciągnął rękę, aby pomóc jej zsiąść. Ufnie oparła się o niego, przez chwilę jego twarz była na tyle blisko, że mogła spojrzeć prosto w zielonkawe, żółto błyszczące oczy. Przeraziła się tym, co zobaczyła. Nie mogła się mylić – w jego oczach wyczytała smutek głęboki i bolesny, i znów trysnęły jej łzy, nie mogła ich powstrzymać. Gwałtownym ruchem otarła twarz.

Podał jej szaty Daga.

– Dziękuję za zaufanie, jakie mi okazujesz – szepnął szybko i cicho, tak cicho, że ledwo to usłyszała. Pozdrowił ją i wsiadł na konia.

Bolesny żar nie chciał opuścić jej ciała.

– Wychodziłaś? – zapytał parobek ostrożnie.

– Tak, ktoś ukradł te rzeczy, próbowałam go gonić. Pomógł mi Dyre syn Alva.

Parobek zmarszczył czoło.

– Dyre syn Alva?

W tym momencie nadjechał wóz Benedykta, zajęli się więc czym innym. Kiedy wyprzęgli konia, Silje musiała raz jeszcze opowiedzieć o wszystkim.

– Dyre syn Alva? – zdziwił się Benedykt, kiedy skończyła swą historię. – To niemożliwe, nie ma go teraz tutaj. Naprawdę tu był?

Parobek potrząsnął przecząco głową. Benedykt dostrzegł ten gest i zwrócił się do Silje.

– Widziałaś kiedyś Dyrego w kościele. To ten, który wraz z Hemingiem ukrywał się w wieży. Czy to on był tu dzisiaj?

Silje patrzyła na nich zaskoczona.

– Czy to był Dyre syn Alva?

– Oczywiście.

Myślała przez chwilę.

– Ale ja sądziłam... Kimże jest ten, który był tu dzisiaj? Ten, którego namalowałam jako diabła? Ten, który zawsze przybywa wtedy, gdy go potrzebuję?

– Wiem, o kim myślisz, spotkałem go na drodze. Wyglądał na zmartwionego. A to nie wróży dobrze – Benedykt wziął głęboki oddech. Wymienili porozumiewawcze spojrzenia z parobkiem. Potem zapytał:

– Ile możesz wytrzymać, Silje?

– Nie wiem. Chcę tylko dowiedzieć się, kim on jest, bo dość już mam wszystkich wymijających odpowiedzi i przerażonych spojrzeń.

– Nie wolno ci ganić ludzi za to, że się boją! Czy rzeczywiście chcesz wiedzieć, kim jest twój groźny obrońca naprawdę?

– Tak, na miłość boską, tak!

– Jego imię brzmi Tengel – powiedział Benedykt i chrząknął. – Tengel z rodu Ludzi Lodu.

ROZDZIAŁ VII

Tengel z rodu Ludzi Lodu? Ciarki przeszły jej po plecach, jak gdyby mokre zwierzątko przesunęło się wzdłuż kręgosłupa. To potwór strachu rozpościerał swoje macki w jej ciele.

Przez jej głowę przelatywały pojedyncze zdania: Tengel nie ma grobu. Ma tyle lat, ile sam chce mieć.

Rzadko się pokazuje. Pojawia się i znika. Zaprzedał duszę Szatanowi.

– Nie! – krzyknęła. – Nie, to niemożliwe!

– Naturalnie to nie jest ów stary Tengel – powiedział Benedykt. W jego drżącym głosie Silje wychwyciła jednak nutę niepewności. – Tak myślą tylko przesądni głupcy.

Parobek zrobił przerażoną minę, słysząc odważną mowę swego gospodarza. Kiedy się odezwał, jego głos był nienaturalnie wysoki:

– W takim razie, panie Benedykcie, wszyscy ludzie to głupcy. Wiecie, że ta istota... jest bardzo niezwykła.

Przychodził jej z pomocą zawsze, kiedy go potrzebowała. Wyczuwał każdą zmianę jej nastroju, wiedział, kiedy była smutna, przygaszona lub wzburzona. Musiał być nadzwyczaj wrażliwy. Potrafił leczyć, jego gorące dłonie...

Jak to było, kiedy spotkali się po raz pierwszy? Ona, otępiała z wysiłku, bliska śmierci z wycieńczenia, nagle błysnęła elokwencją wśród ludzi wójta i udało jej się spełnić prawie niewykonalne zadanie uwolnienia więźnia. Poszło jej to jak z płatka. A potem, kiedy odziany w wilczą skórę mężczyzna zniknął, jej siła woli zgasła jak wypalona świeca. Moze to wcale nie była jej siła woli?

A przede wszystkim – te niezwykle realistyczne sny o nim jako o duchu przepaści z Krainy Cieni.

Silje ukryła twarz w dłoniach i popędziła do swej izby. Rzuciła się na łoże i naciągnęła kołdrę na głowę. Kiedy Benedykt z parobkiem weszli do niej, znaleźli ją skuloną, przerażoną, cichą jak myszka.

– Silje – powiedział malarz błagalnie. – Rozumiesz chyba, że to nie jest ten sam Tengel! To tylko jeden z jego strasznych potomków.

Nie, nie wolno ci go tak nazywać – prosiła niemo. Poczuła nagły ucisk w żołądku.

– Ale gdzie on mieszka? – wykrzyknęła gwałtownie, głosem zduszonym przez kołdrę.

Benedykt wzruszył ramionami.

– Tego nie wie nikt. On po prostu pojawia się nagle wśród ludzi i znów znika. Bez śladu.

Wydała z siebie przeciągły krzyk, by nie słyszeć nic więcej. Benedykt wierzy, że mój opiekun to stary Tengel, pomyślała wstrząśnięta. Choć twierdzi co innego, to jednak tak myśli. „Wśród ludzi!" Czyż mógł powiedzieć to jeszcze wyraźniej?

– Ale jest chyba jednym z buntowników? – zapytała szybko, jak gdyby chciała znaleźć coś na jego obronę, i ostrożnie wysunęła się spod kołdry.

– Nie jestem tego pewien.

– Uratował przecież młodego Heminga tej nocy, kiedy go spotkałam!

– Nie wiem, na czym polega jego związek z Hemingiem.

– Kim właściwie jest Heming? – z ulgą przyjęła możliwość skierowania rozmowy na inny tor.

Benedykt spojrzał bezradnie na parobka.

– Naprawdę tego nie wiemy. Pojawił się w Trøndelag jakieś dwa lata temu. Od tego czasu był bardzo znany wśród kobiet...

To stwierdzenie nie zrobiło teraz na Silje żadnego wrażenia. Uodporniła się na Heminga. Miał niezwykle piękną twarz, to prawda, ale w rzeczy samej to jedyny powód, dla którego była nim zauroczona.

– Widzę, że już o nim zapomniałaś – powiedział Benedykt. – To dobrze. Młode dziewczęta często mylą zachwyt z zakochaniem. Zaślepione piękną powierzchownością, dopiero później dostrzegają, że urok ich uwielbionego rodzi się z ich własnej miłości, a nie odwrotnie. – Powrócił do tematu. – Przez jakiś czas Heming mieszkał u jednego z chłopów w parafii, ale od kiedy przyłączył się do buntowników, nie ma stałej siedziby. Jest zwykłym awanturnikiem. Nie ma żadnych idei, chyba wolno mi tak powiedzieć. Nie podejrzewam, by był tak bardzo zaangażowany w poczynania buntowników. Posługuje się nimi, by móc odgrywać bohatera. Prawdopodobnie więcej mają z nim kłopotów niż pożytku. Sama musisz go zapytać, gdzie mieszka.

– O nie, dziękuję! Nie chcę mieć z nim nic wspólnego, z tym złodziejem!

Benedykt wyglądał na zadowolonego.

Po tym dniu Silje nie zdołała odzyskać spokoju. Zagadka Tengela dzień i noc zajmowała jej myśli. Własny krzyk budził ją ze snu. Choć usiłowała zmusić się do rozsądnego myślenia, nie udawało jej się to wcale. Najbardziej jednak męczący był niepokój, który narastał w jej wnętrzu. Spoglądała na wzgórze z drżącą, tajemniczą tęsknotą. Czasami widziała unoszący się dym, innym razem było tam zupełnie pusto. Wtedy bała się, że wyjechał i nigdy więcej już go nie zobaczy. Kiedy jednak chmury dymu pojawiały się ponownie, gorąco pragnęła, by zniknął z jej życia lub, jeszcze lepiej, by nigdy już go nie spotkała.

Szybko zbliżały się święta. Miały to być ciche, wypełnione smutkiem dni. Nikt nie był w radosnym nastroju, nikt nie miał ochoty na żadne uroczystości. Te święta są przecież świętami rodzinnymi, a w ostatnim czasie wszyscy stracili swoich bliskich. Żal, który na co dzień usiłowali zdławić, ze zdwojoną siłą szukał teraz ujścia. Wspomnienia poprzednich świąt, ciepła, bezpieczeństwa i szczęścia wokół nakrytego stołu... uśmiechniętych twarzy, których już nie było... Benedykt, Silje i wszyscy inni w ciszy spełniali swe obowiązki, często ze łzami w kącikach oczu. Gdyby nie Sol, nie czyniono by żadnych przygotowań do świąt.

Trzy dni przed świętami Bożego Narodzenia całe ich życie stanęło na głowie. Dopiero wtedy zdali sobie sprawę, jak harmonijnie żyli razem przez te tygodnie.

Przed główny budynek zajechał wóz, wysiadła z niego władcza dama, niosąc przed sobą niemal jak transparent „Oto ja" olbrzymi biust. Zarys jej brody wskazywał na charakter nie znoszący sprzeciwu. Ubrana była tak jak nakazywała ostatnia moda. Miała na sobie krezowy kołnierz, naszywany perełkami czepek i plisowaną suknię z bufiastymi rękawami. Za nią kroczył niezadowolony piętnastoletni chłopiec z kwaśną miną.

– Do wszystkich diabłów! – mruknął Benedykt. – Wdowa po moim bratanku. Ki czort ją tu sprowadza?

Z wozu wysiadła jeszcze jedna osoba. Młoda dziewczyna, równie niezadowolona jak chłopak. O, ta ma powód być zła, pomyślała Silje, jest taka gruba.

– Abelone! – powitał przybyłą damę Benedykt. – To naprawdę niespodzianka. Co cię tu sprowadza?

– Drogi Benedykcie – powiedziała wyniośle dama. – Słyszałam o twoim nieszczęściu, o tym, że twego brata i całą jego rodzinę zabrała zaraza. Uznałam za swój obowiązek przybyć ci z pomocą. Mamy teraz tylko siebie; ty, ja i moje dzieci.

– Czy w Trondheim zabrakło już żywności? – mruknął Benedykt pod nosem, głośno powiedział jednak: – Oczywiście cieszę się, że spędzimy razem święta.

Te słowa wypowiedział z taką miną, jakby właśnie przełknął duży łyk octu.

– Święta? – roześmiała się Abelone. – Moim dzieciom potrzebne jest wiejskie powietrze, a tobie kobieta, która poprowadziłaby ci dom. Postanowiliśmy przeprowadzić się tutaj, mój drogi. Spoczywa na mnie obowiązek zajęcia się tobą. Jesteś już przecież stary i zasługujesz na to, by spędzić swe ostatnie dni w ciszy i spokoju.

Benedykt oniemiał, przerażony. Nieoczekiwani goście zaczęli wchodzić po schodach.

– Dzień dobry, Greto, dzień dobry, Mario – powiedziała Abelone łaskawie i kiwnęła głową parobkowi. – A cóż to za dziewczynka?

Sol ukryła się za spódnicą Marii.

– To Sol – rzekł Benedykt z dumą w głosie. – A to jest Silje. One i mały Dag mieszkają teraz tutaj.

Oczy Abelone nabrały lodowatego wyrazu.

– Czy to jacyś krewniacy?

– Nie, ale kochamy ich bardziej niż gdyby nimi byli naprawdę.

Parobek i kobiety potwierdziły to skinieniem głowy.

– Ach tak – powiedziała Abelone krótko. – Przyjrzymy się temu później.

Dom odmienił się całkowicie. Abelone nie chciała słyszeć o wyciszonych, smutnych świętach. „Umarli już odeszli, nie mogą rzucać nawet cienia złego nastroju na święta!" Biegała, wydając polecenia służbie, a przede wszystkim Silje, której najwyraźniej instynktownie nienawidziła. Nie mogła znieść Daga w domu. Sol także nie wolno było się tam pokazywać. Benedykt był wściekły, przeklinał i pił więcej niż zwykle.

Abelone miała wyrobione zdanie na każdy temat.

– Wiem, że mój syn jest jedynym dziedzicem tego dworu. Tu naprawdę trzeba przewietrzyć wszystkie kąty. Nie może przecież przejąć takiego dziadostwa.

– Zapamiętaj sobie, Abelone, że Silje i dzieci są moimi gośćmi. Będą tu mieszkać tak długo, jak ja żyję. W tej kwestii nie ma dyskusji.

We dworze zapanował przykry nastrój. Nikt już nie czuł się dobrze.

Rankiem w Wigilię Silje, tak jak czyniła to już wiele razy przedtem, wspięła się na wzgórze. Widziała cienką smugę dymu, która unosiła się nad obsypanymi śniegiem drzewami. Czy będzie miała odwagę? Tak często miała ochotę tam pójść, ale powstrzymywał ją strach, a także poczucie niestosowności takiego uczynku. Teraz jednak wiedziała, że musi. Coś w jej duszy nakłaniało ją do wędrówki.

Abelone ze swymi dziećmi była na górze. Wybierali i przebierali wśród odzienia zmarłych. Silje przyszła do kuchni. Siedzieli tu „jej" ludzie, smutni i bez humoru.

– Czy będę mogła pójść z wizytą? – zapytała z troską. – Jest ktoś, komu chciałabym przynieść radość odrobiną jadła, ponieważ są święta.

Spojrzeli na nią zaskoczeni. Wielu było biednych ludzi we wsi. Nie przypominali sobie jednak, by Silje znała kogoś z nich.

Naturalnie nikt nie miał nic przeciwko temu, by udała się z wizytą! Greta i Maria wyposażyły ją w wypełniony po brzegi kuferek, w którym znalazły się wszystkie świąteczne przysmaki: kiełbasa, szynka, ryba, chleb i jabłka. Dostała również dzbanuszek gorzałki Benedykta.

W tym właśnie momencie do kuchni weszła Abelone. Gwałtownie zatrzymała się przy stole.

– Co to ma znaczyć? – zapytała ostro.

– Silje idzie w odwiedziny – wyjaśniła Greta.

Abelone natychmiast zaczęła wyciągać rzeczy z kuferka.

– Oo! Nic mi tu nie będzie wynosić ze dworu, o nie! Nie mamy ani trochę więcej, niż sami potrzebujemy. Naprawdę ta Silje nie ma żadnego prawa...

Choć było jeszcze wcześnie, Benedykt był już podchmielony. Powstał, ratując resztki utraconej władzy.

– Mamy więcej niż trzeba. Silje dostała to od nas, i ty nie próbuj sprzeciwiać się mej woli. Mogę wydziedziczyć twego obżartego szczeniaka!

Abelone ze złością chwytała powietrze.

– Tego zrobić nie możesz!

– Ależ tak, zawsze znajdzie się jakiś sposób.

Abelone nie była na tyle głupia, by nie zrozumieć, do czego zmierzał. Spojrzenie, jakie posłała Silje, było tak nienawistne, że nawet Benedykt zbladł. Odstawiła jednak kuferek, nie mówiąc nic więcej i mocno tupiąc, poszła z powrotem na strych.

Wszyscy wiedzieli, że ostatnie słowo nie zostało wypowiedziane.

– Idź, Silje – powiedział miękko stary malarz. – Nic się nie stanie ani dzieciom, ani tobie, przyrzekam ci.

Wzruszona, podziękowała im wszystkim uśmiechem i wyszła.

Dzień był jasny, choć nie było słońca. Sam śnieg jednak dawał światło. Niebo przybrało barwę indygo. Silje musiała znaleźć drogę wiodącą na wzgórze. Kiedy była tam poprzednim razem, krążyła wokoło bez celu. Śnieg nie był głęboki, sięgał jej ledwie do kostek. A ona miała na nogach trzewiki z długimi cholewkami. Po niedługiej chwili rzeczywiście odnalazła wąską leśną dróżkę i wtedy było jej już łatwiej.

Na ścieżce nie dostrzegła żadnych śladów, nie musiało to jednak niczego oznaczać, ponieważ śnieg spadł zaledwie dwa dni temu.

Pod górę było dość stromo, po pewnym czasie musiała zatrzymać się, by złapać oddech. Przed nią w dole leżała wioska, kościół, rzeka, w której parobek łowił łososie. Ujrzała dwór Benedykta – o, tam, przez dziedziniec biegnie Maria. W oddali rozproszone były inne gospodarstwa. Tuż przed nią wznosiła się Kraina Cieni. Stąd wyglądała zupełnie inaczej. Nareszcie zrozumiała, dlaczego okoliczni mieszkańcy nazywali góry Siedzibą Złych Mocy. Tak, to była właściwa nazwa.

Odwróciła się, by iść dalej, lecz z okrzykiem przerażenia zatrzymała się w miejscu. Prawie na niego wpadła. Stał jedną ręką oparty o sosnę.

Wystraszonymi oczyma spojrzała na niego. Serce biło jej mocno. Prawie w taki sam sposób spotkali się po raz pierwszy. Teraz wyglądał równie dostojnie, niezwykle. Jego oczy świeciły wśród oślepiającego blasku śniegu. Tym razem jednak miały w sobie coś odpychającego.

To o tej przerażającej istocie marzyła w swych gorszących, intymnych snach! Musiała być szalona!

Silje usiłowała pokonać przenikający ją strach. Jeśli był istotą z krwi i kości, to potrzebował również strawy i ludzkiego ciepła. Zmieszana podała mu kuferek.

– Przynoszę wam trochę jadła, panie. Są przecież święta i... niech będą błogosławione – dodała szybko.

Wyciągnął rękę i wziął od niej kuferek.

– Nie powinnaś tu przychodzić, Silje – powiedział karcąco. Jego twarz wyglądała na wyrytą z kamienia, a oczy mówiły, że nie życzy sobie żadnych poufałości.

Odwróciła się szybko.

– To wszystko, czego od was chciałam, panie – powiedziała wystraszona.

Mocno chwycił ją za rękę.

– Jesteś tu już i zmarzłaś. Muszę zadbać o to, byś mogła się ogrzać. Chodź – powiedział szorstko. Zrobił ruch wskazujący, że mają udać się do jego chaty.

Bez słowa szli w górę ścieżki, depcząc jego ślady prowadzące w dół. Obłąkana myśl przyszła jej do głowy: a jeśli tych śladów by nie było? Najchętniej uciekłaby stąd z płaczem. Silje nie miała odwagi spojrzeć na niego. To było okropne, poniżające i uwłaczające, że nadal tak bardzo ją pociągał. Czuła, jak jej piersi twardnieją, gdy przypadkiem trącał ją ramieniem. Przecież był zagniewany, że przyszła! To było takie przykre!

– Macie gości? – zapytał krótko.

Dzięki Bogu! Przynajmniej odzywa się do niej.

– Tak – westchnęła. – To nie jest zbyt przyjemne.

Ponieważ wyraźnie czekał na ciąg dalszy, jąkając się i płacząc, opowiedziała o Abelone i jej dzieciach, o wszystkich zmianach w domu. I o rozmowie w kuchni.

– Nie bardzo rozumiem, o co chodzi w ostatnim fragmencie twojej opowieści – przerwał jej. – Czy Benedykt ma zamiar ożenić się z tobą?

Przestraszyła się.

– O nie, chyba tak nie myśli.

– Tak to zabrzmiało. Jakie są inne możliwości wydziedziczenia dzieci Abelone?

Silje zastanowiła się.

– Przyszedł kiedyś do mnie wieczorem... plótł wtedy różne głupstwa. Był jednak pijany, więc nie przejęłam się tym. Udało mi się go wypchnąć. Być może miał jakieś niejasne plany.

Jej towarzysz długo milczał. Nieśmiało zerkała na

niego. Tak mocno zacisnął usta, że aż zbielały mu wargi. Potem powiedział:

– Jesteś jakaś inna, Silje, zalękniona. Co się stało?

Wzięła głęboki oddech i zaryzykowała.

– Poznałam wasze imię, panie. Tym razem to prawdziwe.

Przez chwilę nic nie mówił.

– A jednak mimo wszystko przyszłaś?

W jego głosie zabrzmiała agresja. Silje odruchowo usiłowała się skulić, by stać się jak najmniejsza.

– Nigdy nie uczyniliście mi nic złego, panie – powiedziała cichym głosem. – A poza tym wspomnieliście, że mnie potrzebujecie.

– Tak powiedziałem? To było bezmyślne z mojej strony. Tak samo nierozumne jak twoje przyjście tutaj.

Silje zdziwiła się, lecz nie odważyła się głośno zapytać dlaczego. Dzielnie to przełknęła i próbowała ukryć, jak bardzo czuje się zraniona i zawiedziona.

– Potrzebuję teraz rozmowy z wami, panie. Wszystko we dworze stało się takie trudne... a jeszcze to wasze imię. Jestem zagubiona i bardzo niepewna. Muszę dowiedzieć się więcej, bardzo was proszę, panie.

– Tak chyba będzie najlepiej. A na początek uważam, że powinnaś przestać nazywać mnie panem. Powiedziałaś, że znasz moje imię, a więc wiesz, że nie jestem żadnym panem.

Cisza panująca wokół nich była niezwykła. Nagle las przerzedził się i pojawiła się nieduża chata, zszarzała od słońca i wiatru, z przybudowaną szopą. Dym wciąż unosił się z dymnika.

Otworzył drzwi, Silje pochyliła głowę i weszła do środka. Kiedy byli już wewnątrz, zapanował szczególny nastrój, którego nie potrafiła ani nazwać, ani zrozumieć. Gdyby nie niechęć z jego strony powiedziałaby, że rodzi się między nimi zaufanie lub poczucie więzi. Tengel zbyt mocno jednak strzegł dostępu do swych prawdziwych uczuć. Silje wyczuwała tylko stan silnego napięcia.

Była to zwykła izba, z paleniskiem na środku podłogi, taka do jakiej przywykła w domu. Większych wygód zaznała tylko u Benedykta. Dworu, w którym pracował jej ojciec, nie mogła liczyć. Należał do ludzi stojących stanem tak wysoko, że tworzyli jakby dwa różne światy.

Tutaj wszystko było po staremu. Dookoła ścian stały ławy, proste szafy, było też krótkie, wbudowane łoże. Izba nie wyglądała zbyt porządnie. Urządzona jednak była tak, by dym nie słał się po wnętrzu, lecz zbierał pod powałą i uchodził przez dymnik – jedyny otwór świetlny, teraz uchylony, z błony płodowej jakiegoś zwierzęcia. Przez całą izbę tuż pod sufitem ciągnęła się okorowana belka, z której zwieszał się umocowany na łańcuchu kociołek.

Silje trzymała zmarznięte dłonie nad ogniem, nie patrząc na gospodarza. Po chwili wahania Tengel zdjął z niej aksamitny płaszcz i powiesił, by sechł; cały brzeg na dole był wilgotny od śniegu.

– Twoje trzewiki?

– Są odporne na wodę. Myślę, że nie będę ich zdejmować.

Mówiła cichym, niepewnym głosem, wciąż obawiając się jego gniewu.

Skinął głową i zaprosił, by usiadła na najszerszej ławie, przykrytej baranią skórą. Sam usadowił się na innej, po drugiej stronie paleniska.

– Nie chcecie nic z kuferka, panie? – zdziwiła się. Jego głos nadal budził przerażenie.

– Tak, dziękuję, za chwilę. Najpierw chciałbym z tobą pomówić.

Nastawił wodę w garnku, by mogła wypić coś gorącego. Silje nie mogła pojąć, dlaczego w chacie zapanowała nagle tak napięta atmosfera. Chociaż... Może tak bardzo nie powinna się dziwić? Czuła bowiem, że ona także jest po części tego powodem.

– Wydaje mi się, że prosiłem cię, byś mówiła mi po imieniu – powiedział, siadając.

Pochyliła głowę.

– Myślę, że nie potrafię, to byłoby z mojej strony zbyt śmiałe. A poza tym nie chcę.

– A więc pragniesz zachować dystans między nami?

– Tego dystansu nie pokona jedno małe słowo.

Poczuła na sobie jego zdziwione spojrzenie.

Zapytał nagle:

– Co sądzisz o mnie, Silje? Czy myślisz, że jestem właśnie tym złym Tengelem?

Silje patrzyła na niego badawczo poprzez płomienie. Siedział oparty plecami o ścianę, ramionami objął podciągnięte kolana. W migoczącym świetle jego twarz wyglądała demonicznie.

– Nie mogę w to wierzyć – powiedziała zamyślona. – To bezsensowne. A wy jesteście tacy... ciepli! Wielu jednak spraw, które was dotyczą, nie rozumiem, panie.

Uśmiechnął się z goryczą.

– Mogę to sobie z łatwością wyobrazić. Czy masz dość sił, by wysłuchać mej historii? Historii Ludzi Lodu?

– Po to tutaj przyszłam – powiedziała z dziecinną powagą. – No i obawiałam się, czy nie jesteście głodni, panie.

– Duchy nie czują głodu. A więc nie sądziłaś, że jestem złym Tengelem.

– Nie, z pewnością nie.

– Nie, nie jestem duchem – powiedział zapalczywie. Och, jakże ludzie mogą wierzyć w takie rzeczy?

Wsunęła się głębiej na ławę i ciaśniej owinęła suknią. Ten ruch sprawił, że odwrócił od niej oczy.

– Wiecie, panie – zaczęła z wahaniem, nie była jednak pewna jego nastroju. – Nic, zresztą nic.

– Ależ tak! – powiedział surowo. – Skończ, co zaczęłaś!

Na chwilę jej niesforne myśli powróciły do ostatniego snu. Co by się stało, gdyby w rozpaczy spróbowała złagodzić jego gniew, rozbierając się, tak jak to uczyniła wobec grożących jej mężczyzn z koszmaru sennego...? Co by wtedy powiedział? Prawdopodobnie wyrzuciłby ją w śnieg na złamany kark, pełen pogardy i obrzydzenia. Sny są przecież wynikiem własnych pragnień. Tę gorzką prawdę trudno było przełknąć.

– To nic, miałam tylko niemądre myśli – usprawiedliwiła się i szybko zaczęła mówić o tym, o czym chciała z nim rozmawiać naprawdę. – Całkiem szalone uczucie, że na to właśnie czekałam całe życie.

– Na to, by usłyszeć historię Ludzi Lodu? – zapytał, powątpiewając.

Zasmuciła się.

– Wyśmiewacie się ze mnie, panie, zrozumiałam, że się myliłam. Żałuję, że pozwoliłam sobie na tak wiele.

– Mów, co miałaś na myśli – powiedział zniecierpliwiony.

Ujarzmiona Silje odrzekła:

– Chodziło mi o poczucie bliskości z kimś, kto myśli podobnie jak ja, z kimś, kto mnie rozumie. Tak, by nie trzeba było obawiać się zwierzeń, by można było mieć pewność, że wszystko, co się powie, będzie ze zrozumieniem przyjęte i zachowane w tajemnicy. Wybaczcie mi moją śmiałość, panie. Wy oczywiście nie czujecie duchowej wspólnoty ze mną; pójdę już...

Wstała, nie mając odwagi spojrzeć na niego.

– Siadaj! – prawie wrzasnął. – Chcesz słuchać, czy nie?

– Taak – wyjąkała przerażona.

– Dobrze, zaprzestań już tych wymysłów.

Odczekał chwilę, jakby dawał im obojgu czas na uspokojenie.

– Czy chcesz usłyszeć wszystko? Od samego początku?

– Tak, panie.

– Nie musisz szeptać, zachowujesz się jak pisklę stojące przed wężem. Uff, nie wiem, od czego mam zacząć. Nigdy nikomu nie opowiadałem tej znienawidzonej przeze mnie historii.

Na jego obliczu pojawił się wyraz rezygnacji. Silje usiadła wygodniej. Czuła, jak wali jej serce, ale była już gotowa do wysłuchania sagi o Ludziach Lodu.

ROZDZIAŁ VIII

Mężczyzna siedzący po drugiej stronie paleniska wziął głęboki oddech, zanim rozpoczął swą opowieść.

– Słyszałaś chyba o pierwszym Tengelu? O tym, że wraz z innymi rodzinami uciekł w góry, do Siedziby Złych Mocy? Mówią, że było to gdzieś w trzynastym wieku. Nie jestem pewien, co właściwie uczynił osławiony założyciel mego rodu, ale powiadają, że zawarł pakt z Szatanem, by móc przetrwać tam, na pustkowiu. Myślę, że znał się na czarach już wcześniej. Podobno wyróżniał się niezwykłym wyglądem; był niski, lecz przystojny, miał czarne włosy i przenikliwe oczy. Z jakiego rodu pochodził, nikt nie wie. Nie ma jednak żadnego powodu, by sądzić, że należał do jakiejś obcej rasy. Powiadają, że czynił okropne rzeczy, by nawiązać kontakt z samym Złym. Wiele odmówiono zaklęć nad kotłem, w którym warzył się wywar o nieznanym składzie.

Podświadomie wzrok Silje ześlizgnął się na garnek zawieszony nad paleniskiem. Nie sprawiał wrażenia niebezpiecznego. Tengel przejrzał ją i roześmiał się gorzko.

– Po zawarciu paktu z Diabłem mój prapradziad zakopał garnek i rzucił przekleństwo na to miejsce. Wspomniał o obietnicy Złego, że niektórzy wybrani spośród jego następców odziedziczą dary, które od niego otrzymał. Jeden z jego potomków ma zostać obdarzony nadprzyrodzoną mocą, jakiej ludzkość do tej pory nie zna. Przekleństwo, bo to jest przekleństwo, Silje, może być zdjęte tylko, jeśli garnek zostanie przez kogoś odnaleziony i wykopany.

– Czy ktoś już go znalazł? – zapytała Silje cicho, szukając jego wzroku.

– Nie, nikt nie wie, gdzie jest zakopany. Mego prapradziada nie było przez trzydzieści dni i trzydzieści nocy, od jednej pełni księżyca do następnej, kiedy to zawarł pakt z Diabłem. Mógł pójść wysoko w góry, mógł pójść zupełnie gdzie indziej, gdzieś bardzo daleko. Powiadają, że po tym straszliwym spotkaniu zmienił się jego wygląd. Skurczył się w sobie, zrobił się niższy i szerszy, rozumiesz chyba, co mam na myśli. Stał się pokraczny, obrzydliwy.

– Wierzycie w to, panie?

– Częściowo – odparł z wahaniem. – W każdym

razie wierzę, że zrobił wszystko, by odnaleźć Szatana. Ale czy rzeczywiście spotkał Księcia Ciemności, tego nie wie nikt. Wątpię w to, choć do śmierci twierdził, że to prawda. Myślę, że po prostu lubił straszyć ludzi, imponować im. Być może sam uwierzył, że spotkał Diabła. Jest wielu ludzi łagodniejszych od Tengela, którzy twierdzą, że się z nim zetknęli. Sądzę też, że zmyślił całą tę historię o swych następcach, którzy mają odziedziczyć jego właściwości. Prawdopodobnie w jego rodzinie były osoby interesujące się magią i dlatego udawał, że jest prorokiem. Fakt, że skurczył się w sobie, też nie jest wcale taki niezwykły. Z wiekiem każdy robi się niższy, a jeśli jeszcze ktoś jest z natury złośliwy, zmienia się wyraz twarzy, rysy wyostrzają się, człowiek brzydnie. Jedno jest wszak pewne: ten, którego imię noszę, znał wiele tajemnic i potrafił robić niesamowite rzeczy. Ale historia o jego pakcie z Szatanem to tylko wymysł. Nie ma żadnego Szatana.

Silje zadrżała z przerażenia.

– Tak nie wolno mówić, panie! W ten sposób jednocześnie zaprzeczacie istnieniu Pana Boga!

– Doprawdy? Nie bądź naiwna, Silje. Myślałem, że mimo swego pochodzenia jesteś mądrą dziewczyną. Teraz jednak mówisz jak prosta dziewka. Ja postrzegam Szatana jako bardzo użyteczny wynalazek ludzi. Dobrze jest mieć kogo obarczyć winą za swoje zatajone złe uczynki. Nikt nie wie, ile z wiary w diabła jest wymysłem księży, by mogli umocnić swą władzę nad ludźmi.

– Bluźnicie, panie!

– Bądź cicho! Jeśli uznajesz, że Szatan istnieje, tym samym wysyłasz mnie na wieczne męki. Czy tego chcesz?

– Ależ skąd, nie chcę!

Pochylił się do przodu.

– Jeżeli prawdą jest, że pierwszy Tengel zaprzedał duszę Szatanowi, to oddał mu również moją, ponieważ jest to ta sama krew, to samo nasienie, ta sama dusza, i to samo przekleństwo ciąży na nas wszystkich, którzy dziedziczą jego zdolności. Rozumiesz to? Zaprzeczam istnieniu Szatana, chcę jednak wierzyć, że istnieje łagodny, wybaczający Bóg, który będzie miał litość dla dziedzicznie obciążonego dziecka rodu ludzkiego.

Silje poczuła, że ściska ją w gardle.

– Kiedy tak to przedstawiacie, panie, zaczynam wierzyć, że macie rację. Że Zły jest wymysłem ludzi. Nie wierzę jednak, że jesteście przeklęci, o nie. Jesteście, panie, tacy...

– A więc spójrz na mnie! – wykrzyknął gwałtownie. – Czy jakikolwiek człowiek wygląda tak jak ja? Kiedy widzę w wodzie swoje odbicie, cofam się. Przyjrzyj się moim płonącym oczom, skośnym i wąskim jak u kota; patrz na drapieżny uśmiech, na silne zęby, na szczeciniaste włosy, które przypominają raczej końską grzywę. Czy kiedykolwiek widziałaś coś równie wstrętnego?

Usta Silje drżały.

– Przyznaję, że z początku przeraził mnie wasz wygląd, panie. Nie wiem, skąd to się bierze, ale teraz uważam, że jesteście bardzo... Nie, nie potrafię tego wyjaśnić. Lubię na was patrzeć, panie. Kiedy was nie widzę, tęsknię, by znów was zobaczyć. Byliście tacy dobrzy dla mnie i dla dzieci...

Wstał gwałtownie.

– O, nie zawsze jestem aniołem.

Jej słowa poruszyły go. Niespokojnie przeszedł w drugi kąt izby, chwilę postał, bezmyślnie otworzył drzwi od szafy. Zaraz zatrzasnął je i wrócił na swoje miejsce. Siedziała nieruchomo, wstydząc się własnej szczerości. Teraz na pewno był na nią rozgniewany. Mocno ścisnął złączone dłonie, nie wiedząc, co powiedzieć.

Cisza przedłużała się. Wreszcie przerwała ją Silje.

– A więc macie pewność, panie, że jesteście właśnie tym wybranym z rodu? Sztuka leczenia... czy to właśnie dziedzictwo po nim?

– Powiedz raczej sztuka czarowania, bo tym w istocie jest! Tak, jest dziedziczna, nieubłaganie dziedziczna. Co prawda nie dla wszystkich. Ale przynajmniej jedna osoba z każdego pokolenia jest tym dotknięta. Ofiary są zawsze ciemnowłose, mają szczególny wygląd i kocie oczy.

– Mówicie ofiary. Rozumiem więc, że to ogromny ciężar do udźwignięcia.

– Tak, to cięższe niż możesz pojąć.

– A ta wyjątkowa osoba, o której wspominaliście... Ten który miał odziedziczyć więcej nadprzyrodzonych mocy niż ludzkość widziała... sądzicie, że to wy, panie?

Odchylił głowę do tyłu i roześmiał się zrezygnowany.

– Nie, to nie ja. Ja nie jestem tak ciężko dotknięty, nie mam tak wielkich zdolności. Jestem tylko niezwykle wrażliwy w odbiorze ludzkich nastrojów i uczuć, i mam uzdrawiające dłonie. Ale są inni w naszym rodzie; postacie tak okropne, że aż trudno byłoby ci uwierzyć w ich istnienie. Myśl o szaleństwach, do których są zdolni, odbiera mi siły. Nie, ten wybrany jeszcze się nie narodził. A ja zrobię wszystko, co w mojej mocy, by nie narodził się nigdy!

Spojrzała na niego pytająco.

– Złożyłem sobie przysięgę, że to okrutne dziedzictwo umrze wraz ze mną. Nigdy nie będę leżeć w objęciach kobiety... by niebezpieczne nasienie, które noszę w sobie, nie przeszło na innych.

Silje spuściła oczy, nie chciała, by odczytał jej myśli i nadzieje. Jego niechęć, by przyszła do tej chaty... czy to może mieć jakiś związek z... Nie, oczywiście, że nie! Musiała jednak zadać mu jeszcze jedno pytanie.

– Jeśli wierzycie w tego „wybranego", wierzycie także w zdolność pierwszego Tengela do przepowiadania przyszłości?

Zirytował się. Jego twarz wykrzywił straszny grymas.

– Właściwie nie. Już mówiłem. Sądzę, że on sam to wszystko wymyślił. Wielu chciałoby być Mesjaszami, choć on sam chciał być przeciwieństwem dobrego Mesjasza. Ale to dziedzictwo jest samo w sobie tak ogromnym obciążeniem, że nie chcę go przekazywać następnym.

– Czy w waszym pokoleniu jesteście jedynym?

– Tak. Podejrzewaliśmy, że moja siostra ma w sobie również złą moc, ale okazało się, że tak nie jest. Opuściła góry. Opuściła je, bo się zakochała i zamieszkała w Trondheim ze swym mężem. Nie miała odwagi przyznać się, że jest jedną z Ludzi Lodu. Tak już jest, Silje, że gdy ktoś z nas zostanie pojmany, natychmiast pozbawiany jest życia. Jego ciało zostaje spalone, a prochy zakopuje się w ziemi. Wszystko po to, by już nigdy nie mógł czynić czarów. Słyszeliśmy, że moja siostra miała dwie córeczki, Angelikę i Leonardę. Tamtej nocy, gdy się spotkaliśmy, wybrałem się do nich w odwiedziny. Ale ich nie odnalazłem.

Silje patrzyła przed siebie.

– O czym myślisz? – zapytał. – Wydajesz się taka spięta.

– Ile lat miały jej córeczki?

– Były bardzo małe. Młodsza to jeszcze niemowlę. „Nadda"... Leonarda.

– Tengelu...

– Nareszcie wymówiłaś moje imię – mruknął ochrypłym głosem. Silje była tak wzburzona, że nawet tego nie zauważyła.

– Tengelu... Na Boga, myślę...

– Co?

– Myślę, że twoja siostra nie żyje.

Zesztywniał.

– Dlaczego tak sądzisz?

– Wiesz, w jaki sposób znalazłam Sol, prawda? Przy zwłokach matki. To była piękna kobieta, miała czarne, kręcone włosy i ciemne oczy. A kiedy usłyszałyśmy, Sol i ja, płacz niemowlęcia w lesie, dziewczynka pociągnęła mnie tam, cały czas wołając „Nadda". Pomyślałam od razu, że musiała mieć braciszka lub siostrzyczkę o podobnym imieniu. Dziecko z pewnością umarło na zarazę.

– Leonarda? Dobry Boże! – szepnął Tengel. – Chyba masz rację, Silje. Widziałem znaki na twarzy Sol, podobieństwo do Ludzi Lodu, ale nigdy nie pomyślałem...

Nie dokończył. Wydawało się, że to zbyt wiele jak na jeden raz, nawet dla niego. A miało być jeszcze więcej.

– O, Tengelu – jęknęła Silje zrozpaczona. – Obawiam się, że... że Sol ma w sobie tę złą moc! Jej dziwne humory, okropne nieposłuszeństwo. Często zachowuje się zupełnie niezrozumiale. Czasami nachodzi ją niezwykły nastrój. Milczy wtedy, zupełnie nieobecna duchem.

– Tak! – wykrzyknął. – Tak, to są pierwsze oznaki.

O, mój Boże! Biedne dziecko! A więc Sol to moja siostrzenica, Angelika? Nie mogę w to uwierzyć! Moja siostra nie żyje! To wszystko jest niezwykle bolesne.

W pancerzu wrogości, jakim się otoczył, zaczęły się pojawiać szczeliny. Silje czekała, aż przyjdzie do siebie po tragicznych wiadomościach, które spadły na niego tak nagle. Najchętniej podeszłaby do niego i objęła ramieniem, okazując mu swe współczucie. To jednak nie było teraz wskazane, tyle przynajmniej rozumiała. Musiała w spokoju znieść widok jego cierpienia.

Oczy Tengela pociemniały.

– Gdybym był wystarczająco twardy, zabiłbym ją teraz, zanim będzie dość duża, by zrozumieć. Jest w niej smocze nasienie, które wlał w nas zły Tengel. Smocze nasienie!

Jego twarz była w tej chwili bardziej nieludzka niż kiedykolwiek przedtem, jednocześnie oczy wypełniał taki żal i cierpienie, jakiego Silje nigdy jeszcze nie widziała.

– Nie, nie wolno wam odbierać jej życia! – krzyknęła przerażona.

– Nie, oczywiście, że nie. Ale moje serce krwawi z rozpaczy na samą myśl o jej przyszłości. Nie masz pojęcia, jakim koszmarem jest życie z takim dziedzictwem! Niektórzy z moich przodków chełpili się, byli z niego dumni, stali się złymi czarownikami i wiedźmami. Mówi się, że właśnie oni są tymi wybranymi, którzy potrafią więcej, niż widział do tej pory świat. Ale ja nienawidzę tych zdolności! – Zniżył głos. – Dotrzymam mego przyrzeczenia, nigdy nie dotknę kobiety. Moje nasienie nie będzie zasiane. Nawet jeśli Sol poprowadzi dalej ten opętany ród. Możemy się tylko modlić do miłościwego Boga, by nie była taka jak jej przodkowie, którzy zostali sługami Złego. Ja przez cały czas staram się tego uniknąć. – Wyprostował się nagle, jakby wsłuchiwał się w siebie.

– Co się stało?

– Pamiętasz tę chwilę, gdy wszedłem do waszej izby, gdy chciałem ratować Sol od zarazy?

– Tak. Pamiętam, że zawahaliście się przez moment, panie. Powiedzieliście „ale..." i przerwaliście w pół zdania.

– Właśnie. Wiesz, miałem wtedy dziwne uczucie, że nie powinienem jej ratować. A więc to dlatego. Jest jedną z dotkniętych. Wtedy jeszcze tego nie wiedziałem, ale coś podpowiadało mi, że nie powinna zostać przy życiu. Cóż, nic już nie poradzę, że ona istnieje. Ja w każdym razie nigdy nie będę z kobietą.

Silje siedziała cicho, powstrzymując łzy. Jak zawsze zauważył, że jest smutna. Zirytował się. Właściwie odkąd przyszła, był mniej lub bardziej zirytowany. Znów wstał.

– Nigdy nie było mi trudno unikać kobiet – parsknął. – Dopóki... Woda wrze.

Nie od razu pojęła, że mówi o dwóch różnych rzeczach. Teraz dopiero spostrzegła, że w kociołku pojawiły się bąbelki wrzątku. Woda gotowała się już jakiś czas. Wstała i otworzyła kuferek z jedzeniem, a on wyjął naczynia.

Dumna była, mogąc wystawić dobre jedzenie. Cieszyła się też, że śledzi jej ruchy. Jakie to wspaniałe, że choć w ten sposób może się odwdzięczyć za wszystko, co dla niej zrobił!

Nagle poczuła, że znów coś wytrąciło go z równowagi. Spojrzała pytająco.

– Powinienem był jechać już dawno temu – rzekł gniewnie i rzucił na stół drewniane łyżki. – Nie pojmuję, dlaczego jeszcze nie wyruszyłem.

– Cieszę się, że z tym zwlekaliście, panie – powiedziała Silje. – Świadomość tego, że jesteście, dawała mi poczucie bezpieczeństwa. Trzymaliście nade mną i dziećmi chroniącą dłoń. Nie jesteście źli, panie.

– Ach tak, więc znów mówisz do mnie „panie" – mruknął.

– Wybacz, zapomniałam...

– Mówisz, że nie jestem zły. Wszyscy jednak się mnie boją.

– Czy to niedobrze, jeśli jest się szanowanym? – Próbowała się śmiać, lecz śmiech uwiązł jej w gardle.

– Oni myślą, że jestem trzystuletnim duchem, Silje! A ja jestem zwykłym, żywym człowiekiem, tak samo łaknącym uczucia jak inni. Jedyną różnicą jest tylko pewien dar, o który wcale nie prosiłem.

W jej oczach odnalazł tyle zrozumienia, że musiał odwrócić wzrok.

– A to wszystko, co wiesz o ziołach, tego się chyba nauczyłeś? – zapytała.

– Taką wiedzę Ludzie Lodu wysysają z mlekiem matki, którego ja, prawdę mówiąc, nigdy nie skosztowałem. Jakże mogą wierzyć, że jestem duchem! Niemal cieszę się, że swymi narodzinami spowodowałem jej śmierć. Dzięki temu przynajmniej uniknęła oglądania potwora, którego wydała na świat.

– Tengelu! – błagała go, nieszczęśliwa.

Milczał.

– Jak widzisz, jest jeszcze jeden powód, Silje... – Podszedł do narożnej szafy i odwrócił się do niej plecami. – Jeszcze jeden powód, dla którego muszę żyć sam. Zauważyłaś moje ramiona, prawda?

– Tak – odparła cicho. – Czy to był wypadek?

– Nie. Taki się już urodziłem. To właśnie moje ramiona zabiły matkę. Wykrwawiła się.

– Och – jęknęła Silje ze szczerym współczuciem w głosie.

– Tak. I nie chcę, żeby to samo przytrafiło się... innej kobiecie – zakończył szybko.

– Sądzisz, że to może być dziedziczne?

– Tego nigdy nie można przewidzieć.

Podszedł do stołu i skończył nakrywanie. Stół prezentował się całkiem odświętnie.

– Nasza Wigilia – uśmiechnęła się Silje ze ściśniętym gardłem. Usiedli naprzeciw siebie przy grubo ciosanym stole, na którym czas wyrył swoje ślady. Tengel, który nadal omijał ją wzrokiem, nalał gorzałki Benedykta.

Zawahała się.

– Nigdy nie piję tak mocnych trunków. Nie wiem, jak na to zareaguję.

– Są święta, Silje. A mnie nie musisz się obawiać, wiesz o tym dobrze.

– Wiem. Ale nie myślałam o tobie. Chodziło mi o mnie sa... – Umilkła przerażona.

Z hałasem odstawił dzbanek.

– Jesteś naprawdę dziwną dziewczyną. Mieszanką przesadnej cnotliwości oraz bardzo silnej zmysłowości i niezwykłej odwagi. Nie wiem, która z tych dwóch to prawdziwa ty.

Silje musiała się zastanowić. Na wzmiankę o zmysłowości zrobiło się jej gorąco, nie śmiała o to pytać.

– Chciałabym z kimś porozmawiać o mnie samej. Z panem Benedyktem gawędziło się miło i łatwo, ale on mówił tylko o sobie i swojej sztuce...

Po raz pierwszy od chwili gdy przyszła, Tengel uśmiechnął się. Może wpłynął na niego odświętnie przybrany stół.

– Możesz rozmawiać ze mną.

Spuściła wzrok.

– Jeżeli... macie siłę słuchać?

– Bardzo cię o to proszę.

Czuła, że mówi prawdę. Próbowała zacząć logicznie.

– Myślę, że jest tak. Wychowano mnie na nieśmiałą, nieufną wobec ludzi. Ojciec był bardzo surowy, a matka religijna. Potępiała wszystko, co ma związek z miłością i... tą drugą rzeczą, o której wspomnieliście.

– Ze zmysłowością?

– Tak, właśnie – mruknęła szybko. – Wszystko było grzechem, wielkim grzechem. To mocno wryło mi się w pamięć. W domu parę razy spotykały mnie zaczepki mężczyzn, uciekałam wtedy przerażona, prawie chora, zanim zdążyli mnie dotknąć. Ale gdy zostałam sama w ten straszny czas zarazy, kiedy wszyscy bliscy pomarli, nigdy nie dopuszczam myśli o tym. Załamałabym się...

Odetchnęła głęboko i próbowała wrócić do wątku. Tengel siedział nieruchomo, opierając łokcie na stole, z kubkiem w dłoni i przyglądał jej się tak badawczo, że nawet nie miał czasu wypić.

– Kiedy musiałam sama wyruszyć w świat, często mnie zaczepiano, zwłaszcza w Trondheim. Nie miałam gdzie mieszkać, sypiałam w bramach i równie niebezpiecznych miejscach. Nauczyłam się bronić. I jestem jeszcze dziewicą. Nie wolno wam nawet myśleć inaczej.

Otrząsnął się z zasłuchania i wypił duży łyk gorzałki.

– Wierzę ci – mruknął i nalał sobie jeszcze.

– Umiem już być twarda – ciągnęła – choć na początku nie było mi łatwo. Twardość nie leży w mojej naturze. Odwaga, którą zauważyłeś, śmiałe odpowiedzi, to ślady z tego okresu. Widziałam i słyszałam dużo okropniejsze rzeczy. Moja wrodzona nieśmiałość w połączeniu z tymi gorzkimi doświadczeniami dziwnie się we mnie wymieszała. A potem... nie, nie chcę więcej mówić.

– Ależ tak, teraz masz powiedzieć najważniejsze.

– Nie, nie mogę.

Rozzłościł się.

– Zapewniałaś, że mi ufasz.

– Dzisiaj nie ośmieliłeś mnie specjalnie – szepnęła ze spuszczoną głową.

– Chcę to usłyszeć – rzekł z uporem. – Twoje słowa są u mnie bezpieczne.

W izbie zrobiło się gorąco. A może to tylko ona płonęła? Nie, było coś więcej, coś bardzo silnego, co promieniowało od niej, ale chyba nie tylko.

– To takie trudne, Tengelu – wykręcała się. – To dotyczy tego... zmysłowego.

– Tak, zrozumiałem.

– Jak to... się obudziło. Nie przypuszczałam, że... mam takie... skłonności.

Oczy żarzyły mu się jak małe płomyki. Wystające kości policzkowe rzucały głębokie cienie na dół jego twarzy, przysłaniając policzki. Kiedy jak podniecone zwierzę uniósł górną wargę, błysnęły zęby.

– Będzie lepiej, jeżeli tego nie powiem – stwierdziła.

– Czy coś miało na to wpływ? Czy ktoś próbował wciągnąć cię do łoża? I wtedy to się obudziło?

– Nie, nie! – zawołała przerażona. – Nie, to ty, wiesz o tym bardzo dobrze.

Powiedziała to. Za późno zorientowała się, że wpadła w pułapkę. Gdyby mogła teraz skryć się pod ziemię! Z trudem zwalczyła dziecinny odruch, by schować się pod stół.

W izbie zapadła kłopotliwa cisza.

Podsunął jej coś. Ledwo zauważyła, że to był kubek. Tengel zmusił ją do wypicia gorzałki. Skrzywiła nos, zakrztusiła się, ale napój rozgrzał ją.

Spostrzegła, że jego dłoń trzymająca kubek drży.

– Na koniu? – zapytał cicho.

Silje zaskoczona spojrzała na niego.

– Dlaczego tak sądzisz?

– Trudno ci było usiedzieć spokojnie.

Czuła, że robi jej się słabo ze wstydu. Potrząsnęła głową.

– Nie, to stało się dużo wcześniej.

– No tak, ta figura w kościele... – rzekł zamyślony.

– Nie mów o tym! – powiedziała z napięciem i rozpłakała się. – Śniłam, śniłam dwa okropne sny ale nie zmusisz mnie, bym ci je opowiedziała! Czy tego chciałeś? Najpierw zwymyślać mnie za to, że ośmieliłam się tu przyjść, a potem tak bezlitośnie poniżyć?

Wypuścił powietrze z płuc z taką siłą, że zrozumiała, iż dłuższą chwilę wstrzymywał oddech.

– Nie wolno ci czuć się poniżoną, Silje. Nie miałem takiego zamiaru. Zachowałem się egoistycznie, zrozumiałem to dopiero teraz, ale w swej samotności potrzebowałem usłyszeć... Dla mnie to również jest niezwykłe i wcale nie ze złej woli tak cię potraktowałem. Dziękuję, że przyszłaś. Odprowadzę cię przez las.

— Ale nie skończyliśmy jeszcze jeść!

On jednak już wstał.

– Najlepiej będzie, jeśli teraz pójdziesz do domu!

Spojrzała na jego skamieniałą twarz. Za wszelką cenę starał się opanować. Poczuła radość przenikającą jej ciało. Zrozumiała.

– Dziękuję – powiedziała. To słowo mogło mieć wiele znaczeń.

Wyszli z chaty na zewnątrz. Dzień zadziwił ich swoją jasnością.

Schodzili w milczeniu. Silje nie mogła się powstrzymać, by nie zerkać na postać idącą obok... Szerokie ramiona Tengela sprawiały, że jego biodra wydawały się nieproporcjonalnie wąskie. Nie miał na sobie futra, tylko krótki kaftan przewiązany pasem. Szedł z zaciśniętymi mocno ustami.

Spróbowała skierować jego myśli w inną stronę.

– Tengelu, co właściwie łączy cię z Hemingiem Zabójcą Wójta?

– Z Hemingiem? Nie domyśliłaś się jeszcze? On też jest jednym z Ludzi Lodu.

– On? Jesteście przecież tacy niepodobni.

– On nie pochodzi z rodu złego Tengela. Wiesz, że od początku było wśród nas wiele rodzin. Jego rodzina nigdy nie chciała łączyć się z naszą. Szukali sobie małżonków gdzie indziej lub dobierali spośród tak zwanych czystych rodów Ludzi Lodu.

– Powiedziałeś kiedyś, że jest dla was bardzo cenny. Myślałam wtedy, że należy do buntowników, tak zresztą jak i ty.

– Heming jest synem wodza Ludzi Lodu. Jak widzisz, mamy również kogoś takiego w naszym małym królestwie.

– Sądziłam, że ty jesteś wodzem.

– Potomek Tengela nigdy nie zostanie wodzem, na to jesteśmy zbyt nieobliczalni. Kiedy wyruszyłem na poszukiwanie mojej siostry, dostałem jednocześnie zadanie od ojca Heminga, by go odszukać.

– A więc to Ludzi Lodu miałeś na myśli, mówiąc, że mógłby zdradzić was wszystkich?

– To też. Aby uratować własne życie, wydałby wszystkich członków ruchu i jeszcze ujawniłby tajemne przejście do naszych siedzib.

– Bał się ciebie.

– Oczywiście. Nie jest mnie pewny. Podejrzewa, że mam moc i mogę zrobić mu coś złego, a ja pozwalam, by w to wierzył.

– A czy rzeczywiście ją masz ?

– Wolę tego nie sprawdzać.

Co też musi się dziać w jego umyśle, pomyślała.

– Czy naprawdę Heming nie ma żadnych powodów, by tak sądzić? To jakieś szaleństwo! – wykrzyknęła wzburzona.

– Nie widziałaś innych z mego rodu – powiedział przez zęby. – Nie mówiłabyś tak.

Silje, zrezygnowana, potrząsnęła głową.

– Powiedz mi... i ty, i Heming... sprawiacie wrażenie uczonych. Używasz tylu niezrozumiałych dla mnie słów. Jak jest naprawdę?

– Mniej więcej tak jak z tobą – uśmiechnął się krzywo. – Pobierałem nauki jak gdyby z drugiej ręki.

– Skąd wiesz, jak było ze mną?

– Od Benedykta.

Silje zagryzła wargi.

– Co za gaduła z tego Benedykta!

– No tak, opowiadał mi sporo o tobie – przyznał Tengel.

– A ty słuchałeś?

Nie odpowiedział.

– Dobrze. A więc jak było z twoimi naukami?

Wyglądało, jakby miał ochotę opowiedzieć o tym. Przyszło jej do głowy, że niewielu było ludzi, z którymi mógł rozmawiać.

– Jeden z naszych ludzi odszedł z gór jakiś czas

temu i studiował w Trondheim. Był bardzo mądry. Kiedy się zestarzał, powrócił i uczył mnie osobiście; uznał widocznie, że jestem zdolny.

– Tego jestem pewna.

– Heming również pobierał nauki, był przecież synem wodza. Naturalnie on uczył się od uczniów starego. Sam stary już nie żyje. Ale nie wszyscy spośród Ludzi Lodu są zainteresowani zdobyciem takiej wiedzy.

– Ile właściwie masz lat?

Serce Silje biło mocniej. Tak bardzo chciała to wiedzieć.

– Czy to ma jakieś znaczenie?

– Może nie. Często jednak myślałam o tym. Tak trudno zgadnąć.

– Mam... tak naprawdę to nie wiem. Trzydzieści dwa, trzydzieści pięć lat. Chyba trzydzieści dwa. To bardziej prawdopodobne. Może trzydzieści trzy.

– Ja skończyłam teraz siedemnaście – pospiesznie wtrąciła Silje.

Odwrócił się, by nie mogła zobaczyć jego twarzy.

Byli już na dole, na skraju lasu. Zatrzymali się. Stali długo, spoglądając na wioskę, jakby nie chcieli rozstawać się tak nagle.

– Silje, muszę teraz wracać do moich ludzi...

– O nie, nie możesz odjechać! – powiedziała szybko bez namysłu. Teraz najchętniej odgryzłaby sobie język.

– Muszę. Zbyt długo już tu jestem. Kiedy śnieg się roztopi, odetnie wszystkie drogi, które tam prowadzą. Muszę przed tym zdążyć. Wiesz, myślałem o Benedykcie. Może jednak powinnaś wyjść za niego? Lubisz go przecież. I ty, i dzieci bylibyście bezpieczni przez całe życie. I ja byłbym o was spokojny. On jest stary, nie żądałby od ciebie niczego, czego ty... nie miałabyś siły spełnić.

– Ależ tak właśnie było! – krzyknęła zrozpaczona.

– Co?

– On jest cudownym człowiekiem, gdy jest trzeźwy. Wtedy był pijany i próbował...

– Wejść do twego łoża?

– Tak – odpowiedziała zawstydzona.

Tengel ścisnął pas tak mocno, że zbielały mu kostki dłoni. Stał, spoglądając na dwór.

– Tengelu, postaram się, by to się nie powtórzyło – rzekła z obawą. – Pan Benedykt nie wiedział, co robi, zapomniał o wszystkim. Był tak okropnie pijany. Ale ja... nie mogę wyjść za niego.

– Nie, nie możesz – powiedział stanowczo. – I ta kobieta, która przyjechała... i Sol, moja mała siostrzenica... Bardzo chciałbym zostać. Ale muszę jechać. Opiekuj się dobrze Sol, zrób to dla mnie, Silje. Będzie jej lepiej u was niż u mnie, zatrzymaj ją. Czy zechcesz?

Silje skinęła głową.

– Dziękuję – powiedział po prostu. – Jesienią wrócę, by zobaczyć się z wami.

– Do jesieni jest tak daleko. – W jej głosie zabrzmiała skarga.

– Na dworze Benedykta jesteś bezpieczna. Na pewno przywoła Abelone do porządku, zobaczysz. Benedykt zawsze był sobie panem.

– Nie odjeżdżasz chyba od razu?

– Nie, zostanę jeszcze trochę. Zobaczę, jak potoczą się sprawy z tą kobietą. Niepokoję się, co zrobi z Sol... i z Dagiem. Zostanę jeszcze kilka dni.

– Czy mogę przyjść i...

– Nie, nie możesz. I tak źle się stało, że przyszłaś dzisiaj.

W miejscu, w którym stali, powstała na śniegu wydeptana plama. Silje nieśmiało przytupywała. Zaczęły jej marznąć nogi, ale nie chciała jeszcze odejść. Jeszcze nie teraz.

– Silje – powiedział cicho, nie patrząc na nią. – Czy te sny były naprawdę tak okropne, jak mówiłaś?

Cisza.

– Odpowiedz! – wykrzyknął.

– Pokręciłam głową – mruknęła Silje.

Odwrócił się i spojrzał na jej schyloną, zaczerwienioną twarz.

– Tego nie mogłem przecież usłyszeć, głuptasie – roześmiał się. W jego głosie pojawiła się nuta radości.

Och, na pewno wyśmiewa się z niej.

Nie dotknęła go, nie powiedziała ani jednego słowa pożegnania. Pobiegła tylko. Dopiero gdy była już kawałek dalej, na łące, zatrzymała się i obejrzała.

Stał nadal – potężna, nieruchoma postać, jakby przeniesiona z pradawnej, pogańskiej przeszłości.

Na moment uniosła dłoń na pożegnanie, on zrobił to samo. Długo spoglądali na siebie. Potem Silje odwróciła się nagle i podążyła w stronę domu.

ROZDZIAŁ IX

We dworze coraz trudniej było wytrzymać. Między Bożym Narodzeniem a Nowym Rokiem Abelone pracowicie nawiązywała kontakty z sąsiadami. Wtedy właśnie wyszło na jaw, że dzieci są być może nie chrzczone.

– Chrzest z wody, przez Silje! – wrzeszczała do

Benedykta. – Myślisz, że jest coś wart? Taka smarkula i śmiała odprawić święty obrządek! Moje dzieci żyją pod jednym dachem z dwojgiem nie ochrzczonych!

– Nie wydaje się, by bardzo z tego powodu cierpiały – zauważył Benedykt sucho i spojrzał na dobrze odżywioną dwójkę.

Abelone zacisnęła powieki.

– Wiesz dobrze, drogi krewniaku, że istnieją dwa tryliony 665 bilionów 866 milionów 746664 diabły. A więc pomyśl tylko...

– I tę liczbę potrafisz zapamiętać przez cały czas? Czy co dzień liczysz je po kątach? A jeśli ci któryś umknie? Albo policzysz tego samego dwa razy?

Abelone nie pozwoliła jednak sobie przerwać.

– Pomyśl, ilu z nich mogło się bez trudu dostać tu na dwór, przez te dzieci! Mogą być wszędzie, mogą...

– Nie wpadaj w histerię, twarz ci od tego czerwienieje.

– Dzieci należy stąd usunąć! Natychmiast!

– Nigdy w życiu! – powiedział Benedykt i groźnie stanął przed nią. – Poza wszystkim dziewczynka według wszelkiego prawdopodobieństwa została ochrzczona już dawno temu.

– Nie wiesz o tym na pewno. Przecież znaleziono ją na ulicy, prawdopodobnie z jakąś upadłą kobietą.

Silje pomyślała o siostrze Tengela i zaprotestowała, wzburzona.

– Ty milcz! – ucięła jej sprzeciw Abelone. – Wszyscy wiedzą, za czym się rozglądasz. Trzeba je ochrzcić, od razu!

– Nie mamy jeszcze nowego księdza – wtrąciła się Maria.

– Więc pojedziemy po niego do sąsiedniej parafii. Na miłość boską, nie pojmuję, jak mogliście dopuścić do tego, by życie tak przeciekało wam przez palce, zanim ja tu nie przyjechałam! Wiem, że rodzina Bekkemark oczekuje dzisiaj wizyty księdza, ma przybyć do starego, który leży konający. Parobek pójdzie tam i przyprowadzi wielebnego.

Tak też zrobiono. Dzieci ubrano odświętnie. Dag został owinięty w szal wyszywany złotymi nićmi. Gdy zobaczyła to Abelone, jej oczy rozgorzały chęcią posiadania. Mała Sol była bardzo dumna ze swej pięknej sukienki, utkanej i wyhaftowanej przez Gretę.

Nikt nie mógł powiedzieć, że chrzciny były udane. Dużą izbę przystrojono pięknie białą serwetą i łojowymi świecami. Najlepsza srebrna misa posłużyła jako chrzcielnica. Ale Dag bez przerwy płakał, a Sol uciekła i próbowała się schować, krzycząc ze strachu. Nic dziwnego, pomyślała Silje, ksiądz w czarnej sutannie, dostojny i zimny, budzi strach.

W końcu jednak udało się jakoś zwabić małą i ksiądz zdołał pokropić ją odrobiną święconej wody, chrzcząc ją Sol Angelika. To Silje nalegała, by dziewczynka otrzymała dwa imiona, a że Angelika było pięknym imieniem chrześcijańskim, wszyscy na to przystali. Silje nie wspomniała słowem, że dziewczynka pochodzi z rodu Ludzi Lodu. Także Dagowi postanowiła nadać dwa imiona. Uznała, że ma do tego prawo, bo na powłoczce, w której go znaleziono, były wyszyte dwie litery. Dała mu więc najbardziej szlacheckie imię, jakie potrafiła wymyślić: Dag Christian.

Największe zamieszanie powstało przy wyprowadzaniu Sol z izby. Jasnym, dźwięcznym głosikiem zawołała:

– Ten diabelski ksiądz nalał mi wody na głowę!

Na szczęście ksiądz był zbyt zajęty płaczącym Dagiem, by zwrócić na to uwagę. Tylko Silje, Benedykt i Maria usłyszeli słowa dziewczynki. Maria była wstrząśnięta.

– To ten okropny chłopak – wymamrotała. – Sol naśladuje go we wszystkim.

Silje też była przerażona. Tylko Benedykt z trudem utrzymywał powagę. Dzieci znalazły się teraz w rękach kościoła i Abelone mogła spokojnie odetchnąć. Żaden diabeł nie mógł już wślizgnąć się pod jej łóżko.

Abelone nie była z tego powodu wcale łatwiejsza we współżyciu. Wszyscy we dworze wiedzieli, że szuka pretekstu, by pozbyć się Silje i dzieci. Jej syn powiedział to kiedyś wprost.

Siedział w dużej izbie, pochłaniając wielkie kawały świątecznej szynki. Zażądał jeszcze piwa. Silje przyniosła dzban i nalała mu. Spoglądał na nią szyderczo. Kiedy napełniała mu kubek i ze zdenerwowania uroniła kroplę, natychmiast wybuchnął.

– Uważaj, głupia! Masz zamiar zniszczyć mój stół?

– Wybaczcie – mruknęła cicho, usiłując zdławić wzbierający w niej gniew.

– Nie wyobrażasz sobie chyba, że to wszystko będzie twoje? Na pewno na to liczyłaś, wdzierając się tutaj. Starca łatwo owinąć wokół palca, co?

Te słowa z pewnością usłyszał od swojej matki, pomyślała Silje.

– Obiecuję ci, że i ty, i te bękarty będziecie musieli się stąd wynosić. Szybciej niż przypuszczasz. Auuu!

Wrzasnął, chwytając się za lewą dłoń. Krew ciekła mu między palcami. Sol błyskawicznie zniknęła z izby.

– Skaleczyliście się? – zapytała Silje przestraszona.

– Ja? – zawył. – Ja nie zrobiłem niczego. To ona, to małe szczenię, chciała tego! Widziałem! Widziałem!

– Głupstwa – powiedziała Silje, blednąc. – Dziewczynka stała tuż przy drzwiach, daleko od was.

– Tak, ale to ona, wiem to na pewno! Patrzyła na mnie i nóż mi się omsknął.

– Kto słyszał takie bzdury? – powiedziała Silje ze złością. – Greto, chodź tu i zajmij się tym tchórzem, zanim zemdleje. Wrzeszczy jak... jak zwierzę, do którego jest podobny.

Weszła Greta, a Silje opuściła izbę. Pobiegła za Sol, znalazła ją klęczącą na ławie pod oknem.

Gdy się zbliżyła, Sol odwróciła się w jej stronę. Dziewczyna zamarła z przerażenia. Jej oczy...

Lśniły zielono, pełne nienawiści. Czegoś takiego Silje nigdy dotąd nie widziała i miała nadzieję, że już nigdy nie zobaczy. Kiedy mała spostrzegła ją, wyciągnęła do niej ręce. Nienawiść w jej oczach zgasła. Silje podniosła ją.

– Sol – szepnęła zdrętwiałymi wargami, porażona strachem i smutkiem. – Kochana Sol, tego nie wolno ci nigdy, nigdy więcej zrobić.

– Czego? – zapytała dziewczynka niewinnie. – Nic nie zrobiłam. On jest głupi.

– Tak, jest, ale...

– Nie chcę, żeby on tu mieszkał. On i te dwie obce panie.

– Nikt z nas tego nie chce, moje dziecko, ale musimy się z tym pogodzić. Obiecaj, że będziesz dla nich miła i grzeczna, Sol! Obiecaj mi to!

Dziewczynka objęła ją za szyję i uśmiechnęła się przymilnie.

– Sol grzeczna – powiedziała.

O mój Boże, pomyślała Silje. Tengelu, Tengelu,

muszę z tobą pomówić! Zresztą nie, oszczędzę ci tego. Ale co mam zrobić? Próbą ponad ludzkie siły będzie wychowanie tego dziecka!

Benedykt chodził jak struty. Nie cieszyły go nawet prace w kościele.

– Zabiję tę diablicę! – ciągle mruczał pod nosem. – Zabiję ją.

Pewnego dnia próbował nawet usunąć Abelone i jej dzieci. Wyrzucał ich rzeczy na dziedziniec i z całych sił wrzeszczał: „Wynoście się!" Abelone była jednak bardziej przebiegła. Zagroziła, że doniesie wójtowi o jego kontaktach z buntownikami. Nic o tym naprawdę nie wiedziała, ale ponieważ trafiła w sedno, Benedykt zrozumiał, że nie ujdzie wolno, jeżeli tylko przebadają go dokładnie. Zostali więc. Zjadali niesłychane ilości pożywienia, a mimo to zawsze narzekali. Zapasy we dworze kurczyły się, całkowicie zniknął gdzieś dobry nastrój i wszyscy czuli się bezradni.

W wigilię Nowego Roku nadeszła chwila, której Silje z obawą oczekiwała. Benedykt poruszył drażliwy temat. Siedzieli sami w kuchni.

– Wyjdź za mnie, Silje – prosił natarczywie. – To rozwiąże wiele problemów. Abelone i jej okropne potomstwo wyjadą, a ty i dzieci będziecie mieć zapewnioną przyszłość.

Silje pogładziła jego rękę leżącą na stole.

– Dziękuję wam za tę życzliwą propozycję, panie. Wiecie, że was bardzo lubię. Nie mogę jednak tego zrobić.

– Dlaczego nie? Nie zostało mi już tak wiele lat, dam ci spokój...

Teraz już nie miała wyjścia. Musiała opowiedzieć mu o wieczorze, kiedy do niej przyszedł.

– O Boże! – szepnął. – Myślałem, że to był tylko

sen. – Westchnął. – Tak, Silje. Skłamałem. Ja, stary dziad, pożądałem cię. Sądziłem, że uda mi się opanować te zachcianki, ale gorzałka najwyraźniej popchnęła mnie za daleko. W głębi duszy musiałem mieć nadzieję, że pewnego dnia mnie przyjmiesz. Teraz to rozumiem. A... dla ciebie zupełnie niemożliwe jest... dzielenie ze mną łoża?

Silje miała łzy w oczach.

– Och, tak bardzo was lubię, panie Benedykcie. Ale nie w taki sposób. Nie, boję się, że to by zniszczyło naszą piękną przyjaźń. A tego nie chcę. Za nic na świecie!

– Ja też nie. Tak, tak. W każdym razie nikt nie może cię oskarżyć, że chcesz zdobyć moje dobra. Inna kobieta przezwyciężyłaby wstręt i zgodziła się, ale nie ty. I wiesz, myślę, że byś zawiodła się, gdybyś powiedziała „tak". Artyści często nie dotrzymują danego słowa.

Zaczął mówić o szlachetnym powołaniu artysty. To był jego ulubiony, wiecznie powracający wątek. Westchnął.

– Och, Silje, uważam, że wszystko jest takie smutne. Absolutnie wszystko jest teraz smutne.

– Tak. A ja się lękam, panie Benedykcie, o nas wszystkich, ale najbardziej o dzieci.

Skończył się rok. Rok wielkich i głębokich zmian w życiu młodziutkiej Silje. Zastanawiała się, co też przyniesie jej rok 1582.

Wkrótce miała się o tym przekonać. Trzy dni później Abelone zaatakowała. Mocno i dotkliwie.

Parobek wpadł jak burza do kuchni, w której posilali się wszyscy prawowici mieszkańcy dworu. W jego oczach krył się niepokój.

– Teraz naprawdę nadchodzi niebezpieczeństwo. Ona... ta tam... prosiła, żebym zabrał ją z dziećmi na przejażdżkę. Podsłuchałem jednak, że wybierają się do wójta i mają zamiar donieść na Silje.

Benedykt podskoczył.

– Co? Dlaczego?

– Dowiedziała się od jednego z sąsiadów, że widziano Silje jadącą konno z Tengelem z rodu Ludzi Lodu!

– O Święty Boże – jęknął Benedykt. – A więc Silje ma zostać oskarżona o cudzołóstwo z uczniem Diabła, nieśmiertelnym Tengelem!

– Ależ to nieprawda! – wykrzyknęła Silje. – Tengel nie jest nieśmiertelny. A ja jestem dziewicą, mogę to udowodnić, jeśli będzie trzeba!

– Drogie dziecko – powiedział Benedykt. – Tu nie pomoże żadne dziewictwo. Jeśli żołnierze wójta pojmają cię teraz, jesteś martwa! Z góry skazana na powolną, męczeńską śmierć. Przemyślne zadawanie ci bólu będzie im sprawiać szczególną przyjemność. Najpierw wyduszą z ciebie wszystko, co wiesz o Tengelu, a więc pociągniesz za sobą również innych. Tak, prawdopodobnie zabiorą też dzieci, gdyż ty lub Tengel mogliście je zauroczyć. Dla nich będziesz bez wątpienia czarownicą, bo przebywałaś w towarzystwie zwierzoczłeka. Wiesz chyba, co robią z czarownicami, prawda?

– Więc co mamy począć?

– Nie wiem, po prostu nie wiem. Musicie stąd odejść. Ale dokąd i jak? A więc udało jej się, tej diablicy! – Zwrócił się do parobka. – Musisz natychmiast wyjść, by nie nabrała podejrzeń. Jedź tak wolno, jak tylko możesz. Silje i dzieci zyskają na czasie.

Parobek skinął głową i poszedł do drzwi. Silje pobiegła za nim, by go uściskać. Dzielnemu chłopakowi napłynęły do oczu łzy. Pożegnał się z dziećmi.

– Kiedy wrócę, musicie być daleko. Musicie!

Gdy tylko wóz opuścił dwór, rozpoczęły się gorączkowe przygotowania. Wszystko, co było własnością Silje i dzieci, zostało zapakowane w dwa tobołki. Mieszkańcy dworu oddali Silje część swej odzieży. Benedykt nadszedł z małym, oprawionym w ołów witrażem, wyjątkowo uciążliwym do niesienia, ale tak pięknym, że Silje nie mogła oderwać od niego oczu. W tajemnicy podarował jej również księgę, którą sam zrobił, z niezapisanymi stronicami. Powiedział, że to do szkicowania, gdyby kiedyś miała ochotę rysować. Dostała też dobre pióro i kilka kawałków węgla. Usiłowała podziękować, ale oboje byli tak wzruszeni, że skończyło się na uścisku i łzach.

Przez cały czas stare siostry lamentowały, płakały, ściskając dzieci. Sol, choć nie rozumiała niczego, także szlochała.

– No nie, takiego bagażu Silje chyba nie da rady unieść – stwierdził Benedykt zaniepokojony, gdy wszystko było już przygotowane.

Stanęli wokół niego, popatrzyli. Silje złapała się za głowę.

– Śmiałabym się, gdyby to wszystko nie było takie straszne – powiedziała, patrząc z rezygnacją na ogromny stos rzeczy.

Greta i Maria roześmiały się, lecz po chwili znów zaczęły rozpaczać. Nikt nie mógł znieść myśli, że Silje i dzieci muszą opuścić dwór.

– Ale gdzie ty się podziejesz, kochanie? – westchnęła Greta.

Silje zawahała się.

– Tengel był tu w pobliżu w czasie Świąt. To do

niego poszłam wtedy z jedzeniem. Nie powiem gdzie, będzie wam łatwiej, jeśli będą was przesłuchiwać. Myślę jednak, że już opuścił tę okolicę. Nie widziałam tam dziś znaku życia.

Ta myśl przepełniła ją wielkim smutkiem.

– A czy ty i dzieci nie możecie skorzystać z tego schronienia?

Wyjrzała przez okno.

– Tak planowałam, ale obawiam się, że łatwo będzie nas wytropić, właśnie spadł świeży śnieg.

– Masz rację. Boże, co my zrobimy? Może schowamy was w stajni?

– A co będzie, jeśli mały Dag zapłacze? – spytała Greta.

W tej samej chwili wszyscy drgnęli. Na dziedziniec wpadł kłusem koń.

– Są już tu! – krzyknęła Maria przerażona. – Ukryjcie się, ukryjcie!

– Nie – powiedział Benedykyt z ulgą. – To nie oni.

Tengel zeskoczył z konia i podszedł do nich, bo w zamieszaniu wszyscy wybiegli przed domostwo. Staruszki zupełnie zapomniały o strachu przed Ludźmi Lodu.

– Co się tutaj dzieje? – zapytał.

– Wyczułeś to? – zatrwożyła się Silje, czując jednocześnie ogromną ulgę.

Uśmiechnął się krzywo.

– Nie, tym razem to było całkiem naturalne. Byłem akurat na drodze prowadzącej przez wzgórze, chciałem jechać na południe. Przystanąłem na chwilę i zastanawiałem się, czy tu nie wstąpić. Chciałem się jeszcze raz pożegnać, ale nie byłem pewien, czy to rozsądne. Wtedy zobaczyłem poruszenie na dziedzińcu i zdecydowałem, że muszę sprawdzić, o co chodzi.

Benedykt szybko wyjaśnił, co się stało.

– Chyba niebiosa cię zsyłają – zakończył zapominając widać, że straszny gość pochodził ponoć z zupełnie innego miejsca.

Tengel pobladł. Jego wzrok prześlizgnął się po zapłakanych twarzach i zatrzymał na Silje.

– Dzięki ci, dobry Boże, że mimo wszystko przybyłem tutaj!

Maria drgnęła i przeżegnała się. Tengel spostrzegł to i stracił panowanie nad sobą.

– Czy wyklętemu nie wolno nawet wypowiedzieć imienia Pana Boga? Chcecie za wszelką cenę wepchnąć mnie w najgłębszą ciemność? Cóż wiecie o mej duszy? Że nie mam jej wcale, tak? Przecież tak właśnie myślicie!

Maria i Greta zwiesiły głowy zawstydzone.

Tengel opanował się i zwrócił do Benedykta.

– Na południu w dolinie czekają na mnie konie. Gdyby tylko udało nam się tam dotrzeć... Ale Silje, dwoje dzieci, ja i ten ładunek, koń tego nie wytrzyma.

– Abelone zabrała jedyny sprawny wóz, jaki mamy – powiedział Benedykt. – A na dworze jest za mało śniegu, by jechać saniami. Możecie jednak wziąć klacz. Zostawicie ją w zagrodzie, tuż przy moście, a potem parobek ją przyprowadzi.

– Dobrze – powiedział Tengel.

– A co stanie się z wami, panie Benedykcie? – zapytała Silje zatroskana. – Nie zabiorą was chyba za to?

– Nie, nie.

– Dokąd pojedziemy?

Obaj mężczyźni spoglądali na siebie. Długo, wymownie. W końcu Tengel przerwał milczenie.

– Dla Silje jest teraz tylko jeden ratunek.

– Tak – rzekł Benedykt i pokiwał głową z aprobatą. – Zgadzam się. Nie mam śmiałości zatrzymywać tu również dzieci, choć serca krwawią nam z żalu, że je tracimy. Nie wiem jednak, co ta czarownica Abelone i jej krwiożercze szczenięta mogą wymyślić. Oddaję je w twoje ręce, Tengelu.

Mężczyzna przytaknął w milczeniu. Nieporęczny witraż zapakował na swego konia. Zwierzęta były bardzo objuczone, ale udało się załadować wszystko. Graniczyło to niemal z cudem.

Pożegnanie było krótkie i bolesne. Silje objęła wszystkich po kolei i gorąco dziękowała za szczęśliwe dni. Greta mocno trzymała Daga, jakby nie miała najmniejszego zamiaru rozstać się z nim. Opanowała się jednak i oddała go Tengelowi. Maria stała obok konia Silje i prosiła Sol, by nigdy o niej nie zapomniała. Błagała, by wszyscy powrócili kiedyś do nich. Nadszedł czas rozstania. Trzeba było jechać. Musieli się śpieszyć, było bowiem pewne, że żołnierze udadzą się w pościg. Każda chwila była cenna.

Tengel umieścił chłopca na swoim koniu. Silje przyjęła to z wdzięcznością i ulgą. Nie była przyzwyczajona do konnej jazdy, a z Dagiem na pewno byłoby jeszcze trudniej. Nie znaleziono żadnego damskiego siodła, musiała więc siedzieć po męsku. Greta i Maria pośpiesznie naciągnęły jej płaszcz na kolana, a Tengel odwrócił się dyskretnie. Silje wydawało się jednak, że w kącikach jego ust czai się uśmiech. To drań, pomyślała.

Wyjechali na gościniec i ze strachem popatrzyli na północ. Nikogo nie było widać. Uspokoili się nieco. Rozstanie z tymi serdecznymi ludźmi było dla Silje bardzo trudne. Jechała smutna, ocierając łzy. Wkrótce jednak sytuacja zaczęła wymagać od niej pełnego skupienia. Podążając drogą na południe, mijali wieś, która wyglądała na wymarłą. W ten zimowy dzień tylko ulatujący dym świadczył o tym, że w zagrodach mieszkają ludzie. Lecz Silje znała już prawdę. Wiedziała z własnego doświadczenia, że oczy sąsiadów pilnie obserwują każdego obcego, który pojawi się na drogach.

Tengel niecierpliwił się i usiłował ich ponaglać. Silje poganiała starą klacz, ale i tak jego zdaniem jechali wiele za wolno.

– Wyprzedzamy pościg tylko o niecałą godzinę – zawołał. – A żołnierze pędzą galopem, kiedy już wsiądą na koń.

Silje zdrętwiały ramiona. Musiała trzymać Sol, kierować koniem i jednocześnie utrzymywać się w siodle. Trzeba było zapomnieć o wstydzie. Płaszcz rozwiał się już dawno, odsłaniając gołe kolana. Teraz nie to było najważniejsze, przestała się przejmować, że Tengel może zobaczyć odkryty kawałek ciała. W przeciwieństwie do niej Sol wyglądała na zadowoloną. Wyraźnie bawiło ją napięcie i dzika jazda. Silje zauważyła, że Tengel często spogląda na dziewczynkę wzrokiem pełnym czułości i troski.

Jest dobrym człowiekiem, pomyślała. Cokolwiek o nim mówią, jakkolwiek go nazywają, bez względu na jego przerażający wygląd była pewna, że Tengel przepełniony jest samą dobrocią. Równocześnie, gdy tak pędził przed nią, jawił się jej jak demon z podziemnego świata. Przystojny, pociągający, fascynujący demon. Jeśli takowe w ogóle istnieją. Już dawno przyznała przed sobą, że zbyt ostro zareagowała na dziwne zachowanie Sol w stosunku do syna Abelone. On zresztą też się tym za bardzo przejął. Rozsądniej było przyjąć, że Sol go nie lubiła i dlatego jej oczy mogły zaświecić. Chłopak miał prawo się zdziwić, a nawet przerazić, widząc taką nienawiść w jej spojrzeniu. Nie był dość uważny, kiedy kroił. Tak łatwo jest obwinić drugiego! Nie mogło być inaczej, a jej histeryczna reakcja była zdecydowanie przesadzona.

Nareszcie opuścili parafię i wjechali w las, kierując się ku następnej wsi. Zwolnili nieco, musieli oszczędzać konie. Do zmroku było jeszcze daleko, ale Tengel powiedział, że mają przed sobą długą drogę i muszą dotrzeć na miejsce przed nocą.

– W górach są wilki – powiedział – nie obronimy się przed nimi w ciemnościach.

Silje czuła narastający w niej lęk. Wiedziała, jaki jest cel ich podróży, ale starała się o tym nie myśleć. Podświadomie czuła, że sytuacja, w której się znalazła, jest jakby spełnieniem. Wszystkie jej rojenia, senne koszmary jawiły się jako przygotowanie do tego, co nieuchronnie musiało nastąpić. Teraz wybiła ta godzina.

– Czy naprawdę pozostanie w wiosce jest dla nas tak niebezpieczne? – zapytała, starając się zmusić Sol, by siedziała spokojnie.

– Teraz tak – odparł zdecydowanie. – Ścigają cię za cudzołóstwo ze mną.

Cudzołóstwo? To brzmiało zupełnie jak nierząd. Nie miała odwagi na niego spojrzeć.

– To zła kobieta – poskarżyła się. – Biedny Benedykt i reszta, będą musieli wytrzymać z tymi okropnymi ludźmi może do końca swoich dni. – Zawahała się przez moment i ciągnęła dalej. – Miałeś rację, pan Benedykt zapytał mnie, czy nie wyszłabym za niego. Podziękowałam mu i odmówiłam. Może powinnam się zgodzić, uniknęlibyśmy tego wszystkiego.

– Nie – powiedział Tengel. – Małżeństwo nie uratowałoby cię teraz. Przypomnij sobie wszystkie żony księży, oskarżone o uprawianie magii i czarów! Nie miały żadnego wsparcia, choć ich mężowie modlili się za nie. Gdy raz zostanie nadane miano czarownicy, jest się skazanym. Benedykt prosił mnie, bym wrócił – powiedział niepewnie – tak szybko jak tylko będę mógł. Prosił mnie o pomoc w walce z nimi.

– Czy przebywanie wśród ludzi nie jest dla ciebie niebezpieczne?

Już w chwili, gdy wypowiadała te słowa, zdała sobie sprawę, że wpadła w tę samą pułapkę co niegdyś Benedykt. Wśród ludzi... zabrzmiało to tak niestosownie. Tengel jednak był spokojny.

– Oczywiście, ale do tej pory jakoś mi się udawało.

– O jakiej pomocy myślał?

– Uważa, że posiadam moc, by obrócić przeciwników w nicość.

– Tym razem ja także chciałabym, żeby to było możliwe – powiedziała cicho.

– Nie, nie chcę tego próbować. Boję się, że obudzę drzemiące we mnie zło. Wrócę jednak do Benedykta, bo zajął się wami tak życzliwie, kiedy go o to poprosiłem. Chociaż sądzę, że akurat tego nikt we dworze nigdy nie pożałował. Pokochali ciebie i dzieci, wiesz o tym, Silje?

– Ciepło się robi na sercu, gdy o tym myślę. Tak bardzo chciałabym, byś mógł im pomóc. Naprawdę na to zasługują.

– Całkowicie się z tobą zgadzam. Bolesna jest myśl o tym, jak łatwo zło zwycięża na tym świecie.

Powinna teraz opowiedzieć mu o Sol, o dowodzie jej nadnaturalnych zdolności, który widziała. Przemilczała jednak ten fakt. Coraz bardziej utwierdzała się w przekonaniu, że wyolbrzymiała to zdarzenie.

Znów popędził konie. Las skończył się, a przed nimi roztaczała się równina. U stóp wzgórz leżały chłopskie zagrody. Dolina zakręcała. Teraz było widać wyraźnie, że podążają w kierunku Siedziby Złych Mocy. Tengel skręcił w boczną drogę, Silje podążyła za nim.

– Siusiu – powiedziała Sol.

– Tego tylko brakowało. Tengelu, czy możesz pomóc nam zsiąść? Nie może się zmoczyć przez nas.

– Poczekaj, aż dojedziemy do zagrody, nie będą wtedy patrzeć na nas oczy całej wsi.

– Mam nadzieję, że Sol zrozumie i poczeka – mruknęła Silje.

Zatrzymał się jednak. Zsiadł z konia. Silje wbiła oczy w ziemię, gdy poczuła w pasie uścisk jego silnych ramion. Nie chciała napotkać jego wzroku, jak działo się to za każdym razem, gdy pomagał jej zsiąść z konia. Ale sama jego bliskość osłabiała ją i oszałamiała do tego stopnia, że musiała walczyć ze sobą, by pokonać ogromną chęć objęcia go mocno, mocno ramionami i przytulenia do niego policzka. Co się stało? Czy rzeczywiście miał zdolność czarowania, rzucania na nią uroku? Co rzekł kiedyś Benedykt? „Czy rzucił na ciebie urok?" Była zbyt niedoświadczona, by pojąć, że nie trzeba magii, by pokierować czyimś sercem. Serce radzi sobie samo i rzadko wybiera najłatwiejsze drogi.

Silje pomogła Sol, podczas gdy Tengel, nieustannie trzymając Daga na ramieniu, sprawdzał pakunki. On też uciekał wzrokiem, kiedy pomagał jej wsiąść. Widzi to, pomyślała. Zauważył. On wie...

Pojechali dalej. Wkrótce Tengel skręcił w stronę jakiejś zagrody. Sprawiała wrażenie wymarłej, ale gdy się zbliżyli, wyszedł z niej człowiek i przywitał się.

– Dzień dobry panu! – zawołała Sol wesoło.

– Dzień dobry, dziecino – odpowiedział mężczyzna.

Jakąż pamięć musiała mieć dziewczynka! Był to woźnica, który zawiózł ich z placu egzekucji na dwór

Benedykta prawie trzy miesiące temu! Mężczyzna przyjrzał się małej.

– Tak – powiedział do Tengela. – Ona z pewnością jest jedną z nas. Wypisz wymaluj Sunniva!

A więc Tengel opowiedział o tym! Być może gdzieś w głębi duszy był nawet dumny ze swej siostrzenicy.

– Czy pojadą... z nami? – zapytał woźnica.

– Tak. Tam w dole czeka ich tylko śmierć. W każdym razie na pewno Silje.

Tengel szybko opowiedział o żołnierzach wójta, którzy prawdopodobnie wyruszyli już w pościg.

Mężczyzna skinął głową.

– Moje konie są wypoczęte.

– Ja muszę zostać – powiedział Tengel, zwracając się jednocześnie do niego i do Silje. – Muszę zostawić klacz w zagrodzie przy moście, a poza tym obiecałem przywieźć Heminga do domu. Wiem, gdzie go szukać. Jest we wsi i tym razem pojedzie ze mną, nawet jeżeli będę zmuszony ciągnąć go za jego cudowne włosy. Nic mu nie pomoże, nawet jeśli trzeba będzie wywlec go z gniazda miłości. Ruszajcie, ja przyjadę później.

– Nie, proszę – błagała Silje. – Nie zostawaj tutaj, jedź z nami teraz!

– Niedługo was dogonię. Pospieszcie się!

Dalsze przekonywanie go nie miało sensu. Załadowali wszystko na wóz i szybko ruszyli w górę wąską leśną ścieżką.

– On tak strasznie ryzykuje – żaliła się Silje woźnicy.

– Nie musisz martwić się o Tengela – odpowiedział. – Ten człowiek potrafi więcej niż my umiemy sobie wyobrazić.

– Nie, nie wierzę. To tylko złe plotki. On taki nie jest!

– Droga panno Silje – powiedział woźnica i odwrócił się w jej stronę. – Jak sądzicie, w jaki sposób radził sobie tak długo tu w dole? Jest taki nieostrożny.

– Chcecie powiedzieć, że...

– Nie wiem, czy potrafi odwracać od siebie wzrok ludzi, czy też używa innych czarów. W każdym razie po raz pierwszy przebywał wśród ludzi aż tyle czasu.

On też mówi „wśród ludzi", pomyślała Silje wzburzona.

– Dlaczego naraża się na takie niebezpieczeństwo?

– Akurat od was, panno Silje, nie oczekiwałem takiego pytania – mruknął, odwracając się do przodu.

Nie zdążyła zastanowić się nad odpowiedzią, bo właśnie Dag zaczął płakać. Nie wiedziała, czy jest mokry, czy głodny – prawdopodobnie jedno i drugie. Nic jednak nie mogła na to poradzić: na wozie zimno, mleko lodowate; szaleństwem byłoby rozbieranie chłopca w takich warunkach. Przytuliła tylko policzek do jego buzi i zaczęła kołysać małego w przód i w tył, aż się uspokoił i znów zapadł w sen.

Konie, które ich ciągnęły, były silne. Droga wiodła ostro pod górę, wzdłuż stromych przepaści. Za każdym razem, gdy spoglądała w dolinę, rzeka i domy wydawały się coraz mniejsze. W końcu wyglądały jak domki dla lalek, by po chwili zniknąć całkowicie.

Dag spał spokojnie, leżąc w jej ramionach, a Sol stała za plecami woźnicy i popędzała konie. Silje przytrzymywała jej nogi, by nie wypadła.

Silje często spoglądała z zachwytem na witraż, który leżał na wierzchu innych tobołków. Nigdy nie posiadała niczego równie pięknego. Zastanawiała się, czy kiedykolwiek przyda jej się do czegoś. Gdzie zamieszkają teraz? W każdym razie witraż musi być widoczny, może jako ozdoba jednej ze ścian? A jeśli tam na górze mieszkają w szałasach z gałęzi?

Dotknęła palcami księgi, którą dostała od Benedykta. Karty były połączone na grzbiecie tkaną taśmą. Jak miło z jego strony! Z pewnością kosztowała go dużo pracy i pieniędzy.

Ani ona, ani tym bardziej Benedykt nie przypuszczali, że miała teraz coś, co stanie się niezwykle cenne. Księga, którą jej podarował, miała pewnego dnia przyczynić się do rozwiązania zagadki Ludzi Lodu. Na razie były to jednak tylko oprawione domowym sposobem, czyste arkusze pergaminu.

Silje spojrzała na chłopczyka, na jego regularne rysy. Włosy sporo mu urosły, żółty kosmyk wystawał właśnie spod skórkowej czapki. Myślała o tym, co powiedziałaby teraz jego matka, widząc go w drodze do „Krainy Cieni".

Często przychodziła jej na myśl matka Daga: C. M. Co czuła teraz ta kobieta? Ulgę? Intuicja podpowiadała Silje, że na pewno tak nie jest. Drobny szczegół utwierdzał ją w tym przekonaniu – mały kubek pełen mleka, pozostawiony obok dziecka. Niezbity dowód rozpaczy nieszczęśliwej matki.

ROZDZIAŁ X

Charlotta Meiden siedziała zamyślona i spoglądała przez okno na zrujnowaną katedrę Nidaros. Po pożarze w roku 1531 nikt nie miał sił, by rozpocząć odbudowę. Kraj był wyniszczony reformacją, głodem i nie kończącymi się epidemiami. Tylko część katedry wykorzystywano, reszta leżała w gruzach.

Charlotta widziała też kawałek rzeki Nid, która

malowniczo otaczała miasto, czyniąc je niemal niezdobytym – można się było do niego dostać jedynie przez strzeżoną bramę na zachodzie.

– Powiedz mi, mamo – zaczęła zamyślona. – Co dzieje się z klasztorem zakonnic na Bakke? Czy on jeszcze istnieje?

Matka ze zdziwieniem spojrzała znad robótki.

– Klasztor benedyktynek? Nie, chyba już go nie ma. Czy wszystko to nie zniknęło wraz z reformacją? Nie wiem tego naprawdę.

– A cysterki z Rein? Tam też chyba był zakon?

– Nie wydaje mi się, by jeszcze istniały. Dlaczego pytasz? Skąd to dziwne zainteresowanie?

– Mam zamiar iść do zakonu.

– Ty? Czy już zupełnie postradałaś zmysły? Nie jesteś nawet katoliczką!

– Czy to ma jakieś znaczenie? Mogę chyba zmienić wiarę?

– No wiesz, Charlotto! Nie ma o tym mowy. Co powiedzą ludzie? A twój ojciec? Przecież w sobotę jesteśmy zaproszeni na bal poświąteczny do namiestnika. Zobaczysz, ożywisz się i zapomnisz o takich szaleństwach. Podobno przyjechało kilku pięknych szlachciców z Danii. Tu na miejscu zupełnie nie ma w czym wybierać.

Charlotta wstała i z wyraźnym zniecierpliwieniem opuściła pokój. Matka popatrzyła za nią zatroskana. Czy to właśnie religijna zaduma męczyła ją ostatnio? Klasztor katolicki! Tak przecież nie można! Gdyby tylko udało się wydać ją za mąż... Jak mogli spłodzić dziecko o tak mało pociągającym wyglądzie? Długi nos tak charakterystyczny dla większości duńskiej szlachty, nie pomijając rodziny królewskiej, w swym najpełniejszym wydaniu „ozdobił” twarz

Charlotty. Biedna dziewczyna, była dla nich takim kłopotem.

W swoim pokoju Charlotta rzuciła się na łóżko.

Wiedziała, że nie jest pięknością. Kiedy była młodą dziewczyną, zaręczono ją z rówieśnikiem, synem hrabiego z Danii, ale już na pierwszym uroczystym spotkaniu trzymał się od niej z daleka, wynajdując nieskładne usprawiedliwienia. Po pewnym czasie umowa, którą zawarli jej rodzice, została zerwana. Przeżywała to boleśnie, nie mogła znieść wstydu, ale z czasem udało się jej wymazać z pamięci to gorzkie niepowodzenie. Kiedy czarujący Duńczyk uwodził ją mniej więcej rok temu, była bardzo spragniona męskiej adoracji. Dlatego okazała się łatwą zdobyczą. Zawsze starała się ukrywać swą nieśmiałość pod promiennym uśmiechem i beztroską konwersacją. Nikt nie mógł się dowiedzieć, jak brzydka i bezradna czuła się naprawdę.

Młodzieniec był doświadczonym uwodzicielem i szybko odebrał jej cnotę. Charlotta trwała w stanie uniesienia miłosnego, oszołomienia własnym szczęściem, póki nie dowiedziała się, że jest już żonaty, a potem nie zorientowała, że oczekuje jego dziecka.

Ale to wszystko było teraz nieistotne.

Gdyby tylko potrafiła cofnąć czas i mogła trzymać dziecko w ramionach! Ta nierealna myśl prześladowała ją, natrętnie kołatała się jej w głowie. Raz po raz nawiedzał ją strach na wspomnienie o bezbronnym maleństwie, które, niczego nie rozumiejąc, leżało pozostawione w lesie. Leżało, a dni mijały. Ludzka pomoc, ciepło i pożywienie nie nadchodziły.

Nie!

Odwróciła się i skryła twarz w poduszkę. Gdyby tylko miała z kim porozmawiać, dać upust swojej rozpaczy.

Ksiądz? Nie, on by nie zrozumiał – osądziłby jedynie. Wszyscy by osądzali.

Ale czy nie tego właśnie pragnęła? Kogoś, kto by ją przeklął, rzucił na kolana, ukarał, zbił?

To i tak nigdy nie przywróci jej dziecka.

Dręczyła ją jeszcze jedna myśl. Dziecko było wyklęte. Zostawiła nie ochrzczone niemowlę! Może mogłaby iść i przeczytać...

Nie, nie mogła tam wrócić, nigdy, przenigdy!

A może poprosić księdza? Nie.

Na to też nie potrafi się zdobyć. Obezwładniał ją strach przed tym, co mogłaby tam znaleźć. Była skazana na wieczyste potępienie, stracona raz na zawsze. Jakie życie miała przed sobą?

Sol była coraz bardziej zmęczona długą drogą, nieustannym trzęsieniem wozu, poczuła też głód. Silje wyjęła kuferek z jedzeniem, który wzięli ze sobą, i podała jej dwa ciastka.

– Daj jedno woźnicy – powiedziała. Sol niezwykle chętnie na to przystała.

– Proszę, panie.

– Bardzo ci dziękuję – odparł z powagą, biorąc od niej ciastko. – Czy chcesz posiedzieć trochę koło mnie?

O tak, bardzo tego chciała. Ma szczególny pociąg do mężczyzn, pomyślała Silje z uśmiechem. We dworze jej faworytem był parobek. A teraz woźnica. Siedziała okrągła jak piłeczka, okutana w kolejne warstwy grubego zimowego odzienia, w które ubrała ją Greta. Maleńką rączkę trzymała na lejcach. Czuła się bardzo ważna. Co chwila odwracała się, by sprawdzić, czy Silje podziwia ją i docenia.

Okolica była dzika i obca. Kiedy stracili z oczu wieś, znaleźli się między czarnymi, pionowymi ścianami gór. Droga zniknęła już dawno, lecz woźnica najwyraźniej świetnie wiedział, którędy ma jechać. Silje z niepokojem spoglądała na ślady kół pozostawiane na śniegu. Tak łatwo można je wytropić!

Jechali wzdłuż rzeki. Góry chroniły to miejsce przed najgorszymi zamieciami, śnieg pokrywał wszystko cienką warstwą. W każdym razie nie było go tyle, by koń z wozem nie mógł dać sobie rady. Silje zrozumiała, że im będą wyżej, tym głębszy będzie śnieg. Czy jeszcze daleko?

Jak okiem sięgnąć, wszędzie rozpościerała się ponura puszcza. Wiatr wył w przełęczy. W dole najdziwniejsze, nierealne kształty zamarzniętej wody, ziemi i zlodowaciałego śniegu uzupełniały krajobraz. W głębokich szczelinach chlupotało i bulgotało, tryskała woda w częściowo zamienionych w lód kaskadach. Miejscami dolina była tak wąska, że do złudzenia przypominała ulice Trondheim, gdzie domy stały ciasno po obydwu stronach.

Tutaj jednak nie było śladu żywej istoty, żadnego domu. Jedynie niebezpieczna rzeka, płynąca tuż, tuż obok. Chwilami, gdy musieli zjeżdżać na sam jej brzeg, Silje sztywniała z przerażenia i kurczowo przyciskała do siebie Daga. Widziała, że nawet konie były wystraszone.

Wreszcie opuścili wąską dolinę. Przed nimi roztoczył się płaskowyż. Góry rozstąpiły się na wszystkie strony i lodowato zimny wiatr nawiewał śnieg, tworząc ubite zaspy. Silje pospiesznie wyciągnęła derkę i Sol, mimo sprzeciwów, musiała opuścić miejsce na koźle, by schronić się przed zimnem. Siedzieli pod derką jak w małym domku, Silje w środku, dzieci po bokach.

– Jak damy sobie radę? – zawołała do woźnicy, któremu z zimna zwisała pod nosem zamarznięta kapka.

– Wszystko w porządku – odkrzyknął, kuląc się przed atakami wiatru. – Zawieje za nami wszystkie ślady.

Rozumiała to. Wkrótce woźnica zeskoczył z kozła i przyszedł do nich na tył.

– Muszę założyć płozy – wrzasnął. Chusta, którą zawiązał wokół czapki, powiewała mu przy uszach. – Śnieg jest za głęboki, koła się zapadają.

Założyć płozy? To brzmiało intrygująco. Zdziwiona patrzyła, jak mocuje rzemieniami koła i ściąga płozy przywiązane wzdłuż wozu.

– Pomogę – rzekła Silje i zeskoczyła w śnieg.

– Nie, Sol, ty nie, tu jest za głęboko dla ciebie.

Gdy woźnica uniósł wóz, Silje podłożyła płozy pod koła. Pasowały idealnie. Najwidoczniej nie były zakładane pierwszy raz.

Byli zajęci robotą, gdy Sol zawołała:

– Koń, koń!

Odwrócili się przerażeni. W ślad za nimi nadciągali dwaj jeźdźcy. Woźnica odetchnął.

– Nie ma niebezpieczeństwa.

Serce Silje zaczęło łomotać z radości. Nadjeżdżał Tengel. Dopiero teraz odważyła się przyznać przed sobą, jak bardzo się bała, że nie przyjedzie. Gniewało ją, że czuje się tak do niego przywiązana, a on rzadko okazuje jej zainteresowanie. W każdym razie nie otwarcie, nie wprost, pomyślała, chcąc uspokoić samą siebie.

Mężczyzną, którego Tengel wiódł za sobą, musiał być Heming. Gdy się przybliżyli, poznała ślicznego młodzieńca.

Dojechali. Na wozie Sol aż podskakiwała z radości i Tengel musiał ją uściskać.

– Przesuń się, Silje, teraz my pomożemy. O, widzę, że jesteście już prawie gotowi do dalszej drogi.

– Dziewczyna ma siły za dwóch – powiedział woźnica.

– Wiem – odparł Tengel.

– Czy widzieliście żołnierzy?

– Tak, przemknęli obok nas na gościńcu, kierowali się na południe. A więc jeszcze ich wyprzedzamy. Ale pozostało już niewiele dnia.

Dopiero teraz Silje dostrzegła, że kolor nieba zapowiada nadchodzący zmrok.

– Będzie padać śnieg – powiedział Heming, unosząc wóz.

Silje nie chciała nawet na niego spojrzeć. Ciągle jeszcze gotowała się w niej złość.

Tengel wyczuł to chyba, bo zwrócił się do niej.

– Posłuchaj, Silje – powiedział surowo. – Wiem, że masz powody, by być zła na Heminga. Ale teraz przez długi czas będziemy żyć w małej społeczności. Nie ma tam miejsca na więcej gniewów. Ty przynajmniej możesz okazać się mądrzejsza od tamtejszych głupców, którzy nieustannie żywią do siebie urazy.

Nie odpowiedziała. Tengel spojrzał na nią po raz pierwszy od czasu swojego powrotu i oczywiście musiał jej zmyć głowę!

– Rozumiesz? – dodał groźnie.

– Tak, rozumiem. Opanuję swój gniew. Nie proś mnie jednak, bym go kochała!

– Nie, nigdy nie miałem zamiaru prosić cię o to.

Heming podszedł do niej. Próbował nadać swej twarzy wyraz skruchy, lecz wyraźnie było widać, że w głębi duszy niczym się nie przejmuje. Nawet nie starał się ukryć błysku drwiny w oczach.

– Silje, proszę cię o wybaczenie. Tak bardzo potrzebowaliśmy pieniędzy dla powstania.

– Nie koloryzuj zbytnio – wymruczał Tengel.

– Oczywiście powinienem raczej skraść twoją cnotę – drwił dalej Heming. – Na pewno zawiodłaś się, że ja...

Tengel złapał go za kołnierz i spojrzał przymrużonymi oczami.

– Chcesz jeszcze pogorszyć sprawę? – syknął przez zęby.

– Nie, nie – odpowiedział niewinnie Heming. Widać było, że się wystraszył. Wyciągnął rękę na zgodę. Po chwili wahania Silje przyjęła ją. Był tak rozbrajający, że wywołał prawie niezauważalny uśmiech na jej ustach. Wybaczyła mu, tak jak wybacza się udającemu skruchę niesfornemu dziecku.

– Wsiadajcie na wóz – rozkazał Tengel i sprawdził, czy wszyscy są starannie przykryci. Silje poczuła się rozkosznie bezpieczna pod jego troskliwym wzrokiem.

– Silje, spoglądaj do tyłu – powiedział, wsiadając na konia.

Znów byli w drodze, jeźdźcy jechali przed nimi. Wicher szczypał w policzki, ale dzieci były bezpieczne. Dag znów zaczął płakać i Silje nie miała innego wyjścia, musiała wyjąć jego szmatkę do ssania. Tym razem to nie wystarczyło, by go uspokoić. Był bardzo głodny i domagał się jedzenia tak głośno, że jego krzyk niósł się daleko przez równinę. Jechali wolno. Miejscami zaspy śnieżne były tak wysokie, że musieli je objeżdżać, a czasem Tengel i Heming, jadąc po bokach, pomagali koniom ciągnąć sanie. W takich chwilach Silje czuła się całkiem bezużyteczna. Ktoś jednak musiał siedzieć przy dzieciach. W końcu zaprzęgli wszystkie cztery konie i wtedy poszło już lżej.

Nareszcie skończył się płaskowyż i znów wjechali między góry. Silje na próżno usiłowała zorientować się, gdzie są. Nigdy nie przypuszczała, że Siedziba Złych Mocy jest taka rozległa.

Teraz ukazał się przed nimi lodowiec. Wiało od niego surowym, lodowatym zimnem. Wydawał się całkowicie niedostępny.

Wprawne dłonie pokierowały końmi w dół stromego zbocza, ku wąskiej dolinie, gdzie lodowa skorupa wznosiła się nad rzeką jak kopuła.

Podczas tej niespokojnej jazdy Silje trzymała się kurczowo krawędzi wozu. Szeroko otwartymi oczyma wpatrywała się w masy lodu nad nimi.

Znajdowali się na tajemnej drodze do królestwa Ludzi Lodu.

Zdjęto z kół płozy a dwa dodatkowe konie wyprzęgnięto.

W korytarzu było zacisznie, lecz zimno i tajemniczo jak w jakimś podziemnym królestwie. Wysokość korytarza wahała się znacznie, w niektórych miejscach Silje musiała pochylać głowę, w innych krzyk Daga odbijał się echem w wielkiej przestrzeni. Nie było tu całkiem ciemno, lód dawał grocie szczególny blask zielonkawego światła. Jechali wzdłuż rzeki, która szumiała i pluskała pod lodowcem. Silje dziwiła się, że z góry nie kapało wcale bardziej niż zwykle w domu z sufitu. Jest chyba na to zbyt zimno, pomyślała.

Sol ostrożnie wyjrzała spod okrycia.

– Gdzie jesteśmy? – szepnęła.

– W drodze do naszego nowego domu – odparła Silje. Lodowy tunel narzucał podniosły nastrój.

Nasz nowy dom! Poczuła ucisk w sercu. Kłębiły się w niej różne uczucia, przeważał jednak żal i niepewność.

– Czy Maria też przyjedzie?

– Jeszcze nie teraz. Z nimi wszystkimi spotkamy się później.

Czy rzeczywiście tak będzie, pomyślała z obawą. Przyszłość wydała się nagle ciemna, bez nadziei. I jeszcze ci kochani ludzie, których musieli opuścić! Różne myśli trapiły ją pewnie dlatego, że jest głodna.

Lodowiec nie był tak wielki, jak się spodziewała. Zanim zdążyła przemarznąć, zaczęło się przed nimi rozjaśniać. W powietrzu pojawiły się płatki śniegu.

Zrobiło się jaśniej. Mimo że zimowy zmierzch zapadł już nad równiną, do której dojechali, nie było tak ciemno jak w tunelu.

Silje odłożyła na chwilę Daga i zdjęła trochę rzeczy, w które była opatulona. Razem z Sol stanęły na wozie i rozejrzały się dokoła. Tengel zwolnił i jechał teraz tuż koło niej. Czekał na jej reakcję. To są jego rodzinne strony, pomyślała, na pewno jest do nich ogromnie przywiązany i bardzo je kocha, jak kocha się zawsze wszystkie sekretne miejsca z dzieciństwa, każdy pagórek, każdy strumyk.

Silje rozglądała się zdziwiona. Byli w owalnej dolinie, ze wszystkich stron otoczonej górami. W środku leżało jezioro. Do jego brzegu właśnie się zbliżali. Na południowej stronie, w brzozowym lesie, stało wiele domów. O dziwo, wokół nich nie było zbyt dużo śniegu. Słońce musiało tu świecić niezwykle mocno.

– Tengelu! – wykrzyknęła zaskoczona. – To przecież całe miasto!

Uśmiechnął się gorzko.

– W rodzie Ludzi Lodu jest więcej dusz, niż się ludziom wydaje.

– Ludzi Lodu nie liczy się na dusze – powiedział miękko Heming. – Są spłodzeni z lodu, ciemności i zła.

Silje zrozumiała, że Heming bardo niechętnie przyznaje się do Ludzi Lodu. Nie zdziwiło jej to. Ta odcięta od świata wieś nie mogła być powodem do dumy dla takiego światowca jak on. Tu jednak był bezpieczny. Na zewnątrz wyznaczono cenę za jego głowę.

Tengel chrząknął.

– Niektórzy z mieszkańców, tak jak ty, schronili się tu przed uciskiem władz. To nie są prawdziwi Ludzie Lodu.

Poczuła na sobie jego wzrok. Tengel czeka na to, co powiem, pomyślała wzruszona. Ten „nieludzki" pragnie, by mi się tu podobało, i boi się, że mogę okazać obojętność albo nawet niechęć.

Na widok wznoszących się wokół mas górskich Silje poczuła, że coś ściska ją w gardle, a jej serce wypełnia samotność.

– Jak tu pięknie – powiedziała cicho. – Boję się trochę wszystkiego, co obce, lecz tu jest naprawdę pięknie.

Tengel odetchnął z ulgą i uśmiechnął się. Silje była zadowolona, że udało jej się wyrazić swoje prawdziwe uczucia. Powiedzieć o tym, czego się lęka, a jednocześnie, nie kłamiąc, przyznać, że podoba jej się ta dzika okolica.

Naliczyła dziesięć, może piętnaście domów.

– Czy macie również zwierzęta?

– Oczywiście! Musimy przecież coś jeść. Jak każda inna wioska w Trøndelag, tyle że bardziej odizolowana.

– Jak każda inna wioska – zachichotał Heming. – To jest najbardziej opuszczone przez Boga miejsce na ziemi, Silje.

– Czy nie macie kościoła? – zapytała przerażona.

– Nie, jak mogłaś przypuszczać coś takiego? – spytał Tengel. – Mamy jednak niedzielne nabożeństwa w domach, w każdym po kolei. Wódz jest naszym księdzem.

Powiedział to tonem pełnym goryczy. Silje zastanowiła się, jak ktoś taki jak Tengel zapatruje się na sprawę religii.

Tuż przy lodowej bramie była zagroda, która wyglądała na wartownię. Z domu wyszedł mężczyzna i pozdrowił ich.

– Nie oczekiwaliśmy was – zawołał. – Już zaliczyliśmy was do grona umarłych. Twój ojciec się ucieszy, Hemingu. Twoja żona także – rzekł, zwracając się do woźnicy.

Najwyraźniej nikt nie czekał na Tengela.

– Czy wszyscy są już na miejscu? – zapytał tajemniczo Tengel.

– Tak, wszyscy wrócili na zimę.

– Dobrze, zamykamy więc wejście.

– Nowi przybysze? – zapytał mężczyzna, spoglądając na Silje.

– Tak, są ścigani przez wójta.

– To twoja kobieta, Hemingu?

Młokos niespokojnie obejrzał się na Tengela.

– Nie, nie – odpowiedział szybko.

Mężczyzna nie zapytał, czy była kobietą Tengela, widocznie taka możliwość nie wchodziła w rachubę. Nie była przecież jego kobietą. Okazywał jej tylko nieco surowej życzliwości i troskliwości – więcej nie miała prawa od niego żądać. I tak winna mu była wdzięczność. Cicho westchnęła.

Heming wraz ze strażnikiem i woźnicą odeszli do koni. Jedno ze zwierząt zgubiło w lodowym tunelu podkowę. Sol najwyraźniej uznała, że jest za zimno i ponownie wsunęła się pod okrycie. Usadowiła się wygodnie i dostojnie, tak jak powinna to zrobić młoda, pewna siebie dama.

– Gdzie mieszkasz, Tengelu? – zapytała Silje nieśmiało.

Wskazał na zagrodę położoną dość wysoko na zboczu.

– Tam jest dom, w którym mieszkam od dzieciństwa.

Uśmiechnęła się ze smutkiem. Nigdy nie przyszło jej do głowy, że ktoś taki jak on może mieć w ogóle jakieś dzieciństwo. Nie potrafiła sobie tego wyobrazić, wydawało jej się, że musiał urodzić się dorosły i silny.

– A... gdzie my... dzieci i ja... zamieszkamy?

– Tam. W mojej zagrodzie.

Serce Silje zabiło mocniej. Tengel dodał jednak szybko:

– Ja przeniosę się do spichlerza mojego wuja. Stoi pusty, leży na samym końcu doliny i nie można go stąd zobaczyć.

– Czy nie będzie lepiej, jeśli my tam zamieszkamy? W ten sposób nie zabierzemy ci domu.

– Chata nie nadaje się dla dzieci. Tak, jak mówię, będzie najlepiej.

– Czy... czy z twego rodu pozostałeś tylko ty? To znaczy oprócz Sol ?

– Nie, mam jeszcze kuzynkę, mieszka w domu tuż obok naszego. Mnie często nie ma, więc ona przejęła cały dobytek. Ma na imię Eldrid, jest sporo ode mnie starsza.

Silje siedziała ciągle na wozie i w zapadającej ciemności obserwowała jego profil. Czuła do niego nieodparty pociąg, tak silny, że z trudem się opanowywała.

Tengel wyczuł jej wzrok i odwrócił głowę. Jego wąskie oczy spoglądały na nią pełne żalu, zamyślone.

Powoli, jakby ze snu, budził się na jego ustach uśmiech. Serce Silje biło coraz mocniej. Nagle drgnęła i odwróciła twarz.

– Nie jesteś ciekawa, gdzie ja mieszkam? – zapytał Heming, zjawiając się nagle obok nich.

– Ależ tak. A więc, gdzie mieszkasz, Hemingu?

– Czy to trudno zgadnąć?

Zwróciła już uwagę na zagrodę usytuowaną nad jeziorem, która była większa i ładniejsza od innych.

– Tam?

– Jakże mogłaś się domyślić? – zapytał, udając zdumienie.

Byli gotowi, woźnica popędził konie. Znowu jechali. Silje rozglądała się wokół. Od jak dawna śniła o tym miejscu? Wyobrażała sobie jakieś pokrzywione zamki, głębokie lochy wykopane w ziemi, skąpane w świetle księżyca, pełne czającego się zła. A tu – zaskoczenie! Całkiem zwyczajna wieś, ukryta wśród gór. Nie potrafiła jednak uwolnić się od nieokreślonego strachu, czuła, jak ogarnia ją niemal paniczny lęk. Co właściwie sprawia, że ta spokojna wieś napawa ją takim przerażeniem? Zła sława? Czy może coś jeszcze? Cisza, przytłaczająca, złowróżbna, czy może domy, skulone potwory?

Tak, Silje sądziła, że wie co to jest. W wietrze wiejącym przez dolinę słyszała nutę bezgranicznego smutku. W powietrzu wyczuwała nastrój minionych czasów. Ile musiało wydarzyć się w tej wiosce! Głód, bieda, niewyobrażalnie ostre zimy, samotność... Dramatyczne sceny i tragedie, które musiały się tu rozegrać, choroby... Ale przede wszystkim – klątwa, wisząca nad wioską jak topór nad głową skazanego. Przekleństwo, które rzucił jeden jedyny człowiek przed trzystu laty.

Silje także nie wierzyła w spotkanie złego Tengela z Szatanem. Wystarczyło jednak, że zasiał niepewność, rozbudził podejrzliwość i wywołał strach wśród nieszczęśników. Było w tym wystarczająco wiele zła, zwłaszcza jak na to odcięte od świata, wyklęte miejsce.

Uczucie osamotnienia zwyciężało w niej. Instynktownie poszukała dłoni Tengela. Mężczyzna jednak niczego nie zauważył, tak jak ona pogrążony w gorzkiej zadumie.

Zapadła ciemność. W kilku domach świeciły malutkie, żółte światełka. Ludzie Lodu udawali się na spoczynek.

Nagle rozległ się huk. Rozniósł się dźwięcznymi falami, odbił echem od górskich ścian, powrócił i powoli zamarł.

– Teraz droga do świata zewnętrznego jest zamknięta – powiedział Tengel. – Dopiero wiosenne roztopy mogą ją znów otworzyć.

Silje poczuła nerwowy skurcz w dołku, ale uspokoiła się pod wpływem jego słów.

– Jesteś teraz bezpieczna. Nikt nie dosięgnie ani ciebie, ani dzieci.

Popatrzyła na nie, prawie całkiem schowane pod derkami i skórami, i odczuła głęboką wdzięczność.

Jechali w milczeniu. Koła skrzypiały, jakby były już mocno rozchwiane po trudach podróży.

Nagle Silje poczuła się tak, jakby padł na nią wielki cień, a olbrzymia dłoń ścisnęła ją za serce.

– Tengelu! Co to było?

Wyciągnął ramię ponad krawędzią wozu i wziął ją za rękę. W jego oczach pojawił się tajemniczy, ciemny blask.

– Co, Silje?

– Tak się zlękłam. Coś tu jest... coś, co obserwuje,

tu jest coś złego. Jak gdyby ktoś wpatrywał się we mnie.

– A więc wyczułaś to? Naprawdę jesteś bardziej wrażliwa niż przypuszczałem.

Jego dłoń była silna. Silje pobiegła oczami za jego wzrokiem i odwróciła się. W bok od drogi, w zagłębieniu, stał dom, którego dotąd nie zauważyła. W zapadającym mroku wydawał się straszny, niski i prastary.

– Nigdy tam nie chodź, Silje – rzekł Tengel wolno. – Nigdy!

– Czy to...

– Tak, to jeden z potomków złego Tengela. Właściwie dwoje. Kuzyn mojej matki i siostra mego dziada, ojca matki.

– Siostra ojca twej matki? – szepnęła z powątpiewaniem. – Musi być okropnie stara.

– Tak, jest stara.

Ta prosta odpowiedź jeszcze bardziej ją przeraziła.

– Zostań ze mną, Tengelu – szepnęła szybko. – Boję się mieszkać sama, przynajmniej dziś w nocy. Wszystko jest takie nowe...

– Na pewno będzie dobrze, zobaczysz.

– Czy... wielu jest... potomków Tengela?

– Nie, już nie. Jest tylko wątła linia, która wywodzi się wprost od niego. „Czarna śmierć" zabrała wielu, a zaraza w 1565 roku dokonała reszty. Pozostało tych dwoje. To nie jest matka i syn, żadne z nich nie miało dzieci. Rozumiesz, nikt nie chce żenić się z kimś będącym w prostej linii potomkiem Tengela. Mężczyźni z naszego rodu biorą po prostu kobiety, które chcą mieć i zmuszają, by z nimi zamieszkały. Kobiety w mym rodzie są gwałcone przez obcych mężczyzn i pozostają same z dziećmi. Jedynie moja siostra była oficjalnie zamężna, lecz nigdy nie przyznała się do swego pochodzenia. Dlatego w rodzie Tengela nie ma dużo dzieci, ale to tylko lepiej.

– Nie bądź taki zgorzkniały. Zasmucasz mnie.

– Wybacz, moja miła. Pozwól powiedzieć mi kilka słów o mojej rodzinie. Żyje jeszcze paru starych kawalerów, są jednak bardzo spokojni, nie mają żadnych budzących obawę zdolności. Jest też pewna okropna kobieta, która mieszka w tym małym domku nad samym jeziorem, ale ona trzyma się na uboczu, nie będziesz więc miała z nią do czynienia. No i jest jeszcze Sol. Rozumiesz teraz, że zanim dowiedziałem się prawdy o niej, byłem ostatnim z rodu, który mógł dalej przekazać złe dziedzictwo.

– No tak, ale wiedziałeś chyba, że twoja siostra w Trondheim miała dwie córki? A więc ród nie wymarłby wraz z tobą?

– Dowiedziałem się o nich dopiero jesienią. A także o tym, że mój szwagier, którego nigdy nie widziałem, umarł na zarazę. Wyruszyłem od razu, by odnaleźć moją siostrę Sunnive i spróbować jej pomóc. Niech Bóg mi wybaczy, ale chciałem, by obie dziewczynki umarły!

Silje milczała przez chwilę, a potem spytała:

– Czy chcesz tego nadal?

Tengel wziął głęboki oddech.

– Nie! Wiem, że to wszystko jest straszne, lecz Sol wzbudza we mnie taką czułość, że nie potrafię nawet tego wyrazić. Jestem teraz za nią odpowiedzialny.

– Rozumiem cię – powiedziała Silje miękko. – A więc to po kądzieli pochodzisz od złego Tengela?

Tak. Moja matka nigdy nie była zamężna. Moja siostra i ja mieliśmy różnych ojców. Obaj pozostawili matkę swemu losowi.

– Co więc działo się z wami, gdy ona umarła? Gdy ty się narodziłeś?

– Zajął się nami jej ojciec. Właśnie po nim odziedziczyłem zagrodę.

– Och, Tengelu, to takie bolesne. Gdybym tylko mogła... ci pomóc! Obdarować ciepłem, którego ci brakowało.

– Nie powinnaś tak mówić! – wykrzyknął wzburzony. – Nie potrzeba mi niczyjej troski. I ty o tym dobrze wiesz!

– Wybacz – powiedziała pokornie.

Wjechali na jasną równinę i strach, który odczuwała w dolinie, opuścił ją. Nadal pragnęła trzymać go za rękę, tym razem przyzwalał jej na to. Spokojnie prowadził konia tuż obok wozu. Dawał jej tyle bezpieczeństwa, on, Tengel. Gdyby tylko zechciał, złożyłaby całe swe życie w jego ręce.

Dopiero teraz poczuła, jak bardzo zmęczyła ją podróż. Szumiało jej w głowie od ciągłych wstrząsów wozu, tęskniła za jedzeniem, ciepłem i odpoczynkiem. Chciała się wreszcie umyć i uczesać, czuła się brudna i potargana. Powoli opuszczała ją odwaga, nie wiedziała, co ją czeka.

Nagle wybuchnęła gorzkim śmiechem.

– O czym myślisz? – zapytał.

– Przypomniały mi się moje marzenia o przyszłości, które snułam jako dziecko.

– Chyba się nie spełniły.

– Nie. Wiesz, miałam pewne pragnienie.

– Opowiedz mi o tym!

– Dobrze. We dworze, gdzie mieszkałam i gdzie pracował mój ojciec, wisiał w korytarzu obraz. Była na nim lipowa aleja. To najpiękniejsza rzecz, jaką widziałam. Na zewnątrz była prawdziwa aleja, prowadząca do głównego budynku, ale rosły przy niej klony. Tam obserwowałam zmieniające się pory roku. Jasne, przezroczyste, zielone listki wiosny. Patrzyłam latem na gęste listowie, a jesienią dotykałam lepkich owoców. Widziałam, jak liście zmieniają barwę, patrzyłam na nagie zimą drzewa i na niebieskofioletowy poblask, gdy znów pojawiały się pączki. Pewnego dnia jednak ścięli drzewa. Powiedzieli, że są za stare, zabierają zbyt dużo soków z uprawnych pól. Jakże ich żałowałam! Najbardziej zachwycały mnie jednak lipy na obrazie. Obiecałam sobie, że kiedy dorosnę, będę miała aleję lipową, prowadzącą do mego domu. Dziecinna mrzonka, zwłaszcza dla dziewczyny mojego stanu. A poza tym lipy nie mogą rosnąć w Trøndelag.

Tengel milczał przez chwilę.

– No tak, tu z pewnością nie będziesz miała alei lipowej – powiedział w końcu.

– Nie.

Ocknęła się ze wspomnień i w ciemności poszukała jego oczu.

– Za to teraz mam coś dużo cenniejszego. Ciepło i troskliwość drugiego człowieka. Dziękuję, Tengelu. Nie wiem, czy kiedykolwiek uda mi się wyrazić, co myślę o tobie. Nie ma na to właściwych słów.

Tengel uwolnił dłoń i pojechał naprzód.

ROZDZIAŁ XI

Pierwszej nocy w dolinie Ludzi Lodu Silje długo nie mogła zasnąć. Wsłuchiwała się w dźwięki dochodzące z zewnątrz. Panowała cisza, ona jednak była tak podniecona, że nawet cisza wydawała jej się groźna. Czy nic przypadkiem nie czai się w ukryciu, czekając, aż ona zaśnie, by wtedy dopiero huknąć w ścianę tak, że serce przestanie bić?

Bała się, choć starała się zabezpieczyć dom na wszystkie znane sobie tajemne sposoby. Drewniane łyżki skrzyżowała na ławie, uczyniła znak krzyża nad drzwiami, na palenisku też ułożyła krzyż z dwóch polan, by oślepił każdego, kto chciałby dostać się do środka tą drogą.

Dzieci spały w pobliżu, najedzone, suche i rozgrzane ciepłem ognia, wciąż płonącego w dużej izbie. Lekki oddech Sol słychać było wyraźnie, lecz Dag spał zawsze tak cicho, że od czasu do czasu, na podobieństwo prawdziwej matki, przerażona sprawdzała, czy jeszcze żyje.

Co Silje wiedziała o tym domu? Ilu ludzi tutaj umarło, ilu z nich znów powstało? Bała się. Najzwyczajniej bała się w ciemnościach tego, co kryło się w domu i w dolinie. Nieznani ludzie, jak przyjmą ją, nieproszonego gościa? Zimno płynące od gór, przyszłość dzieci... Wszystko kłębiło się w zmęczonym umyśle, nie pozwalając zasnąć.

Bardzo pragnęła, by Tengel był teraz tutaj. Powiedział, że musi odejść ze względu na nią. Co ją to jednak obchodzi, że ludzie będą gadać? Potrzebowała jego bliskości i bezpieczeństwa, tak jak dziecko potrzebuje uścisku ramion ojca.

Silje zawstydzona uśmiechnęła się do siebie. Na pewno dobrze zrobił, odchodząc. Wiedziała, jak na nią działał; wiedziała, że nie zdoła ukryć tego przed nim, jeśli objęcie jego ramion wzbudzi w niej uczucia inne niż te, jakie córka żywi do ojca.

Samotność ją przytłaczała. Tęskniła do życia w domu Benedykta, takiego, jakie było, zanim pojawiła się Abelone i zanim Benedykt odwiedził ją w nocy.

Heming zniknął u rodziców. Przypuszczalnie czekała go gruntowna spowiedź przed ojcem. Podejrzewała, że to Tengel kazał mu wrócić do domu, bo młody człowiek sam nie przejawiał najmniejszej ku temu ochoty. Natomiast woźnica zatrzymał się u nich na chwilę i pomógł Tengelowi w przygotowaniu wszystkiego tak, by jej i dzieciom było jak najwygodniej.

Silje stała pośrodku izby, zesztywniała z zimna i bezradna. Przyglądała się tylko, jak rozpalali ogień i przygotowywali posłania. Dzieci jednak zaczęły marudzić i w końcu musiała się nimi zająć.

Zagroda, w której zamieszkali, była stara, dużo mniejsza od dworu Benedykta. Wyglądała jednak na solidną i ciepłą. Dom miał tylko jeden poziom. Na jego końcu znajdowała się spiżarnia, dalej była jeszcze komora, w której przechowywano mleko, i obora. Na drugim końcu były dwa pomieszczenia. W jednym z nich Silje spała wraz z dziećmi przy otwartych drzwiach do dużej izby. Okien tu, naturalnie, nie było. Pomyślała o swoim witrażyku. O nie, w tym domu nie da się go umieścić.

Zastanawiała się, jak się teraz ma Tengel. Musiał przecież ogrzać jeszcze swój dom, który z pewnością był starszy i bardziej nieszczelny. A zmęczony był chyba nie mniej niż ona. Silje chciała zaproponować, by tę pierwszą noc spędził w domu woźnicy, lecz żaden z nich nie wspomniał o takiej możliwości. Przyszła jej do głowy myśl, że być może Tengel nie jest mile widzianym gościem w tutejszych domach. Znów pełne żalu współczucie przepełniło jej serce.

Po odejściu woźnicy Tengel pozostał z nią jeszcze przez dobrą chwilę. Sprawdzał wszystko dokładnie, jakby nie chciał jeszcze się rozstawać. Silje gorączkowo rozprawiała, pragnąc zatrzymać go choć moment dłużej. Jeszcze raz poprosiła, by pozostał, zrobiła to ze względu na niego, nie chciała bowiem, by było mu niewygodnie. On jednak potrząsnął przecząco głową. W końcu nie było już o czym rozmawiać, nie pozostało też nic do zrobienia.

Poczuła, że jej ramiona są jakby puste. To chyba dlatego, że przez tak wiele godzin trzymała Daga?

Silje odwróciła się na drugi bok i próbowała zasnąć, lecz niepokój był silniejszy. To już jutro będzie musiała stanąć twarzą w twarz z pozostałymi mieszkańcami doliny.

Sen nadal nie nadchodził. Napływały natomiast myśli, które do tej pory starała się powstrzymywać. Wspomnienia potwornych dni, gdy zaraza dotarła do ich domu. Strach, który ogarnął wszystkich, gdy choroba dotknęła pierwszego ze służby. Milczenie przy stole, czujne wzajemne spojrzenia, pierwsze symptomy. Jej brat ze spoconym od gorączki czołem, histeryczne krzyki matki. Pogrzeb... Nad grobem chwiejąca się na nogach siostra, jej upadek. Jej pogrzeb... Wielu było wtedy zmarłych. Ksiądz odprawiał modły nad czterema trumnami, w jednej z nich leżał syn gospodarza. Chłopiec, którym zajmowała się Silje, dzięki któremu mogła się uczyć. Żałowała go również, lecz śmierć rodzeństwa uderzyła ją tak mocno, że nie wszystko była w stanie pojąć. Pamiętała jednak gospodarza. Jego nierozumne wołanie: „Dlaczego mnie to spotyka?". Tak jakby nie dostrzegał, że zaraza nie rozróżnia podziałów społecznych, że uderza na zmianę i w tych, co stoją nisko, i w tych, co stoją na górze. Zgony wśród służby były dla gospodarza naturalne, nie powodowały żałoby. Ale jego rodzina...!

Potem jednocześnie zaraza zmogła ojca i matkę. Silje sama musiała zajmować się nimi, nikt bowiem nie miał teraz czasu na pomaganie innym. Pamiętała, jak trudno jej było cokolwiek dostrzec, jak chodziła po omacku z oczyma pełnymi łez. Błagania, by rodzice jej nie opuszczali, nie zostały wysłuchane.

Młodszy braciszek... jęczący, dręczony atakami kaszlu... i Silje już tylko sam na sam z nim. Ten dzień był najgorszy.

Trzy trumny naraz. Ostatnie z małej chaty kowala.

A potem służący gospodarza, który stał w drzwiach, nie mając odwagi wejść do środka. „Musisz opuścić dwór, Silje. Gospodarz potrzebuje domu dla nowego kowala."

Nikt nie zapytał, dokąd ma zamiar się udać.

Jakiś dźwięk dochodzący od strony jeziora wyrwał ją z zamyślenia. Czy to lis? Czy może jakiś duch się skarży? O, znowu. To przypomina jednak głos lisa. Miała nadzieję, że nic gorszego.

W każdym razie dobrze się stało, że coś przerwało pasmo dręczących wspomnień. Niewiele brakowało a dławiący ból krzykiem wyrwałby się z jej piersi. Nie wolno dopuszczać myśli o tym, co było, to tylko nadweręży jej siły, których tak bardzo potrzebuje.

Starała się odprężyć, oddychała głęboko, powoli. Czuła zapach brzozowego drewna, suszonego siana z posłania i brzozowych gałązek, leżących na podłodze. Same przyjemne aromaty.

Tengel był taki... nieswój, kiedy od nich odchodził i prosił, by dobrze zamknęła drzwi. Nie chciał dostrzec błagania w jej pełnych rozpaczy oczach, strachu przed tym, że ma zostać sama, potrzeby jego bliskości. Stał jednak chwilę w drzwiach. Słowa przychodziły mu z trudem.

– Dobrze, że tu jesteś, Silje, ty i malcy. Tak jest mi łatwiej.

Gdy już zamykał za sobą drzwi, zdołała usłyszeć te ostatnie słowa:

– I trudniej.

Tengel... Silje starała się wyobrazić sobie jego twarz, lecz bez skutku. Zamiast tego widziała zarys jego postaci stojącej w drzwiach. Z gołą głową, z opuszczonym kapturem z wilczej skóry. Sztywne czarne włosy, opadające na ramiona. Olbrzymia sylwetka, nienaturalnie rozrośnięta od pasa w górę, ramiona szerokie i wysokie, upodabniające go do zwierzęcia, łosia albo niedźwiedzia o silnym karku. Wilcze futro nie poprawiało wyglądu. Miał długie nogi i wąskie biodra, a kiedyś dostrzegła przypadkiem kawałek klatki piersiowej i wiedziała, że był mocno owłosiony – jak zwierzę. Zwierzoczłek... Było to pierwsze imię, jakie mu nadała, nie ona jedna wymyśliła to określenie.

Jak to możliwe, by czuć pociąg do kogoś tak odrażającego? Tymczasem skala jej uczuć rozrastała się, obejmowała wszystko: od współczucia, ciepła serdeczności, nieśmiałego podziwu, poprzez głębokie przywiązanie, mocne poczucie przynależności, aż do nieznośnie męczącego, trudnego do pokonania pociągu zmysłowego.

Nie, musi za wszelką cenę poskromić wyobraźnię, w przeciwnym razie nie zaśnie do rana, wiedziała o tym z doświadczenia. Skuliła się i powoli zaczęła zapadać w sen.

Kobieta z sąsiedniego domu, krewniaczka Tengela, dużo pomagała Silje w pierwszych dniach pobytu w obcej dolinie. Eldrid była zwyczajną kobietą, nie miała żadnych demonicznych cech; nie miała też urody jego zmarłej siostry. Była chłopką, przedsiębiorczą i zdecydowaną, samotną, gdyż nikt nie śmiał żenić się z potomkinią złego Tengela. Wiedziała jednak dużo więcej o prowadzeniu domu i wychowywaniu dzieci niż Silje. Eldrid zajmowała się krowami Tengela i co dzień przynosiła Silje i dzieciom świeże mleko. Dziewczyna protestowała, uważała bowiem, że może iść po nie sama. Eldrid jednak nie ustępowała.

Silje rozpaczliwie walczyła o utrzymanie porządku w domu. Wszystko musiała teraz robić samodzielnie. Przynosić wodę ze studni, która była na wpół zamarznięta, rąbać drwa i nosić je do domu, rozpalać ogień w chłodne poranki, piec chleb, prać odzienie sobie i dzieciom, próbować robić igły z rybich ości...

Była jeszcze jedna sprawa, która ją martwiła. U Benedykta Maria i Greta odciążały ją bardzo w opiece nad dziećmi. Tutaj wszystko spadło na jej głowę. Z goryczą musiała przyznać, że nie daje sobie rady. Niemowlę, któremu odparzyła się pupa podczas długiej podróży, i bardzo samodzielna dwulatka doprowadzały ją czasami do szaleństwa. Czuła się bardzo zagubiona.

Eldrid widziała, jak Silje się męczy.

– Masz dopiero siedemnaście lat, dziewczyno, i pod opieką dwójkę obcych dzieci. Nie sądzę też, byś była urodzona do pracy w obejściu. Przystroiłaś dom bardzo pięknie, pracowałaś za siedmiu, ale kurz grubą warstwą zalega po kątach.

Silje zrezygnowana wytarła oczy.

– Wiem. Sądziłam, że przynajmniej z dziećmi dam sobie radę, ale widocznie nie mam dość cierpliwości.

Dziki ryk Sol dobiegał z izby sypialnej. Dostała lanie, ponieważ – mimo wyraźnego zakazu Silje, a może właśnie dlatego – z rozmysłem rozsypała po podłodze rozżarzone węgle. Wrzaskom Sol wtórował nieustanny krzyk Daga. Płaski chleb, który Silje usiłowała upiec, przypalił się.

– Pozwól mi zabrać dzieci na dwa dni, będziesz

miała trochę spokoju – powiedziała Eldrid. – U mnie w domu mało bywało dzieci, a Sol jest przecież córką mojej kuzynki.

Silje zawahała się. Brzmiało to kusząco, lecz z drugiej strony tak bardzo kochała dzieci, że nie chciała się z nimi rozstawać.

– Dziękuję – odparła. – Najlepiej jednak będzie, jeśli najpierw zapytam Tengela. Mnie powierzył opiekę nad nimi, dlatego powinnam się go poradzić.

– Rozumiem. Jesteś jednak całkiem wyczerpana, ale nie wiń siebie. Nawet dorosłe kobiety, które mają własne dzieci, wpadają czasem w rozpacz z bardziej błahych powodów. Tengel opowiedział mi, przez co przeszłaś, o twej trosce o niego i o dzieci. On nigdy nie miał troski w nadmiarze. Chcesz tak dobrze, Silje, ale sama jesteś jeszcze dziewczynką.

Silje zawstydzona, uśmiechnęła się z wdzięcznością.

– Tak bardzo niepokoję się o Daga – rzekła. – Z tej małej pupki całkiem już zeszła skóra – dodała. – Nie pomaga na to nic, co robię.

– Czy mogę popatrzeć na chłopczyka?

Zmęczone, przywykłe do pracy dłonie Eldrid z łatwością radziły sobie z Dagiem.

– Zlituj się! – wykrzyknęła wstrząśnięta. – Dlaczego nie powiedziałaś o tym Tengelowi? On potrafi wyleczyć takie rany w ciągu paru dni.

– Odparzone pupy? – Mimo rozpaczy Silje musiała się roześmiać. – Trudno mi w to uwierzyć.

– Miałam na myśli wszystkie choroby i dolegliwości.

– Nie widziałam Tengela od tego wieczoru, kiedy tu przybyliśmy. Już dziesięć dni.

Eldrid popatrzyła na nią zamyślona.

– To do niego podobne. Do mnie zachodzi co

dzień, by zapytać, jak się wam wiedzie, i ciągle wydaje mi nowe polecenia. Troszczy się o was nieustannie, Silje. Teraz nie ma go w domu, jest w górach, ścina drzewa. Ale porozmawiam z nim. Być może zajrzy do was wieczorem. Chciałam jeszcze zapytać, czy zechcesz pójść ze mną jutro na nabożeństwo. Będziesz mogła spotkać innych mieszkańców doliny. Może poczujesz się lepiej, gdy zobaczysz więcej ludzi.

– Kto zajmie się dziećmi?

– Tengel może to zrobić. I tak nie wolno mu chodzić na nabożeństwo.

– Dlaczego nie? – zapytała Silje zdziwiona.

Eldrid skrzywiła się.

– Twierdzą, że towarzyszy mu cień. Wiesz czyj. To takie głupie, takie podłe. Wielu z nich nosi znamię najokropniejszych, prawie kazirodczych stosunków, ale na nas patrzą krzywo.

– Gardzą wami? – zapytała Silje z niedowierzaniem w głosie.

– Nie, nie gardzą. Lękają się nas.

– Ale to właśnie wy jesteście „najczyściejszym" z tutejszych rodów?

– Oczywiście! Inni są między sobą pomieszani. Można to zrozumieć, po tylu latach odosobnienia. Nie zawsze było tak spokojnie.

– Ale tobie łaskawie pozwalają brać udział w ich modłach?

– Tak, nie jestem dotknięta dziedzictwem pierwszego Tengela. Jestem, jak mówią, normalna.

Silje zamyślona spojrzała na dzieci w sąsiedniej izbie.

– Bardzo chciałabym pójść, ostatnio czuję się jak poganka. Czy jednak naprawdę możemy powierzyć dzieci Tengelowi? Niemowlę płacze przecież tak okropnie.

– Będzie musiał to znieść. Chodź, pomogę ci w pieczeniu.

Kiedy Eldrid odeszła, Silje pobiegła do dzieci i podniosła Sol z podłogi.

– Tengel przyjdzie, Tengel przyjdzie – śpiewała, tańcząc w koło z dziewczynką, która wkrótce wszystko jej wybaczyła i chętnie wirowała we wspólnym tańcu. – Musimy tu posprzątać – powiedziała Silje z entuzjazmem. – Czy możesz pozamiatać, a ja umyję naczynia?

– Ładna sukienka? – zapytała Sol.

– Tak, możesz założyć odświętną sukienkę. Ale poczekaj do wieczora! Najpierw musimy popracować.

Przystroiły dom najładniej jak umiały i odświętnie odziane siedziały przy stole, długo czekając na Tengela. Kiedy wreszcie przyszedł, Sol objęła go rączkami za kolana. Tengel podniósł ją do góry i pochwalił piękną sukienkę. Napotkał wzrok Silje.

– Słyszałem, że miałaś trudności z dziećmi?

Och, ten głęboki głos. Jakby rozdzierał ją na strzępy. Robiło jej się zimno i gorąco na przemian.

– Nie, to nie takie...

– Eldrid porządnie mnie wyłajała – rzekł krótko. – Powiedziała, że nie mam najmniejszego pojęcia, czym jest odpowiedzialność za dwójkę dzieci i dom, zwłaszcza dla takiej młodej i niepraktycznej osoby jak ty. Dobrze, a więc co z nimi?

– Tak, jest... Dag przede wszystkim. – Jąkała się pod jego nieubłaganym wzrokiem, trudno jej było wykrztusić z siebie odpowiedź.

Musiała rozebrać chłopca. Tengel obejrzał go.

– Czy nie dostałaś kiedyś ode mnie maści? Na swoją nogę?

– Tak. Czy można ją również teraz zastosować? Nie miałam odwagi próbować.

– No tak, mam chyba coś lepszego stwierdził i wyjął czarne zawiniątko.

Pomyślała o jego poprzedniej wizycie u chorych i zapytała:

– Czy chcesz zostać sam z dzieckiem?

Rozciągnął usta w uśmiechu.

– Nie odmawiam zaklęć nad taką małą pupą.

Ach, tak. A więc odmawiał zaklęcia? Silje poczuła, że dreszcz przebiegł jej po plecach.

Tengel czytał w jej myślach.

– Uważam, że nie powinnaś mnie obwiniać tak długo, jak wykorzystuję tę moc dla czyjegoś dobra.

– Nie obwiniam cię – powiedziała, rumieniąc się. – Przerażasz mnie trochę.

– Czy masz jakiś powód, by się mnie obawiać? – zapytał cicho z takim smutkiem w głosie, że serce jej się ścisnęło.

– Silje tańcy! – powiedziała Sol.

Tengel odwrócił się do dziewczynki.

– Co ty opowiadasz? Silje tańczy?

– Silje i Sol tańczą dokoła, o tak! I śpiewają „Tengel psyjdzie, Tengel psyjdzie!”

– Pleciuga – mruknęła Silje.

Sol zakończyła demonstrowanie tańca.

– A Silje płace. W łózku.

Tengel spoważniał.

– Naprawdę, Silje?

– Nie, ona przesadza. Nie słuchaj jej!

Nagle Sol przypomniała sobie, że ma jeszcze jedną rzecz do opowiedzenia.

– Silje mnie zbiła! – W jej oczach lśniła żądza sensacji.

– Tak, tak. Słyszałem o pewnej młodej damie, która rozsypała rozżarzone węgle po podłodze. Sądzę, że Silje nie biła tak mocno.

Kiedy Dag został nasmarowany i ponownie ubrany, usiedli do stołu. Dla Sol było już dość późno i zaczęła trochę marudzić.

– Myślę, że wypryski mogą mieć coś wspólnego z tym, co on je – powiedział Tengel. – O tej porze roku krowy dostają rzepę. To może być dla niego za ostre. Powiem Eldrid, by karmiła jedną krowę wyłącznie sianem, zobaczymy, czy to pomoże. Musimy uważać na tego chłopczyka. Wiesz przecież, że nigdy nie dostał matczynego mleka.

Silje popatrzyła na niego wielkimi oczami.

– Tak dużo wiesz! Nigdy nie słyszałam, by ktoś rozumował w ten sposób. To znaczy zastanawiał się, co jedzą krowy.

– Tak, my z naszego rodu wiemy wiele – potwierdził z goryczą. – Ale zgadzam się z Eldrid, że potrzebna ci pomoc. Masz takie cienie pod oczami.

– Nie zostaje mi zbyt dużo czasu na sen, Dag płacze dzień i noc. Wiesz, Tengelu... – zaczęła z entuzjazmem.

– Tak?

– W tamtej izbie... stoją stare krosna. Tak bardzo chciałabym móc tkać.

Rozjaśnił się.

– Ależ tak, oczywiście! Poproszę Eldrid, by je rozstawiła. Naturalnie jeśli ma wełnę.

– Mogę uprząść sama. Przy krosnach leżą góry wełny. Bo wiesz, ja nic nie umiem. To pomogłoby mi przestać się czuć tak bezużyteczną i bezwartościową.

– Ależ, drogie dziecko, naprawdę tak się czujesz?

Sol skuliła się na ławie i zasnęła w swej najlepszej sukience. Była nieprzyzwyczajona do tak długiego siedzenia, ale Silje wiedziała, że wszelkie próby posłania jej do łóżka przed przyjściem Tengela byłyby skazane na niepowodzenie.

– Tak, jestem bezużyteczna – powtórzyła Silje. – To, co potrafię, nikomu nie jest tak naprawdę potrzebne. Benedykt też tak mówił.

– Benedykt stwierdził, że jesteś małą artystką, człowiekiem twórczym i nie powinno się obciążać cię zbyt prozaicznymi obowiązkami. To może źle wpłynąć na twoje nerwy. Dokładnie tak stało się dzisiaj.

– Wstydzę się tego.

Tengel nigdy nie dotknął kobiety. Teraz jednak odruchowo wyciągnął dłoń i delikatnie pogłaskał dziewczynę po policzku. Silje drgnęła, odwróciła głowę i lekko musnęła ustami jego rękę. Złapał ją za włosy i mocno uścisnął. Głęboki, długo wstrzymywany oddech wstrząsnął całym jego ciałem.

– Muszę już iść – rzucił, podnosząc się gwałtownie.

Podskoczyła.

– Czy przyjdziesz wkrótce znowu?

Wpatrywał się w nią.

– Nie wiem. Próbuję unikać odwiedzin, ale...

– Ale?

– Kiedy Eldrid przyszła dzisiaj po mnie i powiedziała, że powinienem tu zajrzeć, jakbym dostał gorączki. Tak, przyjdę... Ale nigdy sam... nie mam na to siły. Zajmę się jutro dziećmi.

Szybko wstał.

Silje położyła Sol do łóżka, posprzątała i zamyślona zaczęła się rozbierać. Zwykle zostawała w koszuli, była zbyt nieśmiała, by rozebrać się całkiem do naga. Jednak tego wieczoru siedziała dłużej na skraju łoża, w czerwonym blasku ognia z paleniska. Powoli, jakby w transie, zdjęła koszulę i odłożyła ją na bok. Nie mając odwagi spojrzeć w dół, ostrożnie dotknęła swej skóry, pogładziła dłońmi piersi, smukłą talię. Czuła, że jest szczupła i zgrabna, że jej piersi są twarde i jędrne. Położyła dłoń na brzuchu, poczuła, jak bardzo jest płaski. Z lękiem popatrzyła w dół.

Podobałoby mu się moje ciało, pomyślała. Nie ma w nim nic brzydkiego. Gdyby tylko chciał.

Ocknęła się. Opuściła ją śmiałość, zamiast niej pojawił się wstyd. Szybko naciągnęła koszulę.

Spotkanie odbyło się w domu wodza, ojca Heminga. Silje udała się tam wraz z Eldrid, spięta, a jednocześnie ciekawa. Tengel przyszedł, by dopilnować dzieci. Miała nadzieję, że jego ledwie zauważalny uśmiech da jej siły na cały następny tydzień.

Dom, do którego przyszły, był wspaniały. Choć wielkością nie mógł się równać z domem Benedykta, to jednak było w nim wszystko, czego tylko można było sobie życzyć, zwłaszcza jak na tak odosobnione miejsce. Domostwo zdobiły piękne, rzeźbione w drzewie ornamenty. Każdy próg, każda belka to osobne dzieło artysty.

Silje była tak zauroczona, że zapomniała się przywitać.

– Tak – zagadnął wyprostowany jak struna brodaty mężczyzna, ojciec Heminga. – Ładne, prawda?

Silje ocknęła się i oderwała wzrok od podziwianej właśnie belki.

– Nieprawdopodobnie piękne. Kto to zrobił?

– O, to bardzo stare. Przypuszczam, że ma ze

dwieście lat. Wykonał to jeden z moich przodków. Rozumiem, że ty jesteś Silje. Heming opowiadał mi o tobie. Mówił, że pomagałaś zdobić kościół. Znasz się więc na takich rzeczach.

Roześmiał się pogardliwie. Cóż kobieta może wiedzieć o sztuce?

Silje w końcu przypomniała sobie, czego wymaga uprzejmość, i skłoniła się głęboko. Niedaleko stał Heming, na jego twarzy malował się kpiący uśmieszek, nic jednak nie mówił.

– Zrozumiałem też, że uratowałaś życie mojemu niepoprawnemu synowi – ciągnął wódz. – Należą ci się moje najgorętsze dzięki.

– Nie uczyniłam zbyt wiele – powiedziała nieśmiało. – To głównie zasługa Tengela.

Wódz spojrzał na nią przenikliwie. Sposób, w jaki wymówiła imię Tengela – z szacunkiem, wstrzymując oddech – zadziwił go.

Eldrid i Silje wprowadzono do sali, w której zebrali się Ludzie Lodu. Brakowało tu jednak tych, którzy mieli największe prawo, by tak się zwać – potomków złego Tengela. Tych, nad którymi ciążyło jego przekleństwo.

Silje znalazła się pod ostrzałem spojrzeń i ogarnęło ją niezwykłe onieśmielenie. Po obu stronach długiego stołu ustawiono ławy. Była tam strona męska i strona kobieca, obydwie wydawały się jednakowo krytycznie nastawione do nowo przybyłej. Eldrid przygotowała Silje na takie przyjęcie. Dziewczyna mieszkała w domu tych, których się obawiano. Z jak daleka musiała przybyć, skoro się na to odważyła?

Nikt nie powiedział ani słowa. Jedyne, co jej pozostawało, to skłonić się przy drzwiach i czekać. Wewnątrz zobaczyła coś, co pozwoliło jej zrozumieć, czym jest łączenie się bliskich krewnych. Spostrzegła dwóch kretynów z rozdziawionymi ustami, mężczyznę wyraźnie chorego na umyśle i jeszcze innych, sprawiających wrażenie groźnych dla otoczenia.

Akceptowano ich jednak, to wzruszyło Silje. Nie mogła tylko pojąć, dlaczego w takim razie wykluczono ze społeczności tak wspaniałego człowieka jak Tengel.

Wskazano jej miejsce na kobiecej ławie i modlitwa mogła się rozpocząć. Silje nie potrafiła się skupić, choć bardzo się starała. Widziała, że potrzebne jest jej Słowo Boże, rozpraszały ją jednak kose spojrzenia. Spojrzenia, które uciekały, gdy tylko napotykały jej wzrok.

Wprawdzie większość na sali stanowili normalni ludzie, lecz ich obecność nie umniejszała wcale grozy sytuacji. Wręcz przeciwnie. Uwagę Silje zwróciła grupa chłopców, którzy gapili się na nią bez zażenowania, uporczywie. Jeden z nich wyróżniał się szczególnie. Silje instynktownie wyczuła, że właśnie przed nim musi się mieć na baczności.

Kiedy modlitwa dobiegła końca, wszyscy powstali. Ku swemu przerażeniu odkryła, że kilku upośledzonych ciągnęło za sobą łańcuchy. A więc to w ten sposób się nimi zajmowano! Silje serce krwawiło z żalu, gdy na to patrzyła. Może jednak nie było innego wyjścia?

W drodze powrotnej nie czuła się wcale pokrzepiona Bożym Słowem. Ogarnęło ją przeszywające współczucie dla wszystkich w dolinie.

Ze zrozumieniem myślała o tym, o czym kiedyś mówiła Eldrid – w wielu przypadkach pobożne miny były czystą hipokryzją. Za zamkniętymi drzwiami czczono innych bogów – niewidzialne siły natury, nadprzyrodzone istoty, którym nie śmiano nawet nadać imienia. O, zajmowali się tym nie tylko krewniacy Tengela, choć wyłącznie oni posiadali tajemną moc. Nie bez powodu poza doliną wyklinano i ścigano wszystkich Ludzi Lodu.

Do domu wracała spacerem w towarzystwie Eldrid, także milczącej.

– Gdy przybyliśmy tutaj, Tengel wspomniał o krewniakach z domu nad jeziorem. Powiedział, że nie wolno mi tam nigdy chodzić. Czy byli tu dzisiaj?

– Hanna i Grimar? Nie, oszalałaś?

Eldrid szybko uczyniła znak krzyża.

– Czy oni są... najgorsi?

– O tak – westchnęła Eldrid. – Nikt tam nie chodzi. Nigdy!

– Dlaczego nie?

– Mogą sprowadzić na ciebie chorobę – wyszeptała. – Potrafią pomieszać ci wzrok, uczynić cię ślepą lub kulawą. Rzucają urok na krowy, by nie dawały mleka, robią wszystko co złe. To z ich winy jest tylu głupców w dolinie.

– O nie – zaprotestowała Silje stanowczo. – Tyle zdołałam się nauczyć, gdy cichaczem zdobywałam wiedzę. Szlachcie nie wolno było poślubiać zbyt bliskich krewnych, gdyż wtedy mogły przyjść na świat upośledzone dzieci. Jeśli więc o to chodzi, to Hanna i Grimar są z pewnością niewinni.

Eldrid nic na to nie odpowiedziała; znów chwilę szły w milczeniu.

Silje nie mogła jednak przestać myśleć o starcach.

– Kto się nimi zajmuje? Kto sprawdza, czy mają co jeść?

– O, świetnie radzą sobie sami.

– Ale, o ile zrozumiałam, są bardzo starzy. W każdym razie ona.

– Obydwoje są starzy. Ale nam nic do tego. Posłuchaj rady Tengela i trzymaj się od nich z daleka!

Tengel przywitał je w drzwiach. Poszukał od razu wzroku Silje; wydawało się, że tęsknił za nim cały dzień.

– No i jak było? Wyglądasz na poruszoną.

– Czy to takie dziwne? – zapytała Eldrid, wchodząc do środka. – W tym zgromadzeniu? Pożerali ją oczami, zwłaszcza bracia Bratteng.

W głosie Tengela zadźwięczał niepokój.

– Czy sądzisz, że istnieje jakieś niebezpieczeństwo?

– Uważam, że nie powinna mieszkać sama. A ty mieszkasz tak nędznie. Jak poszło z dziećmi?

– Sol zatruła mi życie marudzeniem – roześmiał się. – A niemowlę wspomogło ją swym zwykłym koncertem. Śpi teraz nareszcie. Nie rozumiem, jak to wytrzymywałaś, Silje. Dlaczego nie powiedziałaś mi wcześniej?

– Było mi wstyd. Pomyśl o tych wszystkich matkach, które mają tuzin dzieci i w dodatku żyją w najgorszej biedzie! Mnie jest przecież dobrze. Czyż nie powinnam więc poradzić sobie z dwójką?

– Ja liczyłbym samą Sol za pięcioro – zaśmiał się Tengel.

Z jakiegoś powodu był jednak zdenerwowany. Niepewny i po raz pierwszy od czasu, gdy go poznała, bezradny. Oprócz tej jednej chwili powitania przez cały czas unikał jej wzroku, w jego oczach czaił się smutek.

Kiedy Eldrid zabrała Sol i wyszły po mleko, Silje i Tengel stali, nie wiedząc, co powiedzieć. W końcu dziewczyna zapytała:

– Co się dzieje, Tengelu?

Z początku nie odpowiedział, potem zaczął powoli:

– Ty... wczoraj wieczorem... nie powinnaś była tego robić.

– Czego?

– Kiedy... pogłaskałem cię po policzku.

Gdy przesunęła ustami po jego dłoni.

Spuściła wzrok, jakby w ten sposób rumieniec mógł stać się mniej widoczny.

– Nie mogłam tego nie zrobić, Tengelu. To przyszło samo z siebie. I to właśnie ty do tego doprowadziłeś.

Spoglądał na nią długo smutnymi oczami. Potrząsnął głową.

– Nie drwij ze mnie, Silje! Nie zniosę tego!

– Ależ wcale z ciebie nie drwię – zaprotestowała gwałtownie.

– Drogie dziecko, czy sądzisz, że nie jestem świadom swojego wyglądu? Dzikie zwierzę, potwór. Wyklęty przez wszystkich.

– Nie przeze mnie – powiedziała szeptem lekkim niczym szmer wiatru.

Tengel stał cicho, jakby nie oddychał. Potem gwałtownie przykucnął przy palenisku i począł w nim grzebać polanem.

– Opowiedz mi o swoich snach, Silje!

– O...? Ach, o tych!

– Tak. Mówisz, że znam twoje uczucia. To nieprawda. Nie jest łatwo odróżnić to, co nazwałaś kiedyś przywiązaniem do mnie, od litości.

Zawahała się przez chwilę, zanim przykucnęła obok niego.

– Nie wiem, czy będę miała dość śmiałości, by je opowiedzieć. Wiesz, że zostałam bardzo surowo wychowana.

– Wiem. Ale teraz pragnę to usłyszeć. Właśnie teraz jest mi bardzo ciężko. Muszę poczuć, że nie jestem sam. Że jest ktoś, kto myśli tak samo. Kto...

– Kto cię lubi? Wiesz przecież. Wymagasz jednak ode mnie zbyt wiele, Tengelu. Jakże mogę słowami wyrazić to, co mi się śniło?

– Jeśli opowiesz mi o swoich snach, ja opowiem ci o swoich.

Usiadła na niskim zydlu, coś jednak w strukturze drewna przeszkadzało jej i przesunęła się odrobinę, powoli, ruchem tak zmysłowym, że nie mógł ujść jego uwagi.

Znów odwrócił się do ognia.

– Spróbuj zrozumieć moją prośbę. Nie mam skąd czerpać sił do życia. Mam po co żyć, dla waszego dobra, ale nie mam czym żyć w chwilach samotności. Daj mi to, Silje! W moim życiu były tysiące samotnych chwil. Nie zaznałem niczego poza samotnością.

Pojęła, co miał na myśli i zebrała w sobie całą odwagę.

– Zawsze śniłam o twoich górach – wyszeptała. – Nazwałam je „Krainą Cieni". Mieszkały tam straszliwe demony, które powstawały z gór i leciały ku mojemu domowi, napawając mnie przerażeniem. Ale teraz, w tym szczególnym śnie, pojawił się nowy element...

Tengel zerknął na nią z ukosa. Był nienaturalnie spięty.

– Mów dalej! Chodzi ci o zmysłowość?

– Tak. Tengelu, nie mogę już. To okrutne z twojej strony.

– Mów – szepnął. Jego ręce trzymające polano dygotały.

W izbie, nawet w powietrzu, wyczuwało się rozdygotany, drżący, przejmujący niepokój. Silje westchnęła, nieszczęśliwa:

– Demony... Są teraz inne. Dojrzali mężczyźni. Chcieli mnie, a ja... leżałam rozebrana na łące i... czekałam na kogoś. Kogoś konkretnego.

Twarz Tengela stężała.

– Potem pojawił się demon, na którego czekałam. Ale zatrzymał się nad ostrymi szczytami. Z daleka widziałam jednak, że to byłeś ty. I... moje ciało było rozpalone... przenikało je gorąco. W tym momencie obudziłam się. Taki był pierwszy sen.

Zasłoniła twarz dłońmi. Tengel delikatnie odsunął je.

– A teraz ten drugi!

– Nie, nie zmusisz mnie, bym go opowiedziała.

– Czy był... spełniony?

– Nie, skończył się dokładnie tak, jak ten pierwszy, w decydującym momencie. Ale ja w tym śnie byłam taka bezwstydna, Tengelu. Chciałam zobaczyć twoje ciało, poczuć je na swojej skórze... I za każdym razem, kiedy się budziłam... Nie, tego nie mogę powiedzieć.

– Obudziłaś się z uczuciem pożądania? – zapytał, nie patrząc na nią.

Milczenie Silje było wystarczającą odpowiedzią.

– Nie ma się czego wstydzić – rzekł. – To z pewnością spotyka większość ludzi. Sądzę, że, pomimo surowego wychowania, kryją się w tobie bardzo silne... – Szukał słów. – Żądze – dodał zachrypniętym głosem. – Wiedziałem to już od chwili, gdy ujrzałem cię po raz pierwszy. Czasami rozpoznać to można już po oczach...

– Ale one dotyczą tylko... ciebie – wyrwało jej się, zanim zdążyła pomyśleć.

Silje nie miała wątpliwości, że uszczęśliwiła Tengela. Łatwo poznała to po uśmiechu, który usiłował ukryć.

– Teraz twoja kolej – powiedziała zażenowana. – Obiecałeś opowiedzieć o swoich snach.

W izbie panowało straszliwe gorąco. Wiedziała jednak, że ciepło nie pochodzi z paleniska.

– To nie będzie łatwe – stwierdził.

– Ja też tak mówiłam, ale nie zważałeś na nic.

– To nie będzie łatwe, Silje, ponieważ moje sny były snami na jawie. Kiedy śpię, nic mi się nie śni.

Przedziwne uczucie przeniknęło jej ciało. Znów przesunęła się na stołku.

– Sny na jawie?

– Tak. Byłem z tobą, Silje. Co wieczór, już w domu Benedykta... Wiedziałem przecież, jak wygląda twój pokój. Wracałem myślą do tej chwili, gdy położyłem dłonie na twej stopie. W wyobraźni pozwalałem im wślizgnąć się pod suknię. Ja, który nigdy przedtem nie dopuszczałem nawet myśli o kobiecie. Rozebrałem cię, patrzyłem na ciebie jak leżysz...

Ogarnął ją wstyd.

– Moje ręce nadal obejmują cię w pasie, pamiętając te momenty, kiedy pomagałem ci wsiadać i zsiadać z konia. Czuję to jakby nadal. W myślach pozwoliłem dłoniom wsunąć się pod suknię i położyć na twej piersi, czułem miękką, ciepłą skórę...

Silje zdusiła jęk, on szybko ciągnął dalej:

– Nigdy nie śmiałem zbliżyć się całkiem do ciebie, nawet w marzeniach. To zbyt święte, nieosiągalne. Wiem, że nigdy nie może się tak zdarzyć w rzeczywistości. Nigdy nie spłodzę dziecka, by żyło w takiej niedoli, przez jaką ja musiałem przejść. Szczerze ci jednak dziękuję, że ośmieliłaś się opowiedzieć mi swoje sny. Dałaś mi nową siłę, bym mógł to wszystko znieść.

– Ale czy przez to będzie ci łatwiej?

– Nie – odparł cicho.

– Mnie też nie.

Położył rękę na jej dłoni.

– Silje – rzekł tylko. Ale w tym jednym słowie zawarte było wszystko, co do niej czuł, i nie miało to nic wspólnego z jej ciałem.

Wypełniło ją głębokie, intensywne ciepło.

– Nie mówmy już o tym nigdy, Tengelu. Dobrze?

– Tak.

Siedzieli przy ogniu, pogrążeni w myślach. Obydwoje czuli, że należą do siebie, odczuwali tę samą rozpacz.

Nastrój przerwała paplanina Sol, dobiegająca z zewnątrz. Tengel podniósł się od razu i pomógł podnieść się Silje. Czuły, pełen smutku uśmiech na moment rozjaśnił jego twarz.

Skierowali się ku drzwiom, by wyjść im na spotkanie.

ROZDZIAŁ XII

Następnego ranka Eldrid zabrała dzieci na kilka dni, by ulżyć Silje. Dag spał nawet trochę w nocy; Silje uważała, że nie jest już tak czerwony i obolały, ale chyba tak jej się tylko wydawało. Poprzedniego dnia Tengel poprosił, żeby rozluźniły nieco jego „okropny gorset", na co Eldrid gwałtownie zaprotestowała. Dziecko, którego nie obwiąże się mocno, będzie niezgrabne, wszyscy przecież to wiedzą. Czy on już zupełnie oszalał? Trzeba przecież dopilnować, by chłopiec miał proste nogi.

Silje zdecydowała, że rozluźni powijaki, kiedy tylko Dag do niej wróci. Robiła już tak w domu Benedykta, a jej zaufanie do Tengela było bezgraniczne.

Gdy tylko Eldrid zniknęła za drzwiami, Silje zaczęła się spieszyć. Drżącymi, nerwowymi ruchami napełniła koszyk jadłem, zarzuciła piękny aksamitny płaszcz, który dostała od Tengela i opuściła chatę. By nikt jej nie zauważył, wykradła się z zagrody zarośniętymi ścieżkami i przez brzozowy las skierowała się na drugi kraniec doliny.

Śnieg wisiał w powietrzu. Niebo było ciężkie, białoszare, zniknęły gdzieś wierzchołki gór. A te fragmenty masywów, które pozostały widoczne, pokrywał śnieg. Dzień był pochmurny i chłodny. Zimne podmuchy wiatru przelatywały przez las, szumiąc w resztkach liści na drzewach.

W jednym miejscu Silje musiała przeciąć drogę i oczywiście natknęła się na ludzi! Drogą nadchodziła jakaś kobieta. Jednak, ku wielkiemu zdziwieniu dziewczyny, kobieta uskoczyła w las i ukryła się. Silje uświadomiła sobie, że już wcześniej zaobserwowała podobne reakcje. Ludzie żyli tu w takim zamknięciu, tak odosobnieni, że na obcego przybysza reagowali największym przerażeniem. Kobieta najzwyczajniej zlękła się, być może uznała dziewczynę za niebezpieczną.

Silje z rezygnacją wzruszyła ramionami i poszła dalej.

Kiedy dostrzegła stary, niski dom w małej dolince, jej serce zaczęło bić szybciej, a dłonie poczęły drżeć.

Czy naprawdę będzie miała dość odwagi?

Nigdzie wokół domu nie było śladu życia. Gdzieś z oddali dochodziły odgłosy uderzeń siekiery. Może to Tengel, próbowała pocieszać się tą myślą. Na małym podwórku, przed którym stała, nie było żadnych śladów stóp, choć śnieg leżał już od tygodnia.

Kiedy ostatnio przychodzili tu sąsiedzi? – pomyślała zaniepokojona. Nikt tam nie zagląda. Radzą sobie sami. Od dawna już mogą leżeć martwi.

Silje pamiętała jednak koszmarne uczucie, którego doznała, gdy przejeżdżali tędy pierwszego dnia. Ktoś ich stąd obserwował.

Pełna obaw ruszyła w stronę domu. Nawet jej nogi stąpały chwiejnie, tak bardzo się lękała.

Drzwi były krzywe, niskie i podzielone poprzecznie na połowę. Śnieg sięgał wysoko.

Palce Silje drżały tak bardzo, że nie udało jej się zapukać. Spróbowała raz jeszcze. Serce podeszło jej do gardła i waliło jak u wystraszonego do obłędu ptaka.

Czekała.

Żadnego odgłosu.

Nie słyszała absolutnie nic, dlatego odskoczyła gwałtownie, wystraszona, gdy odemknięto jedną połowę drzwi.

W środku, w ciemności błysnęła para kocich oczu starca.

Silje skłoniła się przed podejrzliwym, pomarszczonym obliczem, noszącym ślady podobieństwa z obliczem Tengela.

Zanim zdołała odzyskać mowę, z głębi rozległ się czysty, drwiący głos:

– To kobieta Tengela. Wpuść ją, Grimarze.

Otworzyła się dolna połowa drzwi. Silje przekroczyła wysoki próg i stanęła na glinianej podłodze. Smród starości i brudu uderzył ją w nozdrza, ale jeszcze bardziej dał się jej we znaki gryzący dym.

Wewnątrz panowała nieprzenikniona ciemność. Błona w dymniku sczerniała od sadzy, a innego źródła światła nie było. Na staroświeckim palenisku żarzyło się wprawdzie, lecz węgle nie dawały zbyt wiele jasności.

Upłynęła dobra chwila, zanim oczy Silje dojrzały coś w wypełnionej dymem i sadzą izbie. W końcu jednak udało jej się dostrzec postać siedzącą na krótkim łożu w rogu.

Skłoniła się głęboko, nienaturalne wydało jej się tradycyjne pozdrowienie „Niech będzie pochwalony", więc zamiast tego powiedziała:

– Dzień dobry, pani Hanno! Jestem Silje. Ponieważ jesteście jednymi z najbliższych krewnych Tengela, pozwoliłam sobie złożyć wam wizytę. Mam dla was trochę rzeczy, jeżeli zgodzicie się je przyjąć.

Czy słyszeli, jak bardzo drży jej głos?

Stara kobieta coś wymamrotała, Silje nie mogła rozróżnić rysów jej twarzy, było na to zbyt ciemno. Miała jednak wrażenie, że patrzy na kogoś bardzo, bardzo starego i że sama jest dokładnie obserwowana. Grimar także podszedł teraz do Silje. Stanął tuż za nią, czuła na plecach jego oddech.

Na chwilę pochwycił ją paniczny lęk, chciała stąd uciekać. Cisza w izbie, ohydny, kwaśny zapach wymieszany z dymem, a przede wszystkim niepokojący nastrój, coś obcego, magicznego, czego nie potrafiła nazwać, napawało ją śmiertelnym przerażeniem.

Wzięła się jednak w garść, wyprostowała i zapytała:

– Czy mogę to gdzieś postawić? Koszyk muszę zabrać z powrotem, należy do domu, w którym mieszkam.

Kiedy Grimar chwycił ją za ramię, o mało nie krzyknęła głośno, ale on tylko wskazał jej stół.

Wyjęła jadło: chleb, kawałek szynki, świąteczną kiełbasę, masło i ser. W większości były to wiktuały, które przywiozła ze sobą z domu Benedykta. Stara kobieta usiadła wygodniej i wyciągnęła szyję. Silje zorientowała się, że to właśnie ona tu decyduje, zwróciła się więc do niej:

– Jeśli tylko mogę coś dla was zrobić, powiedzcie, proszę. Może trzeba pomóc przy czymś w domu. Mogę poprosić Tengela, by zadbał o drewno.

– Tengel! – parsknęła stara szyderczo. – Tengel to głupiec! Posiada moc i nie chce jej wykorzystywać, pragnie ją zniszczyć. Nie chcę go tu widzieć. A co ty mogłabyś zrobić w tym domu? Taka praca nie jest twoją mocną stroną.

Silje zaczęła obawiać się gniewu staruchy.

– Tengel jest dla mnie bardzo dobry – powiedziała cicho. Uważała, że powinna go bronić, choćby to miało starą rozdrażnić.

– Ale dziecka nie chce ci zrobić – wyrzuciła z siebie Hanna. – Jest jedynym, który może przekazać swą moc dalej, a on chce ją zniweczyć!

Skąd ona to wie, pomyślała Silje przejęta. Leży tu sama, nikogo nie widuje.

– On nie jest jedyny – wtrąciła. – Sol...

– Sol to błędny ślad. To ty, dziewczyno, masz dalej przekazać dziedzictwo pierwszego wielkiego Tengela. Jesteś jedyną, która może odmienić szalone pomysły jego potomka. Ty, tylko ty!

Silje pochyliła głowę.

– Wiecie, że chcę tego, pani. Znacie moje marzenia, prawda?

– Tak, tak – uśmiechnęła się stara groźnie. – Znam twoje uczucia, wiem o ogniu, który w tobie płonie. Ty jesteś kobietą Tengela, łączy was coś więcej niż pragnienie bliskości. Dam ci pewien wywar, zmuszę go do...

– Nie! – odrzekła Silje zdecydowanie. – Nie chcę miłości, która pochodzi od czarów. Jeśli nie mogę go dostać bez nich, to znaczy, że jestem zbyt słaba, nie warta go.

– Doprawdy jesteś najdzielniejszym stworzeniem, jakie spotkałam – powiedziała Hanna, cedząc słowa. – Jesteś też dumna. Uważaj na dumę, Silje! Ona może cię zgubić. – Wybuchnęła śmiechem. Nie był to zwykły ludzki śmiech. – A więc miałaś czelność odmówić mej pomocy! Chyba dlatego, że jesteś nowa w tej dolinie i nie znasz naszej władzy. Czy wiesz, że mogę obrócić cię w nicość, nie dotykając nawet?

– Mówiono mi o tym. Dręczyła mnie jednak myśl, że wam może być tutaj źle.

Hanna ułożyła się na posłaniu.

– Naprawdę jesteś kobietą Tengela – powiedziała z zadowoleniem w głosie. – Rób, co możesz, będzie tak, jak chcesz. On przyjdzie z pewnością. A przy okazji, widziałaś go?

– Co? – zapytała Silje, niczego nie pojmując.

Czarownica na łożu zaniosła się śmiechem.

– Widziałam go, kiedy się urodził. Pomyślałam sobie, że gdyby tylko kobiety wiedziały, ustawiałyby się do niego w kolejce, gdy dorośnie. Ale to nic przyjemnego dla dziewicy.

Silje pojęła nareszcie, o czym stara mówi. Czuła, że przepełnia ją odraza. Coś tak obrzydliwego!

– Tak, tak – zaskrzeczała stara. – Tak, tak!

Silje musiała zebrać się w sobie całą mocą, by pohamować gniew. Szybko zmieniła temat rozmowy.

– Czy możecie mi powiedzieć, jaka będzie moja przyszłość?

W izbie zaległa cisza.

– Mogłabym to zrobić. Ale jeśli chodzi o Tengela,

to nie potrafię powiedzieć czy czeka cię przyszłość z nim. On posiada tę samą moc, co ja i przesłania mi wzrok. Zostaniesz jednak obdarzona dzieckiem. Z kim, tego nie umiem przewidzieć. I to przez niego, tego nieposłusznego krewniaka, na którego nie mam wpływu. Idź do domu i daj mu nauczkę, Silje! Oczaruj go swą młodością i ciepłem, zanim będzie za późno! Zrób to tak, by nie zorientował się, że zasiał w tobie swe nasienie.

Rumieniec wypełzł na policzki Silje. Skłoniła się, zabrała koszyk i wyszła, odprowadzona przez milczącego Grimara.

Kiedy dotarła do lasu i upewniła się, że nikt jej nie widzi, zasłoniła twarz dłońmi. Ciało jej drżało z przerażenia i wstydu, szczękała zębami.

Nagle przyszła jej do głowy zbawienna myśl. Tak długo, jak miała możliwość przedłużenia rodu, nie musiała się obawiać niczego ze strony złej Hanny.

Nie wspomniała nawet słowem o wizycie u starych, nie miała na to odwagi.

Nadchodziły najtrudniejsze zimowe miesiące. Wiatr hulał po kątach, śnieg tworzył ubite zaspy pod drzwiami, często nie można było wyjść rano z domu. Silje jednak była teraz silniejsza i znów mogła zająć się dziećmi. Z czasem w domu wszystko wydało się łatwiejsze. Dag był zdrowy, a Sol, szczebiotała, wesoła i pogodna, przynajmniej dopóty, dopóki wszystko działo się podług jej woli.

Naturalnie bywały też cięższe chwile. Każdemu jednak dokuczała niemożność wyjścia z domu ze względu na ostre zimno. Wielka izba niekiedy przypominała pole bitwy, ale Silje potrafiła już pokazać silną rękę i jakoś utrzymywała nad wszystkim kontrolę.

Kiedy już uprzędła wełnę, wystawiła krosna. Chwile spędzone przy nich dawały jej siłę niezbędną do wykonywania nudnych robót domowych. Sąsiedzi dowiedzieli się, że Silje tka pięknie i zaczęli ją odwiedzać, by podziwiać jej prace. Cieszyło to Silje, choć jednocześnie budziło jej obawę, nigdy bowiem nie wiedziała, czym ma ich ugościć. Jej ciasta zawsze miały odrobinę przypalone brzegi, sery były za luźne lub za twarde, nic nie wychodziło tak, jak zamierzała.

Sąsiadki udzielały jej praktycznych rad, dotyczących techniki tkania, w zamian uczyły się od niej nowych wzorów.

Najbardziej dziwił Silje fakt, że ich rozmowy były takie ubogie. Mowa tych ludzi była prosta, a zasób słów ograniczony. To samo dotyczyło tematów. Rozprawiano jedynie o dolach i niedolach, przede wszystkim o niedolach sąsiadów i o pracy w gospodarstwie. Kropka. Kiedy Silje usiłowała sprowadzić rozmowę na inny tor, mówić o historii, kulturze czy religii albo też o sprawach bardziej przyziemnych, ale innych, robiło się całkiem cicho. Kobiety nie wiedziały nic o życiu poza doliną i najwyraźniej nie chciały się niczego dowiedzieć. Wyglądało na to, że dla nich właśnie ta dolina jest jedynym miejscem na świecie.

Tengela widywała rzadko. Przychodził tylko wtedy, gdy to było konieczne. Pomagał jej w najcięższych pracach, które należało wykonywać na zewnątrz. Troszczył się także, by niczego im nie brakowało. Unikał jednak jej wzroku. Silje znała przyczyny i dlatego zgadzała się na jego nieobecność.

Ale czasami ich spojrzenia krzyżowały się. Wpatrywali się wtedy w siebie, a między nimi narastała szczególna, niemal śpiewna cisza. Wiedzieli, że nic się nie zmieniło. A może, mimo wszystko? Być może ich tęsknota osiągnęła już przejrzystą jak szkło moc, która teraz będzie już tylko gotować się w nich aż do momentu wrzenia? Silje bała się tej chwili, i jak tylko mogła, trzymała się od Tengela z daleka.

On sam odbył rozmowę z wodzem. Wyszli obaj na lód, by spróbować złowić trochę ryb i powiększyć w ten sposób zapasy żywności. Każdy z nich wyrąbał swój przerębel i miał baczenie, by nie zamarzł. Mróz szczypał w uszy, lecz czasami nadchodził łagodniejszy powiew zwiastujący wiosnę, ulokowaną jeszcze gdzieś w odległej, ale obiecującej przyszłości.

Wódz był jednym z niewielu Ludzi Lodu, którzy nie unikali Tengela całkowicie.

– Co masz zamiar zrobić z Silje? – zapytał nieoczekiwanie.

Zaskoczyło to Tengela.

– Dlaczego?

– Budzi niepokój wśród chłopców. Leżą i patrzą na jej dom. Biją się o nią.

– Nie wiedziałem o tym – rzekł Tengel zmarszczywszy brwi.

– Nie, nie mają odwagi się pokazać. Ale pewnego dnia coś się tu wydarzy. Musisz ją wydać za mąż, jak najszybciej. Młoda dziewczyna, która mieszka całkiem sama... to zbyt duża pokusa dla mężczyzn.

Tengel poczuł nieprzyjemny ucisk w żołądku.

– Nie wiem. Nie mogę jej tak po prostu wydać za mąż, ot tak, bez jej zgody.

– Oczywiście, że możesz! Czyż to nie jest w zwyczaju?Nie czeka się, by dziewczęta decydowały. Ale prozmawiaj z nią. Myśli chyba poważniej o którymś z naszych chłopców. Jest przecież piękną kobietą i bardzo utalentowaną. Tak, sądzę, że nawet Heming interesuje się nią. Ja nie miałbym nic przeciwko takiej synowej.

– Z nią jest jeszcze dwójka dzieci.

– Dziewczynką zajmiesz się ty albo Eldrid, wszak jest z waszej krwi. A chłopiec? O, chłopiec zawsze się przyda!Praca mężczyzny dużo znaczy w gospodarstwie. Porozmawiaj z nią, dowiedz się, czego by chciała. I pamiętaj, nie jest najgorszą partią!

Tengel stracił zupełnie ochotę na łowienie ryb. Wkrótce spakował swoje rzeczy i poszedł do domu.

Nie zdobył się jednak na rozmowę z Silje. Chyba popełnił błąd, bo już nazajutrz doszło do nieprzyjemnych wydarzeń. Dokładnie tak, jak przewidział wódz.

Tengel powrócił do domu z gór po nieudanym polowaniu na kuropatwy. Wiedział, że Heming także wybierał się na łowy i rzeczywiście spotkał go nad rzeką. Młody mężczyzna stał na brzegu i czemuś się przyglądał.

Tengel z wahaniem zbliżył się do niego.

Heming spostrzegł go i przywołał do siebie ruchem ręki. Na ustach syna wodza igrał bezczelny uśmieszek.

– Patrz tam! – powiedział.

Tengel spojrzał na rzekę.

Na drugim brzegu rozgrywała się właśnie niepokojąca scena. Silje płukała bieliznę w lodowato zimnej wodzie. Pranie leżało na kamieniach, a spoza nich widać było, jak jeden z chłopców Brattenga przekradał się w jej kierunku. To ten najbardziej niebezpieczny z braci. Nietrudno było zgadnąć, jaki ma cel.

Tengel krzyknął, lecz jego głos utonął w szumie wody spadającej z dużej wysokości. Heming zaś stał, chichocząc.

Zrozpaczony Tengel oglądał się za kamieniem,

którym mógłby rzucić, by ją ostrzec, ale w tym momencie Heming złapał go za ramię i wskazał palcem.

Ataku Brattenga Tengel się nie spodziewał. Nie ulegało jednak wątpliwości, że Silje dostrzegła napastnika we właściwym momencie. Wszystko działo się tak szybko, że ledwie to zdołali uchwycić.

Silje błyskawicznie złapała chłopaka za włosy i mocno szarpnęła do przodu. Podniósł ręce, próbując się uwolnić. Dziewczyna drugą ręką uderzyła go od spodu w brodę, a w następnej sekundzie kopnęła w podbrzusze. Napastnik skulił się, zrobił kilka chwiejnych kroków w tył i upadł. Leżał, wijąc się z bólu. Silje szybko pozbierała pranie i uciekła znad rzeki do domu.

Dwaj mężczyźni po drugiej stronie rzeki popatrzyli na siebie.

– Uchowaj Boże! – wykrzyknął Heming. – Myślę, że ja nie będę próbował, o nie.

– Mówiła, że umie się bronić – powiedział Tengel. – Ale że aż tak skutecznie...

Schodzili w dół w stronę mostu nad rzeką. Młody Bratteng podniósł się i odszedł chwiejnym krokiem. Nie wyglądało na to, że zechce próbować jeszcze raz.

– Pójdę do niej – mruknął Tengel, kiedy znaleźli się na drugiej stronie.

Znalazł ją na podwórzu, całkowicie pochłoniętą rozwieszaniem bielizny. Już z daleka zobaczył jednak, że była poruszona.

– Silje, widziałem, co się stało – rzekł, podchodząc do niej.

Wypuściła wszystko z rąk i rzuciła mu się w ramiona, bez cienia namysłu, czy robi dobrze, czy źle.

– O, Tengelu, dlaczego nie możesz być tu zawsze? – w jej głosie brzmiało wzburzenie. – Taka jestem bezradna bez ciebie!

– Odniosłem zupełnie inne wrażenie – powiedział, zdumiony, że głos mu drży tak mocno. Teraz dopiero naprawdę zrozumiał, jak bardzo czuł się bezsilny i jak wielki ból sprawiła mu napaść na Silje.

Nie mówili o przeprowadzce od dnia, kiedy się sobie zwierzali, a miało to miejsce już dwa miesiące temu.

– Gdzie są dzieci? – wyszeptał, tuląc usta do jej włosów.

– U Eldrid. Bałam się je zabrać nad rzekę.

Tengel nie miał ochoty wypuszczać jej z objęć, Silje też się nie wyrywała.

– Czy Dag jest zdrowy? – zapytał wyłącznie po to, by przedłużyć tę oszałamiającą, rozkoszną chwilę.

– Myślę, że nie jest zbyt silny, ale to dlatego, że jak sam mówiłeś, nigdy nie dostał mleka matki. Potrafi już siedzieć, gdy się go podeprze.

– Wiesz, jest coś, o czym wielokrotnie chciałem z tobą porozmawiać w związku z Dagiem. Ale... kiedy się spotykaliśmy, zajmowały mnie inne myśli.

Silje uśmiechnęła się z głową na jego piersi i twarzą ukrytą na ramieniu. Ręce zarzuciła mu na szyję. Rozmarzona spoglądała na zagrodę. On bawił się kosmykiem jej włosów, który wysunął się podczas pracy.

– Pamiętasz rzeczy Daga i litery C. M. ? – zapytał.

– Tak, z pewnością o nich nie zapomnę.

– Pamiętasz też, że znalazłaś dziecko tuż koło bram miasta. Na szatach była korona baronowska. Wysłałem człowieka, naszego woźnicę, by spróbował odnaleźć matkę Daga. Sądzimy, że mu się powiodło. Nie zdążyłem ci opowiedzieć o tym przed wymuszoną przeprowadzką do nas. Potem, jak już mówiłem, też nie było sprzyjającej okazji.

– Jak mogłeś o tym zapomnieć? – Popatrzyła na

niego surowo. – Wiesz, że bardzo chciałam się dowiedzieć, skąd on pochodzi. A więc jakie informacje przywiózł woźnica?

Tengel próbował skupić się na rozmowie, lecz rozpraszały go wpatrzone weń oczy Silje.

– Jest pewien baron Meiden, którego pałac stoi niedaleko bram miasta. Ma córkę, Charlottę. Nie należy ona do najmłodszych... ani, jak mówią, do najpiękniejszych.

Silje znieruchomiała w jego ramionach, nie zauważyła nawet, że ją obejmuje.

– A więc ta nieznana kobieta stała się kimś z krwi i kości. Charlotta Meiden. Dobre to wieści, ale zarazem takie smutne. Wiem teraz, kto ma prawo do naszego chłopczyka.

Tengel zauważył, że powiedziała „nasz chłopczyk". Poczuł ukłucie w sercu.

Jego głos zabrzmiał łagodnie.

– Ona nie ma żadnego prawa, Silje, i chyba nie chce go mieć. Rozumiem jednak, co czujesz.

Charlotta Meiden... Silje nie mogła przestać o niej myśleć. Przepełniało ją głębokie współczucie. Nieistotne dla niej było w tej chwili, że ta kobieta wydała dzieciątko na śmierć. Silje rozumiała, że krył się za tym dramat.

– Obudź się – rzekł Tengel miękko. – Byłaś teraz bardzo, bardzo daleko.

Myśli jej opuściły Trøndheim i powróciły do ubogiej górskiej zagrody. Ognisko pod ballą wciąż jeszcze dymiło. Sikorka wesoło ćwierkała sygnał zbliżającej się wiosny. Tengel jednak nie zwracał na to uwagi. Widział tylko Silje.

Trzymać ją w ramionach... Właśnie tak jak o tym marzył.

– Silje – szepnął. – Każdy dzień był piekłem. A noce jeszcze gorsze.

– Dla mnie też – powiedziała cicho i znów popatrzyła na niego.

– Kiedy widziałem tego łajdaka nad rzeką... myślałem, że złość rozerwie mnie na kawałki.

Powoli na jej twarzy pojawiał się nieśmiały uśmiech. Jak gdyby dopiero teraz zdała sobie sprawę, że ramiona Tengela obejmują ją już od dłuższej chwili. Zalała ją fala gorąca, poczuła pulsującą krew w koniuszkach palców. Drżąc, uniosła ramiona i położyła dłonie na jego niezwykłej twarzy tak lekko jak dotyk skrzydeł motyla.

Tengel odetchnął głęboko i przyciągnął ją do siebie. Stali mocno objęci, policzek przy policzku. Poczuła, że jego usta przesuwają się w dół po jej szyi, odchyliła głowę do tyłu. Wargi Tengela muskały jej skórę, uśmiechnęła się na wpół świadomie, przeciągnęła z rozkoszą i jeszcze mocniej przylgnęła do niego. Pozwolił ustom przesuwać się ku jej twarzy, całował delikatnie policzki, oczy, usta...

Najpierw miękko i czule, później coraz bardziej zmysłowo. Całował ją i całował, spragniony czułości, samotny mężczyzna, nieprzytomny, opętany szałem miłości. Jego namiętność wypełniła ciało Silje pulsującym żarem. Poddawała mu się oszołomiona szczęściem, a wszystko wokół niej chwiało się, unosiło, kołysało, jak gdyby płynęła w powietrzu na delikatnych obłokach miłości.

Nagle zorientowała się, że zacisnęła dłonie na jego ramionach niczym pazury i że od dawna już przywiera do niego swoim ciałem w sposób, którego nie można nie zrozumieć.

Przełknął ślinę, odsunął ją nieco od siebie i spojrzał

w jej twarz. Na ustach Silje wciąż trwał zmysłowy uśmiech szczęścia. Oczy Tengela zaszły mgłą, zdawało się, że nie wie gdzie jest.

– Co z nami będzie, Silje? – szepnął przerażony. – Nie powinienem istnieć. Powinienem umrzeć!

– O nie – westchnęła. – I zostawić mnie samą na tym świecie? Bez ciebie jestem nikim. Chodź, chodź ze mną do środka. Zobacz, ja stanę po jednej stronie dolnej części drzwi, a ty na zewnątrz, po drugiej. Nie wolno ci odejść!

Mówiła gorączkowo, pragnąc zatrzymać go za wszelką cenę. Niechętnie przystał na jej dziecinny pomysł. Czuł się trochę nieswojo, czekając za drzwiami, lecz zrobił to dla niej.

Jej słowa płynęły bezładnie.

– Potrzebujemy się na tyle sposobów, Tengelu. O każdej porze dnia pragniemy rozmawiać ze sobą, pomagać sobie, radować się nawzajem...

– Wiem – powiedział z żalem. – Potrzebujemy się tak bardzo. Bo ty i ja, Silje, jesteśmy jak drzewo rozcięte na dwoje. I jeżeli się go na powrót nie złoży, drzewo umrze.

Patrzyła na niego, wstrzymując oddech. Wciąż nie wypowiadał jednak słów, na które czekała. Musiała przemówić sama.

– Dlaczego nie możemy spróbować? Czy musimy mieć dzieci?

Spojrzał na nią, w ciepłym uśmiechu błysnęły białe, niemal zwierzęce zęby.

– Myślę, że obydwoje mamy gorącą krew. Czy nie sądzisz, że możemy stracić kontrolę nad sobą?

– Tak – przyznała i zawstydziła się. – Wybacz mi!

Położył rękę na jej dłoni opartej o drzwi.

– Nigdy nie musisz mnie prosić o wybaczenie,

Silje! Czy myślisz, że cię nie rozumiem? Ty tylko głośno wypowiadasz moje myśli. Teraz muszę już iść.

Rozpaczliwie próbowała go zatrzymać.

– Posłuchaj... Często myślałam...

Przystanął.

– Często myślałam o tej pierwszej nocy, kiedy się poznaliśmy. Towarzyszyło ci wielu ludzi, jeźdźców, którzy ci byli posłuszni. Kim oni byli?

– To Ludzie Lodu – powiedział z uśmiechem. – Wszystkich nas wysłał wódz, byśmy sprowadzili Heminga do domu. Słyszeliśmy, że został pojmany, a ojciec chciał, bym go uwolnił. Tamci od razu powrócili do domu. Bywaj, Silje. Uważaj na siebie!

Odszedł. Nic już nie mogła zrobić, by go dłużej zatrzymać.

Przychodził teraz jednak częściej. Codziennie zaglądał, by sprawdzić, czy wszystko w porządku, czy żaden łobuz jej nie atakuje. Silje ogromnie się radowała, że zima ma się ku końcowi. Ludzie powiadali, że w tym roku była łagodna. Ale ona nie mogła się z tym zgodzić.

Zostały im oszczędzone ataki dzikich zwierząt. Czasami zimą zdarzało się, że stada wilków przeprawiały się przez lodowiec, wtedy sytuacja Ludzi Lodu stawała się krytyczna. Na szczęście nie pokazały się w tym roku. Dzięki Tengelowi i Eldrid zima nie umęczyła Silje tak bardzo. W dalszym ciągu potrzebowała sił, by poskromić niesforną Sol i utrzymać przy życiu Daga. Nie przywykł do trudnych górskich warunków.

Eldrid chodziła zatroskana. Pasza zaczęła się kończyć. A i jej energia była na wyczerpaniu po latach samotnej pracy w gospodarstwie. Każdego popołudnia Silje pomagała w oborze, chcąc ją nieco odciążyć. Obie kobiety bardzo zbliżyły się do siebie i Silje odważyła się opowiedzieć Eldrid o swej tęsknocie za Tengelem.

– Tengel jest taki głupi – stwierdziła Eldrid. – Pomyśl tylko, jak dobrze mogłoby mu być z tobą! Ale rozumiem go także. Widziałam więcej śladów złego dziedzictwa niż ty. Wystarczająco dużo, bym sama nigdy nie chciała wydać dziecka na świat.

– Wiesz, Eldrid, nigdy nie mogłam naprawdę uwierzyć w tę historię o złym dziedzictwie. Nie wierzę, że można uprawiać czary, nie wierzę w czarownice. Nie będę w to wierzyć!

Eldrid wyprostowała się. Jej oczy stały się zamyślone.

– W pewnym sensie masz rację. Nie magia i czary stanowią największe niebezpieczeństwo mocy, którą posiadają. Najgorsza jest wola złego. To, że uważają, iż są w stanie skrzywdzić ludzi i zwierzęta. To wola złego niszczy tak wielu moich krewnych. Przeciw temu właśnie walczy Tengel.

– Myślę, że on niepokoi się bez powodu – powiedziała Silje z przekonaniem. – Nie sądzę, by posiadał tę moc, oprócz tego, że jego dłonie potrafią uzdrawiać. Sama to widziałam. A pomaganie innym nie jest chyba czymś złym!

Eldrid skierowała na nią wzrok, choć nadal wyglądała na nieobecną duchem.

– Tengel? Ciesz się, że jest taki jaki jest! Widziałam jak robił różne rzeczy... W dzieciństwie i wczesnej młodości. Potem coś go przestraszyło, nie wiem co... I próbował się od tego uwolnić. Hanna jest zła na niego. Uważa, że on ma duże możliwości. O, Tengel z pewnością wie, co robi, nie chcąc wiązać się z kobietą.

Silje patrzyła na nią, lecz Eldrid nie powiedziała

nic więcej. Wzięła się za dojenie krowy, ciągnąc tak mocno, że zwierzę zaczęło wierzgać.

Silje westchnęła. Nigdzie nie widziała nadziei.

Zaczęły się roztopy. Rzeki i strumienie występowały z brzegów. Śnieg poszarzał, było go coraz mniej. Zapory na jeziorze runęły i rzeka płynąca pod lodowcem zajęła cały tunel. Ściany domów pachniały rozgrzaną na słońcu smołą, a Sol, która dużo czasu spędzała na powietrzu, bawiąc się wśród rwących potoków na podwórzu, nabrała zdrowych rumieńców. Wiosna przyszła wcześniej niż oczekiwano. Z czasem poziom wody opadł i droga do świata zewnętrznego znów była otwarta.

Nadzieja Eldrid rosła. Może, mimo wszystko, wystarczy paszy do czasu, kiedy będzie można wypuścić zwierzęta.

Do Silje przyszedł z wizytą Heming.

Nie był to mile widziany gość. Sol została u Eldrid, była więc sama z Dagiem. Śliczny Heming nadal miał jeszcze nad nią trochę władzy, prawdopodobnie tak, jak nad wszystkimi kobietami, które go poznały. Nie żywiła jednak do niego żadnych ciepłych uczuć. Widziała zbyt dużo jego nieodpowiedzialnych postępków.

Mimo wszystko nie mogła nie podziwiać jego wyglądu – promiennego uśmiechu i oczu, które zdawały się mówić, że właśnie ona znaczy wyjątkowo wiele dla niego.

Był niebezpiecznym gościem.

Gdyby znała przyczynę jego odwiedzin, byłaby jeszcze bardziej ostrożna. Poprzedniego wieczoru Heming hulał wraz z innymi młodymi mężczyznami z doliny. Podczas pijatyki zaczęli rozmawiać o Silje.

Okazało się, że nie tylko bracia Bratteng próbowali ją zdobyć. Starało się też o to paru innych, żaden z nich jednak nie śmiał posunąć się aż tak daleko. Nie, na tę dziewczynę nie ma sposobu.

Heming natychmiast podniósł rzuconą rękawicę.

– Mogłem ją kiedyś mieć – powiedział jakby od niechcenia. – Uraziłem ją jednak. Zabrałem jej kilka wartościowych przedmiotów zamiast cnoty. Ale... mogę ją mieć, kiedy tylko zechcę.

Koniec tej historii był taki, że Heming był teraz u Silje, a reszta leżała ukryta w lesie, czekając na rezultat jego zalotów.

Zobaczyli, że Heming został wpuszczony do środka. Już to było dużym osiągnięciem. Śmiało podkradli się bliżej, ukryli za szopą, i beztrosko chichotali przy lada okazji, a zwłaszcza gdy jeden z nich wpadł w dziurę, która wytworzyła się w zaspie śniegu.

Silje bardzo szybko zorientowała się, o co chodzi Hemingowi. Poprosiła stanowczo, by sobie poszedł. Ze względu na wodza i dawną znajomość nie chciała żadnych awantur.

On roześmiał się tylko drwiąco. Nie wierzył jej słowom.

Kiedy jednak podeszła do drzwi, by je przed nim otworzyć, Heming skoczył na równe nogi. Do tego nie mógł dopuścić, przecież kompani zobaczyliby, że został przepędzony. Złapał Silje i unieruchomił jej ramiona. Tego przynajmniej nauczył się, obserwując starcie z Brattengiem.

Właściwie zamierzał zdobywać ją powoli i ostrożnie. Uważał, że gwałt byłby zbyt poniżający, nigdy dotąd nie musiał stosować przemocy, by posiąść kobietę. Ale z powodu chłopców oczekujących na zewnątrz wpadł w panikę.

Silje okazała się nieoczekiwanie silna, była rozzłoszczona. Ugryzła go w ramię, aż jęknął, ale nie miał zamiaru się poddać. Ściągnął ją na podłogę, z doświadczenia wiedząc, że wiele dziewcząt nabiera ochoty, gdy tylko się je umiejętnie podnieci. Zawzięcie walczyli w milczeniu. W pewnym momencie Heming był już na tyle pewny swego zwycięstwa, że zaczął czynić jednoznaczne przygotowania. Silje zesztywniała. W ostatniej chwili zakrył jej dłonią usta; nie zdążyła krzyknąć.

W ten sposób Silje miała jedną rękę wolną i błyskawicznie wykorzystała ten fakt. Heming wydał z siebie okrzyk bólu... A w drzwiach stanął Tengel.

Młodzieńcy rozbiegli się na wszystkie strony jak przestraszone kurczęta, kiedy on, wielki i przerażający, wkroczył na podwórze. Zobaczył ich i w pierwszej chwili miał zamiar ruszyć za nimi, usłyszał jednak krzyk Heminga.

Wpadł do środka i od razu zorientował się, co się dzieje. Wyciągnął ramię i podniósł Heminga do góry za kołnierz, tak że ten omal się nie udusił.

Silje wstała, chwiejąc się. Tłumiąc w gardle płacz, poprawiła suknię i usiłowała doprowadzić do porządku włosy.

Tengel był niesłychanie rozgniewany. Nigdy przedtem nie widziała, by jego twarz była tak groźna. Heming krzyczał znów, tym razem ze strachu.

– Nie rób mi niczego! – wył. – Nie przeklinaj mnie, Tengelu, nie rzucaj na mnie uroku, to był tylko żart, ja...

– Co wolisz – wydusił z siebie Tengel całkiem pobladły. – Czy mam cię zbić... czy może użyć innych sił?

– Już raczej spuść mi lanie! Zbij mnie, na miłość boską, jeśli musisz. Ale ja nie chciałem...

– A więc wciągaj portki – syknął Tengel. Heming pośpiesznie wykonał polecenie.

Kiedy Tengel chwycił go ponownie, chłopak powtarzał, krzycząc:

– Nie, nie bij, nie bij, ona nie jest tego warta! Ona jest tylko...

Ramię Tengela wyleciało w powietrze. Oszalały z wściekłości uderzał raz za razem, dopóki nie wkroczyła Silje, by go powstrzymać.

Heming opadł na podłogę bezwładny jak worek. Tengel podniósł go jeszcze raz i wyrzucił na podwórze.

– Zabierzcie go ze sobą! – zawołał do młodzieńców, którzy wystraszeni czekali na górze, na skraju lasu.

Wrócił do środka.

– Jak się czujesz, Silje? – zapytał, wstrzymując oddech. – Czy on ci coś zrobił?

Silje stała oparta plecami o szafę, przyciskając do niej ramiona. Drżała na całym ciele.

– Nie, nie, nie zdążył. Dziękuję, że przyszedłeś. Masz zwyczaj przybywać zawsze, gdy cię potrzebuję.

– Tak. Byłem niespokojny i zdecydowałem wrócić wcześniej niż zwykle. Nie płacz już, dziecino, już po wszystkim.

Odetchnęła głęboko.

– Nie płaczę. W każdym razie nie tak bardzo. Ale nie podobało mi się, że... że go zbiłeś. Rzeczywiście na to zasłużył, ale nie chcę patrzeć, jak bijesz kogokolwiek.

Tengel zamknął oczy.

– Długo z tym zwlekałem, Silje. Nie tylko ja, sądzę, że prawie każdy w dolinie pragnął tego. Prędzej czy później ktoś musiał położyć kres jego szczeniackiemu zachowaniu. Przykro mi, że to byłem akurat ja, ale ogarnęła mnie gwałtowna wściekłość.

Zbliżył się do niej o krok.

– Rozumiem – mruknęła. – Dag mnie potrzebuje – dodała szybko. Czuła, że nie powinna teraz znaleźć się w ramionach Tengela.

Wzięła Daga na ręce i utuliła go. Płakał podczas całego zajścia z Hemingiem, nikt jednak nie mógł się nim wtedy zająć. Silje kołysała niemowlę w objęciach i starała się je uspokoić.

Tengel podszedł do świetlika i zdjął zaszczepkę. Zobaczył chłopców ciągnących za sobą Heminga. Trzymali go pod ręce, a on wlókł się między nimi.

– Powinnaś mieć tu jaśniej – powiedział, zakładając zaszczepkę z powrotem. Rozglądał się niepewnie dookoła w pełni świadom, jak bardzo Silje była poruszona tym, co zrobił.

– Jak widzę, tutaj postawiłaś swój śliczny witraż. Może powinienem wyciąć...

Witraż stał na szafie. Tengel długo dotykał piękną mozaikę wykonaną przez Benedykta.

– Nie – powiedział powoli.

– Co masz na myśli?

– Ten witraż tutaj nie pasuje.

– Nie rozumiem cię.

– Przeznaczony jest na zupełnie inną ścianę, do zupełnie innego domu niż ten tutaj.

– Chodzi ci o to, że nie mamy do niego prawa?

Twarz Tengela przybrała niezwykły wyraz.

– Ależ skąd – powiedział w końcu. – Jest przecież twój.

– Czy patrzyłeś teraz w przyszłość? – cicho zapytała Silje, drżąc.

– Tak, właśnie tak. Nagle poczułem w duszy gwałtowny sprzeciw, by nie wstawiać witraża tutaj.

Zapanowało milczenie.

Tengel wyprostował się, próbując jakby otrząsnąć się ze wszystkiego.

– Dobrze. Pozwól mi pomóc sobie trochę, jeśli tu jestem. Przyniosę wody i drewna.

– Dobrze. Ja przewinę Daga.

Kiedy później Eldrid przyprowadziła Sol, wszystko było jak dawniej. O odwiedzinach Heminga nie wspomniano ani słowem.

ROZDZIAŁ XIII

Wieczorem, gdy wszyscy już poszli i dzieci ułożyły się do snu, Silje wyjęła księgę, którą dostała od Benedykta. Nikt, nawet Tengel, nie wiedział, gdzie ją chowała.

Pogładziła dłonią okładkę, na której narysowała maleńki, śliczny szkic doliny Ludzi Lodu. Otworzyła księgę.

Pisała coś w rodzaju pamiętnika, ale tylko czasami, kiedy uznała, że wydarzyło się coś szczególnego. Eleganckim pismem, w którym tak się roiło od błędów, że nauczyciel ze dworu zapłakałby gorzko, gdyby to zobaczył, zanotowała: *Dzisiaj poznałam jeszcze jedną z tajemnych zdolności Tengela. Trzymał dłoń na moim witrażu i patrzył w przyszłość...*

Opisała też kilka innych, ważnych dla niej zdarzeń, a potem zamknęła księgę i starannie ją schowała. Z tysiącem myśli kłębiących się w głowie zdjęła ubranie i wślizgnęła się do pustego łoża.

Tego wieczoru Tengel nie wrócił do domu. Niespokojny i zrozpaczony wędrował po górach, usiłując zaprowadzić jakiś ład wśród swych przerażających myśli.

Szedł długo, aż na niebie pojawił się blady księżyc. Dopiero wtedy przystanął. Ukrywszy twarz w dłoniach, trwał w bezruchu.

– O, Boże – modlił się – litościwy Ojcze, zajmij się swym nieszczęśliwym dzieckiem. Pomóż mi, doradź, daj mi jakiś znak! Co mam robić? Tak bardzo ją kocham, Ojcze, nie potrafię trzymać się od niej z daleka. Wiesz, że i ona, i dzieci potrzebują mojej pomocy, beze mnie są bezbronni, a to ja ściągnąłem Silje na to pustkowie. Wtedy nie było innego wyjścia, ale wiem, czuję, że ona nie jest tu w pełni szczęśliwa. Boże, to dla mnie zbyt ciężkie. Daj mi znak, co mam robić! Tak bardzo pragnę jej dobra.

Niebo milczało. Nie było żadnej odpowiedzi.

Odwrócił się i zrezygnowany począł schodzić w dół. Dalekie dachy domów w dolinie połyskiwały w blasku księżyca.

Tengel nie patrzył, którędy idzie. Nie widział zamarzniętej rzeki, przez którą przechodził. Kiedy lód pod nim pękł, zaskoczony krzyknął głośno, ale nim zdążył cokolwiek zrobić, znalazł się w paraliżująco lodowatej, rwącej wodzie i czuł, że nurt ściąga go w głębinę, nad którą właśnie się znalazł.

Instynktownie szukał dłońmi jakiegoś oparcia, lecz dosięgnął jedynie krawędzi lodu. Uchwycił się jej kurczowo.

– Czy to jest twój znak? – krzyknął w stronę ciemnego nieba. – Czy to właśnie chciałeś powiedzieć? Że moje życie jest absolutnie nic nie warte? Że dziewczynie ułoży się lepiej, kiedy mnie nie będzie? Że nie ma zmiłowania dla nieszczęśnika, w którego żyłach płynie krew złego Tengela?

Pochylił głowę i oparł czoło na ramieniu, całkowicie już zesztywniałym z zimna.

Nazajutrz Tengel nie przyszedł do chaty Silje, nie pojawił się też następnego dnia. Gdy mijał już trzeci dzień, a on się nie pokazywał, Silje zostawiła dzieci u Eldrid i sama poszła do jego domu daleko w dolinie.

Nigdy przedtem tam nie była, widziała dom tylko z daleka; pomyślała wtedy, że jego siedziba wygląda bardzo mizernie.

Była pełna obaw. Z otworu w dachu nie unosił się dym. Przeraziło to ją.

Ujrzała małą, walącą się chatę, mocno pochyloną w jedną stronę, jakby lada chwila miała się rozlecieć. Chata wyglądała tak niepewnie, że Silje wprost bała się zapukać do drzwi.

– Wejść – rozległ się głos Tengela. Brzmiało w nim coś obcego. Jednak już sam jego dźwięk poruszył ją do głębi. Dopiero teraz pojęła, jak bardzo była zaniepokojona jego nieobecnością.

Weszła do środka pełna obaw, czy go nie rozgniewa. Może on po prostu chciał się trzymać z dala od niej i oczekiwał, że ona też będzie mieć dość rozsądku.

– Silje! – zachrypiał na jej widok, siadając na posłaniu. – A ja tu tak leżę w nieładzie!

A więc obawiał się tego, co ona sobie pomyśli! Silje była wzruszona.

– Ależ, Tengelu, nie obchodzi mnie wcale, czy tu jest porządek, czy nie. Wiesz przecież, że sama nie jestem zbyt staranna. Okazuje się jednak, że to wcale nie żaden dom, mieszkasz w szopie, w dodatku nieszczelnej! Przez dziury w ścianie można wyglądać na dwór!

– Próbowałem zapchać je paździerzami i mchem – odparł ochryple. – Ale było tego za mało.

Przeraziła się jego mizernym wyglądem. Ukochane oblicze było całkiem zmienione, cienie pod oczami o wiele ciemniejsze niż zwykle.

– Jesteś chory – stwierdziła głęboko zatroskana i przysiadła na brzegu posłania. Czuła gorączkę bijącą od jego ciała. – Dlaczego nic nie powiedziałeś?

Odwrócił twarz.

– Nie siadaj tak blisko mnie, Silje. Jestem w okropnym stanie. Chciałbym ładnie wyglądać przy tobie.

– Nie opowiadaj głupstw, niemądry błaźnie! – uśmiechnęła się. – Od jak dawna jesteś chory?

– Po zajściu z Hemingiem byłem tak wzburzony i pełen wątpliwości co do naszej przyszłości, że poszedłem w góry. Błąkałem się cały wieczór, a potem lód na rzece załamał się pode mną i dużo czasu spędziłem w przeraźliwie zimnej wodzie – wyjaśnił i zaniósł się hałaśliwym kaszlem.

– Mogłeś przecież umrzeć! – wykrzyknęła Silje przerażona.

– Tak. Nigdy w życiu nie czułem się tak opuszczony, także przez Boga. A na dodatek ty byłaś na mnie zagniewana z powodu bójki z Hemingiem.

Musiał przerwać, bo chwycił go kolejny atak kaszlu.

– Ale tak bardzo chciałem cię zobaczyć, choćby tylko jeszcze raz, że jakoś się z tego wykaraskałem. Następnego ranka nie miałem jednak siły podnieść się z posłania.

– Dzięki, dobry Boże, że przynajmniej tu dotarłeś – wymamrotała. – Jak się teraz czujesz?

– Chyba lepiej. Ale mam wrażenie, że wszystkie siły mnie opuściły.

Wsunęła dłoń pod jego koszulę i położyła ją na owłosionej piersi. Wstrząsnął nią dreszcz. Czuła pod ręką gwałtowne bicie jego serca. Spróbowała skupić się na rozmowie i nie zwracać uwagi na zachowanie własnego ciała.

– Tak, na pewno jestem jeszcze chory – szepnął słabym głosem. – Próbowałem się leczyć, ale...

– Potrzebujesz ciepła – oświadczyła Silje. – Tu jest lodowato zimno. Potrzebna ci też pożywna strawa. Przeniesiesz się teraz do mnie, nie chcę słyszeć żadnych sprzeciwów.

– Teraz, w każdym razie, nie jestem dla ciebie niebezpieczny – powiedział z lekkim uśmiechem i zmęczony znów się położył.

– Twój koń... co z nim?

– Przez cały czas zajmował moje myśli jako postać numer dwa. Prawie czołgałem się do stajni, by go nakarmić.

– Dobrze, wobec tego teraz będziesz musiał jakoś się na niego wdrapać. A przy okazji, kto był postacią numer jeden?

– No nie, teraz przesadzasz, Silje. Tę odpowiedź otrzymałaś już wcześniej.

Serce biło jej z radości. Nareszcie zgodził się zamieszkać u niej. Ona już się postara, by nie było żadnych przenosin z powrotem!

Czasami, kiedy zastanawiała się nad sobą, ogarniał ją lęk. Nabrała stanowczości. Czy też może zawsze taka była? Może jej silna wola została stłumiona przez zbyt surowe wychowanie? Ostatnio zaczęła podejrzewać, że właśnie tak było.

Do tej pory nie miała odwagi sama przed sobą przyznać, że już dawno powzięła pewną decyzję. Stara Hanna obiecała jej dziecko. Silje zatroszczy się już, by było to dziecko Tengela, nikogo innego!

Nie obawiała się złego dziedzictwa. Jeśli wszyscy są tacy jak Tengel, czegóż się było lękać?

Tengel siedział na koniu tak wyprostowany, że można było przypuszczać, iż ma pod ubraniem kołek. Ale głowy nie miał siły podnieść, zwisała pochylona, jakby spał. Silje szła obok, prowadząc konia. Była tak szczęśliwa, jakby kroczyła w pochodzie triumfalnym.

Mijali po drodze dom Eldrid, i Silje wołała już z daleka, że wracają. Eldrid wyszła z dziećmi i wszyscy podążyli w stronę maleńkiej zagrody.

Z błyszczącymi od gorączki oczami chory leżał na łóżku Silje i patrzył, jak kobiety przygotowują mu sprawnymi ruchami posłanie w dużej izbie. Także Sol cieszyła się szczerze z jego przybycia. Silje chciała dać Tengelowi wszystko, co miała najlepszego. Ugotowała strawę i zamiotła podłogę. Była podniecona i szczęśliwa. Tengel poczuł, że wzruszenie ściska go za gardło. Nie zaznał dotychczas rodzinnego życia, nikt nigdy się tak o niego nie troszczył. Przywykł do tego, że nikt go nie chce.

Pod czułą opieką Silje chory wracał do zdrowia. Wszyscy byli kontenci z jego obecności. Sol, zachwycona, każdego ranka wsuwała się do jego łóżka; zdawało się nawet, że Dag także co nieco pojmuje. Zadowolony uśmiechał się do wielkiego mężczyzny, pokazując swoje dwa ząbki. Silje uważała, że życie stało się idyllą. Troszczyła się o Tengela na wszystkie sposoby, starała się karmić go jak najlepiej, w końcu nabrała takiej wprawy, że stała się niemal doskonałą gospodynią. Eldrid uśmiechała się pod nosem za każdym razem, gdy przychodziła z wizytą.

– Zasłużyłeś sobie, by cię trochę porozpieszczano, Tengelu – twierdziła. – Twoje życie było zimne, brakowało w nim miłości. Trzeba się było już dawno tu przeprowadzić.

Nie odpowiedział. Widać było jednak wyraźnie, że jest mu dobrze. Czy wśród tak serdecznych ludzi można być złym?

Nadeszła wiadomość, że gdy tylko otwarła się droga na zewnątrz, Heming opuścił dolinę. Jak zrozumieli, czuł się zbyt poniżony odmową Silje i sposobem, w jaki został potraktowany.

Nie podobało się to Tengelowi, Silje poznała to po jego zmarszczonym czole. Zawsze jest pełen obaw, gdy Heming opuszcza dolinę. Takiego lekkoducha jak on łatwo pojmać, a nieczęsto znajduje się jakaś Silje gotowa do pomocy. Jeśli Heminga przycisną, na pewno zdradzi swą rodzinę, by uratować własną skórę.

– Dzisiaj wstaję – zadecydował Tengel.

– Jeszcze jeden dzień – Silje prosiła tak pięknie jak umiała. – Dla całkowitej pewności.

– Ależ ja jestem zdrowy! – zaprotestował.

Tak. Wyglądał już dobrze. Silje jednak była nieubłagana.

– Jeszcze jeden dzień.

Westchnął, lecz usłuchał. Na kilka godzin.

Kiedy po południu wróciła od Eldrid, której pomagała przy obrządku w oborze, zastała go wprawdzie w łożu, ale już ubranego.

– Gdzie jest Sol? – zapytał.

– Bawi się z kociętami Eldrid. Mam przyjść po nią za godzinę. Ale ty, Tengelu, miałeś przecież...

– Nie, nie miałem. Już wystarczająco długo rządziłaś i sama o wszystkim decydowałaś. Teraz pokażę ci, że ja też mam tu coś do powiedzenia. A jutro wracam do siebie...

– Nie! – wykrzyknęła nieszczęśliwa. – Nie, nie wolno ci wracać do tego zimnego domu.

Podeszła do łoża i położyła mu ręce na ramionach jakby chciała go przytrzymać.

Tengel silnymi palcami chwycił jej dłonie.

– Wiesz przecież, że to niemożliwe – powiedział cicho. – Jak sądzisz, jakie były dla mnie te ostatnie noce? Ze świadomością, że ty jesteś obok w sypialni, leżysz pod kołdrą, wyobrażałem sobie twoje kształty, twoje ciało, usta... Te usta, które raz jeden czułem przy moich...

Usiadła, bo na skutek słów, które usłyszała, ugięły się pod nią kolana.

– Wiem – szepnęła. Przeżywałam to samo. Wpatrywałam się w ciemność. Marzyłam... teraz on wstaje z łóżka... idzie przez izbę... stoi w drzwiach, jego szerokie ramiona rysują się na tle blasku ognia... idzie do mnie... Ale ty nie przychodziłeś.

– Owszem. Przychodziłem, ale w marzeniach.

Blask w jego oczach był bardziej żółty niż zwykle, jakby rozgorzał w nich jakiś wewnętrzny płomień.

– Dobrze się tu chyba czułeś? – zapytała z rozpaczą w głosie.

– Nigdy nie byłem bardziej szczęśliwy. Oddałbym wszystko, by móc tu pozostać.

Uniósł dłoń i pogładził ją po szyi, po ramieniu. Rozluźniła nieco bluzkę, by ułatwić mu dostęp. Jego ręka była bardzo gorąca, palce drżały.

– Pozwól mi zobaczyć – szepnął. – Tylko jeden, jedyny raz.

– Nie – odparła także szeptem. – Ale możesz dotknąć.

Odchyliła bluzkę jeszcze bardziej, by jego dłoń mogła objąć jej pierś. Czuła bicie jego serca, wiedziała, że nie jest mu łatwo. Nagłym ruchem cofnął dłoń.

Patrzyła na jego straszną twarz, która była jej tak

nieskończenie droga. Czuła napływające do oczu łzy. Szlochając, rzuciła mu się na piersi.

– Nie wytrzymam, jeśli znów przyjdzie mi cię stracić! Proszę, nie odchodź!

Tengel objął ją ramionami. Jego czuły dotyk nie wróżył nic dobrego, ani dla niego, ani dla niej.

– Najdroższa, najdroższa – szeptał. – Tak bardzo boli myśl, że i ty musisz cierpieć za winy moich przodków.

Ujął ją pod brodę, obrócił jej twarz ku sobie i pocałował. Spokojnie i ostrożnie, opanowując namiętność palącą mu usta.

Uwolnił jej wargi.

– Najlepiej będzie, jeśli wstaniesz – powiedział niewyraźnie.

– A więc puść mnie – szepnęła.

Nie cofnął jednak ramion.

– Na Boga, Silje – wydusił przerażony. – Bo będzie źle! Wstań!

– Nie mogę, trzymasz mnie.

Bez słowa, z dzikim popłochem w oczach, pociągnął ją na łoże. Przez chwilę mocował się z tasiemkami fartucha, zdarł go w końcu, rzucił na ziemię. Potem – pończochy. Zachowywał się tak, jakby powodował nim wyłącznie prymitywny instynkt, który aż do dzisiaj nie znalazł ujścia. W jego poczynaniu nie było miejsca na rozsądek, została tylko niepohamowana żądza.

Silje podniosła się i uklękła, zdecydowanym ruchem ściągnęła z Tengela koszulę. Przed nim nie musiała udawać, cała nieśmiałość opuściła ją, gdy dostrzegła jego nie skrywane pożądanie. Tengel uniósł się nieco, drżącymi z niecierpliwości palcami zaczął zdejmować jej suknię. Ona rytmicznymi ruchami gładziła go po piersiach i czuła grę jego mięśni od szyi do pasa. Ciało stawało się ciężkie i wilgotne. Suknia zsunęła się z ramion, koszulę sama ściągała przez głowę. Półprzytomna z pożądania usłyszała jęk, gdy Tengel zobaczył jej nagie ciało.

On, który nigdy jeszcze nie był z kobietą, przygarnął ją pod siebie. Zachowywał się jak w transie, nie wiedział, co robi.

Dłonie Silje ślizgały się po jego barkach. Tak, ramiona były zniekształcone, ale kochała je jak wszystko, co należało do niego. Przesunęła dłonie w dół, poprzez wąskie biodra, wzdłuż ud, owłosionych jak u fauna. Podniósł się odrobinę, by podciągnąć jej kolana, i wtedy przez mgnienie oka ujrzała... to. Och nie, to niemożliwe, pomyślała. Ale wkrótce, kiedy już znalazł do niej drogę, poczuła, że jej ciało gotowe jest, by go przyjąć.

W następnej sekundzie doznała wrażenia, ze skona z bólu, ugryzła go w ramię, by zdławić krzyk cisnący się na usta. W chwili przerażenia chciała się cofnąć, ale było na to za późno. Mogła jedynie zacisnąć mocno powieki i pozwolić mu brać a także dawać, tak jak pragnęli tego oboje, niemal od pierwszej chwili, gdy się spotkali

Delikatnie i czule dotknął dłonią jej policzka. W tym geście kryła się rozpacz mężczyzny zadającego ból. Otworzyła oczy i zmusiła się do uśmiechu, by pokazać, że rozumie i że się godzi.

Natura sprawiła, na szczęście dla Silje, że to pierwsze zbliżenie trwało bardzo krótko. Widziała, jak twarz mu się zmienia, jak pojawia się w niej wyraz błogiej rozkoszy, i nagle ból zelżał, nie był już taki przeszywający. Ogarnęła ją gorąca fala radości, że uczyniła go tak szczęśliwym.

Tengel, wyczerpany, opadł przy niej na posłanie. W izbie słychać było tylko ich oddechy.

– I ty myślisz, że możemy żyć razem i nie mieć dzieci? – w jego szepcie brzmiał smutek i żal.

– Nie – odparła Silje, starając się ukryć zadowolenie. Leżała spokojnie na plecach, pozwalając, by nasienie wnikało w nią jak najgłębiej, zupełnie się tego nie wstydząc.

– Wiesz, czego chcę, Tengelu?

– Nie?

– Mieć cię znów.

Roześmiał się.

– Jesteś szalona, Silje. Chociaż rozumiem cię. To było takie... egoistyczne. Nie było tak, jak bym pragnął.

W jego śmiechu brzmiało szczęście i rozpacz zarazem. Ułożył się na plecach, zasłaniając rękoma oczy.

– Cośmy zrobili, Silje? Mój Boże, cośmy zrobili?

– To, co było nieuniknione – odpowiedziała.

– Tak. To się musiało stać, prędzej czy później.

– Żałujesz?

Oparł się na łokciu.

– Oczywiście, że żałuję. Ale nigdy w życiu nie byłem tak... bezgranicznie szczęśliwy. Cóż my poczniemy, Silje?

Odpowiedziała rozsądnie, pewnym, niemal twardym głosem.

– Hmm. Mógłbyś na przykład wrócić do swojej chaty i udawać, że nic się nie stało!

– Nie – odparł, zaskoczony, głosem pełnym winy. Dopiero teraz uświadomił sobie, jak bardzo ją zranił tymi słowami. – Nie, naturalnie nie to miałem na myśli. Teraz spaliliśmy już za sobą wszystkie mosty i nawet przez moment nie miałem zamiaru cię opuścić.

Tego by tylko brakowało, kocham cię przecież i wiem, że należymy do siebie. Nie, nie myślałem o nas dwojgu, ale o tym, co może być owocem naszego uczynku.

– Sam przecież mówiłeś, że tylko niektórych dotyka przekleństwo złego Tengela. Ty sam jesteś nim obciążony, a mimo wszystko jesteś najwspanialszym człowiekiem, jakiego znam. A więc ta dziedziczna moc nie zawsze jest zła. A jeśli nadal będę musiała żebrać i błagać o miłość, to cię zabiję! Poniżasz mnie ponad wszelkie granice, Tengelu.

Ukrył uśmiechniętą twarz w jej włosach.

– Silje córko Arngrima, niniejszym proszę cię o rękę. Czy zechcesz mnie poślubić? Czy będziesz miała odwagę?

– Tak! Tak. Naprawdę już na to najwyższy czas! – Zaśmiała się, a on objął ją prawdziwie niedźwiedzim uściskiem. Hanno, pomyślała sobie, pierwszy krok został zrobiony!

Tej nocy dzieci spały, a oni leżeli razem, rozmawiając szeptem. Nie dotykali się jednak, Silje była zbyt obolała. Prawie nie mogła się ruszyć, by nie sprawiało jej to bólu.

– Powiedz mi, Silje, czy dobrze ci tutaj? – pytał szeptem. – Czasami wydaje mi się, że tak nie jest.

Zastanowiła się dobrze, zanim odpowiedziała.

– Dobrze mi tutaj, ponieważ ty tu jesteś, a jedynym moim pragnieniem jest być tam, gdzie ty. Czuję się tu bezpieczna, na zewnątrz czeka mnie strach i przerażenie. Tu jest rzeczywiście pięknie i powoli zaczynam zapuszczać korzenie. Eldrid jest dobrą przyjaciółką, ale z innymi mało mam wspólnego. Muszę przyznać, że często czuję się jak w klatce i tęsknię do tego uczucia wolności, jakie daje otwarta przestrzeń. Dużo myślę o Benedykcie, Marii, Grecie i parobku i bardzo się o nich niepokoję. Myślę również o Charlotcie Meiden. Nie to, żebym chciała ją poznać, ale ciekawa jestem, jak jej się ułożyło. Biedna kobieta!

– W tym ostatnim zupełnie cię nie rozumiem, ale ty jesteś kobietą i łatwiej możesz sobie wyobrazić, co dzieje się w jej duszy.

– Mam nadzieję, że cię nie uraziłam – wróciła do przerwanego wątku.

– Nie, wcale nie. Mniej więcej tego się spodziewałem.

– A ty, Tengelu? Czy jesteś tutaj szczęśliwy?

Westchnął.

– Po tym jak cię tu sprowadziłem, uspokoiłem się nieco. To jest, mimo wszystko, dolina mego dzieciństwa. Ale teraz, kiedy stanowimy już jedność, przyznaję, że zawsze pragnąłem się stąd wydostać, już od czasu wczesnej młodości. Zrozum, noszę w sobie niecierpliwość. Chcę zostać kimś. Nie chcę do końca moich dni być tylko chłopcem z gór. Jednak ktoś taki jak ja nigdzie nie ma dużych możliwości. Zawsze ryzykuje, że ci, którzy stoją u władzy, uznają go za czarownika. Nawet jeśli nic o mnie nie będą wiedzieli, pojmają mnie za sam wygląd. W zeszłym roku powiesili człowieka tylko za to, że miał zniekształconą stopę. Orzekli, że to czarci znak.

– Och, nie powinieneś opowiadać takich rzeczy, Tengelu! Serce mi pęka z żalu – westchnęła.

– Wybacz, będę o tym pamiętał. Zrozum jednak, moja niecierpliwość ma wiele przyczyn. Coś mi mówi, że czeka mnie zupełnie inna przyszłość niż ta, w dolinie. Że naprawdę mam szansę być kimś wielkim.

Silje przesunęła się bliżej i wdychała ciepło jego skóry.

– Czy to coś... co wiesz? Tak jak z witrażem?

– Tak, a najdziwniejsze, że ty także...

– Dlaczego nie kończysz?

– Nie, nie warto o tym mówić.

Podniosła się na łokciu i popatrzyła na niego w ciemności.

– Posłuchaj, Tengelu...

– Dobrze już, dobrze – roześmiał się. – Ciebie też czeka szczególna przyszłość, o której nawet nie marzymy.

– Po tamtej stronie gór?

– Z pewnością. Jednak właśnie teraz, myśląc o opuszczeniu doliny, przeczuwam wyłącznie niebezpieczeństwo.

– Jak ty dużo wiesz!

– Właściwie nie tak dużo. W każdym razie nie tyle, co Hanna. Ona widzi prawie wszystko. Ja mam tylko niejasne przeczucia od czasu do czasu, intuicję. Nauczyłem się słuchać jej głosu. Nie, wcale nie jestem taki wyjątkowy.

Silje nie dowierzała jego ostatnim słowom.

– Eldrid powiedziała, że w dzieciństwie wyprawiałeś różne rzeczy, takie, o których ona nawet myśleć nie chce.

– Eldrid powinna zamknąć usta i milczeć! Tak, zdarzało się, że gdy czasami bywałem zły na kogoś i skoncentrowałem się wystarczająco mocno, to mogłem go skrzywdzić... Co się stało, Silje? Dlaczego drgnęłaś?

– Och, Tengelu, nie miałam zamiaru ci o tym opowiadać. Na dworze Benedykta zdarzyło się coś z Sol.

– Co ty mówisz?

Niechętnie opowiedziała o gniewie Sol skierowanym przeciwko synowi Abelone tego dnia, gdy zagroził, że ich wszystkich wyrzuci. O tym, jak stała w drzwiach, a potem szybko uciekła, kiedy chłopak się skaleczył. O jego oskarżeniach, że to Sol tego pragnęła. I o jej oczach, kiedy Silje ją znalazła.

Poczuła, że Tengel zesztywniał.

– Dlaczego nie opowiedziałaś mi tego wcześniej? – zapytał prawie bezgłośnie.

– Nie chciałam cię niepotrzebnie niepokoić i denerwować, sama w to nie wierzyłam. A co ty sądzisz?

– Co sądzę? – powtórzył udręczony, ściskając jej dłoń tak mocno, że aż coś w niej trzasnęło. – Dokładnie to samo robiłem jako dziecko. Uważałem, że to zabawne i interesujące...

– Opanowałeś się jednak?

– Tak, i módlmy się, żeby z Sol też tak się stało.

Silje leżała i wpatrywała się w sufit. Sol była zupełnie inna niż Tengel. Nie miała w sobie tej jego dobroci. Często była złośliwa. Zła.

Ale przecież to jeszcze tylko dziecko.

– Jest nas teraz dwoje, by się tym zająć, Tengelu – powiedziała stanowczo. – Razem sobie z tym poradzimy!

– Dzięki niech będą dobremu Bogu za ciebie, Silje – szepnął.

ROZDZIAŁ XIV

Nadeszło lato i Silje mogła oglądać dolinę Ludzi Lodu w najpiękniejszej szacie. Dopiero teraz dostrzegła piękno tej okolicy, nauczyła się kochać góry, zachody słońca, jezioro i górskie brzozy.

Była niewypowiedzianie szczęśliwa. Wódz, wyraźnie zaskoczony jej wyborem, połączył ich podczas prostej ceremonii. Widocznie kiedy Heming wyrwał się z doliny, z rozpaczy musiała zadowolić się Tengelem. Wódz nigdy nie poznał przyczyny ucieczki Heminga, nikt nie śmiał mu tego opowiedzieć. Tak więc mieszkańcy doliny, choć może nie wprost, to jednak okazali się lojalni w stosunku do Tengela. Myśl o tym uspokoiła ją nieco.

Silje była teraz małżonką Tengela. Wszyscy w rodzinie cieszyli się dobrym zdrowiem i przyszłość wydawała się jasna. W pracach domowych znajdowała teraz dużo więcej radości, mieszkali przecież razem, towarzyszyła mężowi, kiedy wiosną orali pole, gdy siali i gdy kosili trawę na łąkach.

Nie mieli tylko żadnego inwentarza. Obora była w złym stanie, a Silje miała wystarczająco dużo roboty z dziećmi. Woleli pomagać Eldrid i w zamian za to brać od niej mleko. Sol dostała od Eldrid kociątko; Tengel zamyślił się chwilę, gdy dziewczynka wybrała czarnego jak węgiel kociaka. Kot i koń były ich jedynymi zwierzętami domowymi.

Choć Tengel wydawał się bezgranicznie szczęśliwy, często zdarzało się, że musiała go nocą budzić ze złych snów. Jego, który twierdził, że nic mu się nie śni! Teraz, kiedy byli już małżeństwem, sypiali pod kołdrą nago, jak nakazywał obyczaj. Kiedy budził się mokry od potu, od razu szukał w ciemności jej twarzy, chcąc przekonać się, czy naprawdę tam jest.

– Silje – wzdychał. – Nie odchodź ode mnie! Nigdy ode mnie nie odchodź!

Zapewniała, że na pewno tego nie zrobi. Tuliła go do siebie, starała uspokoić, wyrwać z koszmaru. Gdy drżał na całym ciele, to, mimo że był już u niej tego wieczoru, otwierała przed nim swe łono, bo to przynosiło mu ukojenie.

Czyniła tak z pewnym smutkiem, gdyż jak większość kobiet uznawała wspólnotę duchową za ważniejszą. Zawsze jednak udawało mu się porwać ją za sobą, poprowadzić ku oszałamiającym wyżynom. Świadomość, że uczynił ją wolną i szczęśliwą, przepędzała zmory i zasypiał spokojnie w ramionach ukochanej. Niekiedy bywało jej bardzo niewygodnie i z trudem zdobywała dla siebie trochę miejsca.

Jest prawie tak jak w moim śnie, myślała z ironią. Używam swego ciała, by odpędzić złe myśli mężczyzny. Dlaczego to zawsze musi wiązać się ze zmysłowością? Cóż za tajemne opętanie sprawia, że do tego właśnie się uciekam? Czy nie jestem więcej warta? Czy liczę się tylko jako obiekt męskich żądz? Czy to moja własna niepewność? Lęk, że nie sprawdzę się w innych dziedzinach? Te natrętne myśli nie dawały jej spokoju.

Więcej mieli teraz kontaktów z innymi mieszkańcami doliny. Małżeństwo Tengela z Silje sprawiło, że lękali się go mniej. Chłopi rozmawiali z nim, żartowali i dyskutowali, choć mimo wszystko gdzieś w kącikach ich oczu zawsze czaił się strach i gotowi byli uciekać na pierwszy znak zbliżającego się niebezpieczeństwa.

Eldrid również przeżywała wiosnę swego życia. Fakt, że Silje związała się z potomkiem złego ducha Ludzi Lodu, dodał jej odwagi; przyjęła propozycję zalotnika, który starał się o nią od dłuższego czasu. Około świętego Jana wyszła za mąż.

Mąż Eldrid był jednym z tych, którzy musieli uciekać przed ludźmi wójta; przez ostatnie lata ukrywał się w dolinie Ludzi Lodu. Silje bardzo cieszyła się z losu przyjaciółki, z tego, że nie musiała już tak ciężko pracować, a na starość uniknie samotności. Eldrid była już w wieku, który wykluczał posiadanie dzieci, nie musiała więc niczego się obawiać. Ona na pewno nie przedłuży rodu.

Silje miała tak wiele pracy, że nie starczało jej czasu na tkanie, i trochę tego żałowała. Ale w zamian doznawała tylu innych przyjemności. Tengel zabierał ją i dzieci, pokazywał im swe ukochane miejsca. Dzięki temu dużo przebywali na świeżym powietrzu, a ich twarze nabrały ładnej brązowej barwy. Tengel nosił Daga na plecach w specjalnym worku, a obok kroczyła Sol z kociątkiem w koszyku. Z ulgą obserwowali, że napady złości stawały się u małej coraz rzadsze. Być może rodzinna harmonia działała na nią uspokajająco.

Czasami jednak Sol ich przerażała. Jak wtedy, gdy doszli do wodospadu, a jej oczy zrobiły się nieprzytomne.

– Nieżywa pani – oświadczyła.

Tengel drgnął.

– Skąd ona może to wiedzieć? Pewna kobieta rzuciła się tutaj do wody jakieś... tak, to musiało być jakieś dwadzieścia lat temu.

Zdarzały się też inne zagadkowe sytuacje. Kiedyś w górach przybiegła z krzykiem.

– Do domu! Pod drzewem jest niebezpieczny człowiek! – Jej oczy znów były zupełnie dzikie.

W takich przypadkach szli za nią, lecz nigdy nie udało im się wyjaśnić zachowania małej.

Późną jesienią z Silje zaczęło się coś dziać. Schudła, straciła apetyt, jej skóra zrobiła się przezroczysta i pełna jasnobrązowych plam. Tengel planował odwiedziny u Benedykta, ale odłożył wyjazd.

Wysłał tam woźnicę, który dość szybko powrócił z wiadomością, że we dworze nie brakuje im niczego, tylko że Abelone wciąż tam mieszka i uprzykrza im życie. Wieści o nowej, małej rodzince uradowały ich bardzo, przesyłali gratulacje i dary – rozmaite smakołyki i ubranka dla dzieci.

– Gdybyśmy tylko mogli coś dla nich zrobić? – powiedziała Silje wzruszona. – Gdybyśmy potrafili usunąć tych gości-darmozjadów!

– Tak – przyznał Tengel. – Ale teraz nic nie mogę uczynić. Moje miejsce jest przy tobie.

Silje rozejrzała się po zagrodzie, którą pobielił już pierwszy mróz. Zamknęła drzwi, by zatrzymać ciepło w środku.

– Boję się, Tengelu. Co się ze mną dzieje?

Popatrzył na nią badawczo i musiał się uśmiechnąć. Jej niewiedza była rozbrajająca.

– Minęło już wiele czasu, odkąd po raz ostatni odmawiałaś mi z powodu kobiecych słabości.

Zamyśliła się.

– Tak. No tak. Miałam tyle innych rzeczy do zrobienia, że właściwie w ogóle o tym nie myślałam. Och, Tengelu... – Siedziała jak sparaliżowana. – Oczywiście! Naturalnie! Kiedy nie doszło do niczego wiosną ani wczesnym latem, przestałam o tym myśleć, wiesz?

Tengel patrzył na nią ponuro.

– Już od jakiegoś czasu obawiałem się, lecz nie miałem odwagi o tym mówić. Kiedy... Jak sądzisz?

Silje zaczęła liczyć. Nie było to łatwe, skoro wcześniej nie zwróciła na nic uwagi.

– W kwietniu – rzekła z wahaniem. Przyglądał jej się długo.

– Mam moc, by to... przerwać. Pewien środek.

Zerwała się na równe nogi. Nie próbowała ukryć gniewu.

– Nie odważysz się!

– Ale jeśli to jest... potwór?

– Potwór! Ha! Czy ty jesteś potworem? Albo Sol? Albo Eldrid? A twoja siostra Sunniva? Chyba całkiem straciłeś rozum! Owszem, widziałam tu, w dolinie, także kilku innych twoich krewniaków. Ale nie sądź, że mnie to przeraża! Jeżeli zabierzesz mi dziecko, nigdy więcej mnie nie ujrzysz!

Była to oczywiście przesada, ale chciała teraz zagrać najmocniejszą kartą.

Tengel przymknął oczy i westchnął.

– Będzie jak zechcesz.

Nie wyglądał jednak na zadowolonego.

Nie, nie cieszył się wcale na mające przyjść na świat dziecko. Po nocach nie sypiał, dręczony strachem, i ciężko, boleśnie wzdychał, aż w końcu Silje opadły wyrzuty sumienia i zaczęła wątpić, czy postąpiła słusznie. Kiedy jednak przemyślała to głębiej, była pewna, że chce tego dziecka.

Tengel był w tym czasie bardzo milczący, a co gorsza, Silje wcale nie czuła się dobrze. Wiedział, że cierpi, choć nigdy się nie skarżyła. Była jednak bardzo wdzięczna, gdy kładł jej na krzyżu swe gorące dłonie, co łagodziło nieustanny, dokuczliwy ból.

Taka jest kara za to, że nie mam figury w kształcie gruszki, pomyślała i z uśmiechem wspomniała swoje oburzenie, kiedy Benedykt tak właśnie przedstawił ją w swoim malowidle na ścianie kościoła. Kobietom o szerokich biodrach z pewnością dużo łatwiej, mówiła sobie w duchu.

Zima była ciężka. Śnieg spadł wcześnie, a około Bożego Narodzenia nastały trzaskające mrozy. Nikt nie wychodził z domu, gdyż śnieg sięgał dachów, a jedynymi drogami były wykopane tunele prowadzące do budynków gospodarczych.

Znaleziono starego człowieka zamarzniętego na śmierć przed własnym domem, nie można go było pochować i trumna musiała stać w szopie na drewno aż do wiosny. Chłopak, który wyszedł na polowanie, tak odmroził nogi, że trzeba było posłać po Tengela. Silje nigdy nie pytała, co tam robił, wrócił jednak do domu bardzo zdenerwowany.

Wyglądało na to, że zapasy żywności skończą się, nim nadejdzie wiosna, więc Tengel i Silje oszczędzali jak mogli. Było to trudne, bo Silje potrzebowała teraz porządnego jadła. Dag zaczął raczkować, próbował też dreptać, przytrzymując się ścian i mebli. Nie był tak żywy jak Sol, ale jeśli chodziło o ściąganie na ziemię różnych przedmiotów, radził sobie świetnie. Silje nie mogła już teraz zostawiać dzieci pod opieką Eldrid, tak trudno było utrzymać je w ryzach. Mimo powijaków nogi Daga nie były takie proste jak powinny; Silje dręczyły wyrzuty sumienia, bo tak często rozluźniała jego pieluchy. Jednakże Tengel, który wiedział więcej niż zwykli ludzie, uważał, iż przyczyną było pożywienie, brak jakiegoś ważnego składnika.

Silje nie mogła zaprzeczyć, że znowu zaczęła się czuć źle w dolinie. Nie z powodu trudów – dzieliła je przecież z ukochanym Tengelem, lecz z powodu bezradności wobec sił natury. Czuła się uwięziona, męczyło ją coś nieokreślonego, czego zawsze się bała, choć nie potrafiła tego nazwać.

Próbowała rozmawiać o tym z Tengelem, opowiedziała mu o lęku, który ją trapi.

– Wiem o tym – odparł. – To coś, co stary Tengel zostawił nam w spadku.

Jakoś nie mogła w to uwierzyć.

Tuż przed świętami wybrała się do Hanny i Grimara z jadłem, choć sama miała go niewiele. Było to jeszcze przed największymi opadami śniegu. Zapukała tylko do drzwi, skulona poczekała na zewnątrz i upewniwszy się, że Grimar zabrał wszystko, wróciła do domu.

Pewnego dnia w końcu marca, kiedy świeciły już życiodajne promienie wiosennego słońca, nieoczekiwanie chwyciły ją bóle.

Eldrid zabrała dzieci do siebie, u Silje zaś zebrało się kilka sąsiadek. Wkrótce stało się jasne, że rozwiązanie będzie trudne. Tengel robił wszystko, by ulżyć Silje, podał jej gorący, ostro pachnący napój uśmierzający bóle i w tajemnicy odmówił specjalne modlitwy. Czas jednak mijał, a nic się nie działo. Po dwóch dobach wszyscy byli poważnie zaniepokojeni. Silje mogła z twarzy Tengela wyczytać jego myśli. Nigdy nie zapomniał, że jego zniekształcone ramiona kosztowały matkę życie...

Wycieńczona Silje leżała w łożu. Skronie miała mokre od potu, oczy zapuchnięte. Brakowało jej już sił, by siedzieć w specjalnym krześle dla położnic. Jakby życie z niej uchodziło.

Popatrzyła po obecnych umęczonym wzrokiem.

– Czy mogę dostać trochę wody? – Miała zupełnie sucho w ustach.

Uniesiono jej głowę, a ukochane dłonie przystawiły do warg czerpak.

Silje opadła na łóżko.

– Przyprowadźcie Hannę – szepnęła.

Tengel drgnął.

– Postradałaś zmysły?

Kobiety przeżegnały się.

– Czy ktoś inny potrafi pomóc mojemu dziecku? – zapytała Silje. – Ono umiera, Tengelu!

Ty też, pomyśleli wszyscy.

– Poczekamy jeszcze trochę – poprosił niewyraźnie. – Może wszystko się ułoży.

Nic się jednak nie zmieniło. Nic poza tym, że Silje stawała się coraz słabsza.

Zapadł zmierzch. Zapalono rzadko używane lampy tranowe i ustawiono je wokół jej łoża. Jakby już umarła, pomyślał Tengel i dreszcz przebiegł mu po plecach. Był bezsilny, nie miał nic, co by jej mogło pomóc.

Drzwi otworzyły się tak nagle, że wszyscy drgnęli. Stało w nich najbardziej ohydne stworzenie, jakie Silje kiedykolwiek widziała. Kobiety krzyknęły głośno, umknęły do pokoju dzieci i zamknęły się od środka.

– Silje mnie wzywała – rzekła Hanna.

Nawet Tengel odskoczył w tył.

– Wyjdź, głupi chłopcze, nic tu po tobie. I trzymaj z daleka te bezużyteczne baby!

Podszedł do drzwi.

Silje z przerażeniem przyglądała się postaci, która na opuchniętych nogach toczyła się w kierunku łoża. Czegoś takiego nie potrafiła nawet sobie wyobrazić; zrozumiała teraz niechęć Tengela do posiadania potomków.

– Witajcie znów, pani Hanno – wyjąkała, drżąc.

Tengel odwrócił się w drzwiach. Witajcie znów? Czy Silje miała przed nim jakieś tajemnice?

Nie miał jednak czasu się zastanowić, bo Hanna odprawiła go ruchem ręki.

Pełen strachu opuścił izbę. Nie ośmielił się jednak wygnać Hanny. Nie wolno jej było się sprzeciwiać!

Gdyby Hanna pojawiła się w normalnym świecie, już dawno temu spalono by ją na stosie, pomyślała Silje. To czarownica, wiedźma najgorszego gatunku. Oczy dosłownie wystawały jej spod kępek stalowoszarych włosów, a na zapadniętych wargach widniał diabelski uśmiech. Odzienie, na wpół zgniłe łachmany, wisiało na niej. Silje przyszło do głowy, że starucha musiała używać ich nieprzerwanie od czasu swojej śmierci. Tak, ta myśl była bezsensowna, nie mogła się jednak od niej uwolnić. Skórę Hanna miała chorobliwie żółtą, miejscami szaroczarną, jakby się nigdy nie myła. Oczy barwą przypominały oczy Tengela, lecz były jakby wyblakłe, a skóra wokół nich starsza. Płonęły jednak w ciemności i wydawało się, że przenikają Silje na wylot. Głowa, osadzona nisko na ramionach, sterczała pochylona jak u rozwścieczonego zwierzęcia.

Silje poczuła, że robi jej się po prostu niedobrze, nie wiedziała, jak ukryć wstręt.

– Pozwól Hannie popatrzeć na siebie – rozległ się dziwnie wyraźny głos. – Zobaczymy, czy nie uda nam się wyciągnąć dziewuszki.

– Dziewuszki? – zapytała Silje, otwierając szeroko ze zdziwienia oczy. – Wiecie...?

– No pewnie, że wiem. Nie bój się, przysłużyłaś mi się, teraz ja przysłużę się tobie. A poza tym obydwie chcemy, by to dziecko przeżyło, nieprawdaż?

Silje skinęła głową. W tym samym momencie jej ciało pochwycił nowy atak bólu.

Hanna pokręciła paskudną głową.

– Nie wygląda to zbyt dobrze. Najpierw musimy dać ci coś na wzmocnienie, bo to będzie kosztowało cię dużo sił, kochana! Ach, ten Tengel! Jego matka przypłaciła jego narodziny życiem, naprawdę jest okrutny dla swoich kobiet.

Pogrzebała w kieszeniach łachmanów. Silje wypuściła powietrze z płuc i starała się nie wdychać smrodu bijącego od staruchy, nie widzieć jej powykrzywianych dłoni, czarnych porów i zmarszczek.

– Mam... Czy jest trochę wody?

Silje wskazała ręką. Hanna przyniosła drewniany czerpak i podała jej białawy proszek.

– To tylko coś na serce.

Drżącymi dłońmi Silje chwyciła za czerpak i przełknęła proszek. Popatrzyła na Hannę oczami zranionego zwierzęcia.

– Pomóż mi – szepnęła.

Okropna starucha skinęła głową.

– Nikt nie wzywa Hanny na próżno. Wszystko będzie dobrze.

Silje nie miała tej pewności, lecz mimo wszystko była jej wdzięczna.

Odczekawszy chwilę Hanna wyciągnęła nowy proszek. Tym razem był to szarozielony pył, od jego zapachu nozdrza Silje zadrgały. Odruchowo cofnęła głowę.

– Połknij to, poluzuje twoje twarde kości.

Silje nie śmiała się sprzeciwiać. Instynkt podpowiadał jej, że nie powinna pytać, co zawiera proszek. Z pewnością nie były to wyłącznie zioła, o nie!

– Dobrze – powiedziała Hanna. – Poczekamy teraz. Powinnaś usiąść na krześle, ale, jak sądzę, nie masz na to siły.

W izbie zaległa cisza.

– O... nie!

Silje zwinęła się w kłębek od palącego ją w środku bólu. Miała uczucie, jakby spożyła pokruszone szkło lub żrący kwas. Usta Hanny poruszały się, jej dłonie zataczały kręgi nad ciałem Silje.

Nadszedł ból tak silny, że wokół Silje zrobiło się całkiem ciemno. Zaczęła krzyczeć. Umieram, myślała. Litościwy Boże, umieram! Dziecko urodzi się – martwe lub żywe – ale ja umrę. Ta straszna kobieta, narzędzie Szatana! Chodziło jej o dziecko, mnie poświęciła...

Poczuła ohydne dłonie Hanny na swym ciele, usłyszała, jak mamrocze wstrętne zaklęcia:

– Belial, Athys, Kybele, Rebo, Appolyon, Lupus, Astarot, Nema...

Brzmi to jakby przyzywała demony, pomyślała Silje w otępieniu. Nie, byle nie demony, nie teraz, żadnych demonów, jesteśmy w dolinie Ludzi Lodu, widziałam, jak demony podnoszą się z gór, jestem winna, sama jestem temu winna, teraz nadchodzi kara. Kochałam się z demonem – przeszyła ją myśl.

A potem nie było już nic.

Powoli, powoli unosiła się z dna czarnej jak węgiel czeluści.

Usłyszała dźwięki. Najpierw słabo, potem coraz wyraźniej. To były głosy. Głosy sąsiadek.

– Jest taka maleńka i słaba.

– Klepnij ją w pupę, głupia krowo! – To był głos Hanny. – Włóż jej palec w usta!

O czym one rozmawiają? zdziwiła się Silje.

Ciepła dłoń gładziła jej czoło. Głos Tengela. Cichy i niewyraźny.

– Silje! Silje, wróć do mnie!

Usiłowała powiedzieć mu, że żyje, ale ani jeden nerw nie drgnął w jej ciele.

Słaby płacz. Dag? Nie, on płacze dużo głośniej. Upiór w lesie? Tak, płakał tak samo. Noworodek.

Noworodek? Dziewczynka... jej i Tengela.

– Taka maleńka – powiedziała wieśniaczka. – Ta istotka nie przeżyje.

Nareszcie Silje odzyskała dość sił, by otworzyć oczy. Wszystko widziała jak przez mgłę.

– Tengel – szepnęła.

– Dzięki ci, dobry Boże! – usłyszała jego słowa. Jego dłoń czule głaskała ją po skroni.

Pragnęła zobaczyć dziecko, choć jednocześnie nie chciała tego. Nie śmiała. Musi mieć przedtem więcej sił.

– Hanna mi coś podała – powiedziała. – Od razu podziałało.

– Nie, nie tak od razu. Długo jeszcze walczyłaś o życie.

Zamyśliła się.

– Boli. Rozerwało mnie na kawałki.

– Wierzę ci.

Hanna, siedząca w kucki przy palenisku jak zwierzę szykujące się do ucieczki, odwróciła głowę.

– Twoja żona nie nadaje się do rodzenia dzieci, Tengelu.

– Chcesz powiedzieć, że... że to ostatnie dziecko? – zapytał.

– Powinno nim być – zachichotała stara. – Ale tobie nie uda się chyba trzymać od niej z daleka?

Silje i Tengel wymienili spojrzenia, starając się ukryć uśmiech. Pierwszy raz widziała w jego oczach łzy.

– Siedzę tu i widzę w ogniu dziwne rzeczy – rzekła nagle Hanna. – Z naszego rodu wyjdzie...

– Co? – zapytał Tengel, gdy umilkła. – Złe dziedzictwo... czy nadal będzie nas prześladować?

– To też. To też. Ale są inne rzeczy, jeszcze dziwniejsze. Pytałaś kiedyś, czy mogę spojrzeć w twoją przyszłość. Widzę ją teraz. To wy jesteście Ludźmi Lodu. Wy i nikt inny.

– Ale tak przecież nie jest – wtrącił Tengel. – Wszystkich w dolinie nazywają Ludźmi Lodu.

Hanna roześmiała się.

– Jest tak, jak mówię. Z dzieci, które wychowasz, będzie wielka, wielka radość, Silje, i wielki żal. A potem będzie... Nie, to nieważne. Widzę podwójny rząd drzew.

– Aleję? – zapytała Silje zaskoczona. – Nie, to niemożliwe.

Hanna zapomniała o nich i utkwiła wzrok w węglach na palenisku.

Tengel wstał i odebrał od wieśniaczki owinięte maleństwo.

– Czy zechcesz ją zobaczyć? – zapytał z ojcowską dumą w głosie.

– Czy to...?

– Tego dziecka nie musisz się obawiać – usłyszała z boku głos Hanny. – Ono nie ma żadnej mocy.

Silje odetchnęła z ulgą. Spojrzała na noworodka i przeraziła się, jak bardzo żałosna i sina była dziewczynka.

– Jest... słodka – powiedziała bez przekonania i przełknęła ślinę. – Czy będzie ruda?

– Sądzę, że nie bardziej niż ty – uśmiechnął się Tengel.

On już kocha to dziecko, pomyślała zaskoczona. On, który go nie chciał. A ja, która tak bardzo o nie walczyłam, nie mam jeszcze sił, by odczuwać cokolwiek.

– Jak będzie miała na imię? – zapytała jedna z sąsiadek, stojąca nieco dalej. Widać było, że nie ma odwagi przebywać w pobliżu Hanny.

Silje zauważyła, że starucha grzebiąca w węglach zamarła.

– Jest taka maleńka i słaba – zaczął Tengel – przywodzi mi na myśl Daga, kiedy znalazłaś go w lesie.

Miałaś wtedy zamiar nazwać dziecko Liv, gdyby to była dziewczynka. Pamiętasz?

– Tak, pamiętam.

Ramiona Hanny opadły.

Tengel mówił dalej.

– Dlatego chciałbym nazwać ją Liv.

– Liv to dobre imię. Ale ja chcę dać jej dwa imiona, tak jak pozostałym.

Przerażająca istota przy ogniu wstrzymała oddech.

– Chcę, by zwała się Liv Hanna – rzekła Silje stanowczo.

Tengel spojrzał na nią niepewnie, niemal przerażony. Za chwilę jednak powiedział głośno i wyraźnie:

– Będzie się nazywała Liv Hanna.

Starucha zaczęła szybko przewracać węgle. Niezwykła, świszcząca pieśń wyrwała się z jej ust. Silje nie wiedziała, co to jest. Czary, uroki, zaklęcia? Ale uważała, że w pieśni słychać dumę i radość starej, samotnej i odepchniętej przez wszystkich kobiety. Zaklęcia z pewnością dotyczyły dziecka, lecz w mrocznej, pogańskiej pieśni nie zabrzmiała nawet jedna nuta zła.